Vladimir Nabokov wird am 23. April 1899 in St. Petersburg geboren. Nach der Oktoberrevolution flieht die Familie nach England. 1919–1922 in Cambridge Studium der russischen und französischen Literatur. 1922–1937 in Berlin, erste Veröffentlichungen, meist unter dem Pseudonym W. Sirin. 1937–1940 nach der Flucht aus Nazideutschland in Südfrankreich und in Paris, seit 1940 in den USA. Lehrtätigkeit von 1948–1959 an der Cornell-Universität in Ithaca, New York. 1961–1977 wohnt Nabokov in einer Suite im Palace Hotel in Montreux. Er stirbt am 2. Juli 1977 in Lausanne.

Das Gesamtwerk Nabokovs erscheint im Rowohlt Verlag und im Rowohlt Taschenbuch Verlag.

Vladimir Nabokov
Die Venezianerin

Erzählungen
1921–1924

Deutsch von Gisela Barker,
Jochen Neuberger,
Rosemarie Tietze,
Marianne Wiebe und
Dieter E. Zimmer

Rowohlt Taschenbuch Verlag

Der Text folgt:
Vladimir Nabokov, Gesammelte Werke, Band 13, Erzählungen I,
herausgegeben von Dieter E. Zimmer

Veröffentlicht im
Rowohlt Taschenbuch Verlag GmbH,
Reinbek bei Hamburg, April 1999
Copyright © 1966, 1983, 1989 by
Rowohlt Verlag GmbH, Reinbek bei Hamburg
Copyright © 1989 by Article 3 B Trust
under the Will of Vladimir Nabokov
Veröffentlicht im Einvernehmen mit
The Estate of Vladimir Nabokov
Alle deutschen Rechte vorbehalten
Umschlaggestaltung Beate Becker
Foto: Mauritius
Gesamtherstellung Clausen & Bosse, Leck
Printed in Germany
ISBN 3 499 22541 7

Inhalt

Jugendwerke 1921–1924
(in russischer Sprache)

Geisterwelt (1921)	11
Der Schlag des Flügels (1923)	17
Klänge (1923)	51
Hier wird Russisch gesprochen (1923)	70
Götter (1923)	86
Rache (1924)	99
Güte (1924)	111
Die Hafenstadt (1924)	120
Der Kartoffelelf (1924)	131
Zufall (1924)	168
Einzelheiten eines Sonnenuntergangs (1924)	184
Das Gewitter (1924)	196
Die Venezianerin (1924)	202
Der Drache (1924)	249
Bachmann (1924)	259
Weihnachten (1924)	275
Ein Brief, der Rußland nie erreichte (1924)	287
Zu dieser Ausgabe	295
Bibliographische Nachweise	297

Jugendwerke
1921–1924

(In russischer Sprache)

Geisterwelt

Ich zog gedankenverloren mit der Feder den zitternden runden Schatten des Tintenfasses nach. In einem fernen Zimmer schlug die Uhr, und mir Träumer wollte es scheinen, als klopfe wer an die Tür – erst leise, dann immer lauter; er klopfte zwölfmal hintereinander und verharrte erwartungsvoll.

«Ja, ich bin da, treten Sie ein...»

Die Türklinke knarrte schüchtern, die Flamme der tränenden Kerze neigte sich, und seitwärts tauchte er aus dem Rechteck der Finsternis – grau, gebeugt, besät mit dem Blütenstaub einer frostigen Sternennacht.

Ich kannte sein Gesicht – oh, ich kannte es lange!

Das rechte Auge lag noch im Schatten, das linke sah scheu mich an, länglich und rauchgrün, und rot die Pupille, ein rostiger Tupfer... Dies moosgrüne Haarbüschel an der Schläfe, die bläßlich silbrige, kaum sichtbare Braue, und erst das lächerliche Fältchen am schnurrbartlosen Mund – wie rüttelte, wie wühlte das alles mein Gedächtnis auf!

Ich erhob mich – er schritt näher.

Das dünne Mäntelchen war nicht nach rechts geknöpft, sondern auf Frauenart; in der Hand hielt er die Mütze – nein, ein dunkles, ungefüges Bündel, eine Mütze hatte er überhaupt keine...

Ja natürlich, ich kannte ihn, hatte ihn wohl gar geliebt – nur fiel mir einfach nicht ein, wo und wann wir uns begegnet waren, dabei waren wir uns sicher oft begegnet, sonst hätten sich diese preiselbeerroten Lippen mir nicht so fest eingeprägt, die spitzen Ohren, der spaßige Adamsapfel...

Unter Willkommensgemurmel drückte ich seine leichte, kalte Hand, griff ich zur Lehne des altersschwachen Sessels. Er ließ sich nieder wie eine Krähe auf einen Baumstumpf und fing überstürzt an zu sprechen.

«Grausig, draußen auf den Straßen. Darum komm ich auch rein. Komm dich besuchen. Erkennst mich? Haben wir zwei doch so manchen lieben Tag herumgetollt, uns im Wald getummelt... Dort – in der Heimat... Hast es doch nicht vergessen?»

Seine Stimme blendete mich förmlich, mir flimmerte es vor den Augen, schwindelte der Kopf; ich entsann mich des Glücks – vibrierenden, maßlosen, unwiederbringlichen Glücks...

Nein, unmöglich! Ich bin allein. Alles nur ein bizarres Hirngespinst! Doch neben mir saß tatsächlich jemand – knochig, linkisch, an den Füßen deutsche Stiefelchen, und seine Stimme tönte, rauschte, golden, saftig grün, vertraut, und was er sagte, war so schlicht, wie die Leute reden...

«Siehst du, entsinnst dich noch... Ja, ich bin's, der Waldgeist von früher, der neckische Schalk. Auch ich habe flüchten müssen...»

Er seufzte tief, und erneut war mir, als sähe ich ziehende Wolken, hoch wogendes Laub, Birkenrinde, schimmernd wie Schaumspritzer, und über allem ein ewiges, wonniges Tosen... Er neigte sich zu mir, schaute mir sanft in die Augen.

«Weißt du noch, unser Wald, die schwarzen Tannen, weißen Birken? Alles haben sie abgeholzt... Ein solches Leid, unerträglich, vor meinen Augen krachten, stürzten die Birken – doch wie sollt ich helfen? In den Sumpf haben sie mich gescheucht, geheult hab ich, geplärrt, wie die Rohrdommel geröhrt – und dann Hals über Kopf in den nächsten Forst.

Dort war mir so weh zumut, das Schluchzen nahm kein End... Gerade wollt ich mich eingewöhnen – schwupp! war der Forst weg, nur noch graue Asche. Mußt ich also wieder auf Wanderschaft. Hab mir ein schönes Wäldchen gesucht, ein dichtes, dunkles, frisches – aber irgendwas war nicht geheuer... Oft hab ich gespielt vom Abendrot zum Morgenrot, grimmig gepfiffen, in die Hände geklatscht, Leute erschreckt... Weißt ja selbst: In meinem Dickicht hast du dich einst verirrt, du und ein weißes Kleidchen, und ich hab die Pfade zu Knoten geschlungen, die Baumstämme Karussell fahren lassen, hab durchs Laubwerk geirrlichtert – die ganze Nacht dich gefoppt. Aber war ja alles nur Spaß, zu Unrecht haben die Leute mich angeschwärzt... Nun jedoch wurd ich zahm, war keine fröhliche neue Heimstatt. Tag und Nacht ringsum ein Knacken. Erst denk ich, einer von den Unsern, ein Bruder Waldgeist treibt sein Wesen, hab gerufen, gelauscht. Das knackt sich eins und rattert – nein, unsre Art ist das nicht. Eines Abends komm ich auf eine Lichtung gesprungen, seh, da liegen Menschen – auf dem Rücken, auf dem Bauch. Oho, denk ich, die weck ich auf, denen mach ich Beine. Also, die Zweige geschüttelt, mit Zapfen geschmissen, geraschelt, geblökt... Eine volle Stunde hab ich mich abgeplagt – alles umsonst. Und wie ich näher hinseh, steh ich starr vor Schreck. Beim einen hängt der Kopf nur noch an einem roten Fädchen, beim nächsten ist der Bauch ein Haufen dicker Würmer... Das ging über meine Kraft. Mit Gebrüll bin ich auf und davon...

Lang hab ich die Wälder durchstreift, da und dort, doch nirgends war's ein Leben. Mal Stille, alles ausgestorben, todlangweilig, dann wieder solch ein Grauen, ich denk lieber nicht dran zurück. Schließlich hab ich mich aufgerafft, in ein Bäuerlein mich verwandelt, einen Vagabunden mit Schnappsack, und bin fort für immer: Leb wohl, altes Rußland! Mein Bruder, der Wassergeist, kam mir da zu Hilfe. Hat sich auch in Sicherheit gebracht, der arme Tropf. Nicht genug wundern konnt er sich: Was für Zeiten, sagt er, ein Elend! Schon wahr. Obwohl, er hat einiges ausgeheckt früher, Menschen angelockt, arg gastfrei war er, doch wie hat er sie dafür gehätschelt, liebkost auf seinem güldenen Grund, mit was für Liedern eingelullt! Heutzutag, sagt er, kommen bloß noch Leichen geschwommen, schockweis, massenweis, und das Wasser im Fluß – wie flüssiges Erz, dick, warm und klebrig, den Atem verschlägt's einem... Er hat mich dann mitgenommen. Nun kümmert er in einem fernen Meer dahin, mich hat er unterwegs an einem neblichten Ufer abgesetzt: Geh, Bruder, such dir ein Strauchwerk. Nichts hab ich gefunden, und so kam ich hierher in diese fremde, schreckliche, steinerne Stadt. Siehst du, bin nun ein Mensch worden – steife Kragen, Stiefelchen, alles, was dazugehört, sogar zu reden wie sie hab ich gelernt...»

Er verstummte. Seine Augen glänzten wie feuchte Blätter, die Arme hielt er verschränkt, und im schwankenden Widerschein der zerschmolzenen Kerze glimmerten aufs seltsamste die fahlen, nach links gekämmten Haare.

Die helle Stimme ertönte von neuem: «Ich weiß, auch dir ist weh zumut, deine Wehmut aber – gegen meine unbändige, stürmische ist sie nichts als das gleichmäßige Atemholen eines Schlafenden. Bedenk doch: aus unserm Stamm ist keiner mehr in Rußland. Die einen stiegen auf als Nebelschwaden, die andern sind verstreut über die ganze Welt. Die heimischen Flüsse sind voll Trübsal, keines Necks schalkhafte Hand verspritzt Mondenflitter, verwaist, verstummt sind die Glockenblumen, die noch nicht abgemähten, vordem des leichten Flurgeists, meines Nebenbuhlers, blaues Glockenspiel. Der struppige, gutmütige Hausgeist hat weinend dein entehrtes, besudeltes Haus verlassen, und es verdorren die Haine, die lieblich lichten, zauberisch düsteren Haine...

Doch wir, Rußland, sind dein Schöpfergeist, deine unfaßliche Schönheit, Zauber aus Jahrhunderten... Und sind nun alle fort, sind fort, vertrieben von dem wahnsinnigen Landmesser.

Freund, ich sterbe bald, sag mir etwas, sag, daß du mich liebst, das heimatlose Gespenst, rück näher, gib mir deine Hand...»

Zischend verlosch die Kerze. Kalte Finger berührten

die meinen, das traurige, vertraute Lachen klang auf und erstarb.

Als ich das Licht anzündete, saß niemand mehr im Sessel... niemand... Doch im Zimmer roch es wundervoll zart nach Birkenrinde, nach feuchtem Moos...

Der Schlag des Flügels

1

Wenn eine Skispitze über die andere fährt, fällt man vornüber. Schnee dringt brennend in die Ärmel, und das Aufstehen fällt einem schwer. Kern, der lange nicht auf Skiern gestanden hatte, geriet sofort ins Schwitzen. Er spürte einen leichten Schwindel, riß sich die Wollmütze vom Kopf, die ihn an den Ohren juckte, und schlug sich die feuchten Funken von den Wimpern.

Vor dem sechsstöckigen Hotel ging es fröhlich und azurblau zu. In all dem leuchtenden Glanz wirkten die Bäume schwerelos. Von den Schultern der schneebedeckten Hügel fielen unzählige Skispuren wie Schattenhaare. Und ringsum jagte die gigantische, weiße Weite in den Himmel und loderte dort immer wieder auf.

Mit knirschenden Skiern erklomm Kern den Hang. Als sie seine breiten Schultern, sein Pferdeprofil und den kräftigen Glanz auf seinen Backenknochen bemerkte, hatte jene Engländerin, die er gestern, am dritten Tag seines Hierseins kennengelernt hatte, ihn für einen Landsmann gehalten. Isabel – die fliegende Isabel, so nannte sie die Meute von glatten und matthäutigen jungen Leuten argentinischen Einschlags, die ihr überall nachliefen, im Ballsaal des Hotels, auf den weichen Treppen und auf den schneebedeckten Hängen im Spiel des funkelnden Gestiebes... In ihrer Erscheinung lag etwas Schwebendes und Ungestümes; ihr Mund war so leuchtend, daß man meinte, der Schöpfer habe heißes Karmesin genommen und es ihr mit der hohlen Hand in die untere Hälfte des Gesichts gedrückt... In ihren flauschigen Augen spielte ein spöttisches Lächeln. Wie ein Flügel ragte der spanische Kamm aus den dichten Wellen ihrer schwarzen, seidig glänzenden Haare. So hatte Kern sie gestern gesehen, als das dumpfe Dröhnen des Gongs sie aus ihrem Zimmer mit der Nummer 35 zum Dinner rief. Daß sie Zimmernachbarn waren – ihre Zimmernummer entsprach dabei der Zahl seiner Jahre –, daß sie ihm an der Table d'hôte gegenübersaß – hochgewachsen, fröhlich, in einem tiefausgeschnittenen schwarzen Kleid mit einem schwarzen Seidenband um den bloßen Hals –, all das erschien Kern so bedeutsam, daß sich die düstere Schwermut, die ihn nun schon ein halbes Jahr lang bedrückte, vorübergehend etwas hob.

Isabel sprach als erste, und das verwunderte ihn nicht: Das Leben in diesem großen Hotel, das einsam in einem Gebirgstal in hellem Licht erstrahlte, sprudelte rauschhaft und unbeschwert nach den toten Kriegsjahren; außerdem war ihr, Isabel, alles erlaubt – der schräge Wimpernaufschlag und auch das Lachen, das in ihrer Stimme mitklang, als sie Kern den Aschenbecher zuschob und sagte: «Wir beide scheinen die einzigen Engländer hier zu sein...», und die von einem schwarzen Bändchen umfaßte zarte Schulter über den Tisch beugend, fügte sie hinzu:

«... das halbe Dutzend alter Weiber natürlich nicht mitgezählt... und den da, der den Kragen verkehrt herum trägt.»

Kern antwortete:

«Sie irren sich. Ich habe keine Heimat. Es stimmt schon, ich habe viele Jahre in London gelebt. Aber darüber hinaus...»

Am Morgen des folgenden Tages spürte er plötzlich – nach der ihm so vertrauten Gleichgültigkeit des vergangenen halben Jahres –, wie wohltuend es war, unter den betäubenden Kegel der eiskalten Dusche zu treten. Um neun Uhr, nach einem kräftigen und ausgiebigen Frühstück, knirschten seine Skier über den roten Sand, der über das nackte Funkeln des Weges vor dem Hoteleingang gestreut war. Als er den verschneiten Hang erklommen hatte – im Grätschenschritt, wie es sich für einen Skiläufer gehörte –, erblickte er zwischen den karierten Breeches und erhitzten Gesichtern Isabel.

Sie begrüßte ihn auf englische Art: mit einem Schwingen ihres Lächelns. Ihre Skier schillerten olivgrün-golden. Schnee klebte an dem Riemengeflecht um ihre Füße; ihre unweiblich kräftigen, aber wohlgeformten Beine steckten in festen Stiefeln und enganliegenden Gamaschen. Ein violetter Schatten folgte ihr auf der Schneedecke, als sie, die Hände lässig in die Taschen ihrer Lederjacke vergraben und den linken Ski leicht vorgeschoben, den Abhang hinunterglitt, immer schneller, mit flatterndem Schal, in Wolken von aufwirbelndem Schnee. Dann machte sie in vollem Lauf einen scharfen Bogen, beugte gewandt ein Knie, richtete sich wieder auf und jagte weiter, vorbei an den Tannen, vorbei an der türkisfarben schimmernden Eisbahn. Zwei Jünglinge in bunten Sweatern und ein bekannter schwedischer Sportler mit Terrakottagesicht und farblosen, nach hinten gekämmten Haaren jagten hinter ihr her.

Wenig später traf Kern sie wieder, in der Nähe des blauen Weges, auf dem mit leisem Gepolter Menschen vorüberhuschten – wollige Frösche, die bäuchlings auf niedrigen Schlitten lagen. Isabel war mit aufblitzenden Skiern hinter einer Schneewehe verschwunden, und als Kern, der sich seiner ungeschickten Bewegungen schämte, sie in einer kleinen Mulde einholte, inmitten von silbrig umwobenen Zweigen, machte sie mit den Fingern Zeichen in der Luft, stampfte mit den Skiern auf und glitt weiter. Kern blieb einen Moment lang im violetten Schatten stehen, als plötzlich die Stille mit wohlbekanntem Grauen über ihm zusammenschlug. Die Spitzengebilde der Zweige erstarrten in der Emailluft wie in einem unheimlichen Märchen. Wie seltsames Spielzeug erschienen ihm die Bäume, die Schattenmuster und seine Skier. Er spürte auf einmal, daß er müde war, daß er sich eine Ferse aufgescheuert hatte; und die ihm in den Weg ragenden Zweige streifend, machte er kehrt. Über das glatte Türkis schwebten mechanisch die Läufer. Weiter oben auf dem Schneehang half der terrakottagesichtige Schwede einem langen, dünnen Herrn mit Hornbrille, der ganz voller Schnee war, wieder auf die Beine. Der zappelte im glitzernden Schnee gleich einem plumpen Vogel. Wie ein abgebrochener Flügel glitt ein Ski, der sich von seinem Fuß gelöst hatte, schnell den Abhang hinunter.

In sein Zimmer zurückgekehrt, zog Kern sich um, und als die dumpfen Schläge des Gongs ertönten, bestellte er sich kaltes Roastbeef, Weintrauben und eine Flasche Chianti aufs Zimmer.

Er spürte in Schultern und Hüften einen bohrenden Schmerz.

«Warum mußte ich auch hinter ihr herlaufen», dachte er und lächelte sarkastisch. «Ein Mensch schnallt sich ein Paar Bretter unter die Füße und genießt das Gesetz der Schwerkraft. Lächerlich.»

Gegen vier begab er sich in den geräumigen Lesesaal, wo der Rachen des Kamins orangefarbene Hitze atmete und unsichtbare Menschen in tiefen Ledersesseln ihre Beine hinter einem Vorhang von aufgeschlagenen Zeitungen hervorstreckten. Auf dem langen Eichentisch lag ein Berg Zeitschriften, voll von Modeanzeigen, Photos von Ballettmädchen und Abgeordneten in Zylindern. Kern fand eine völlig zerlesene Nummer des *Tatler* vom Juni des vergangenen Jahres und betrachtete darin lange das Lächeln jener Frau, die sieben Jahre lang seine Frau gewesen war. Er dachte an ihr lebloses Gesicht, das so kalt und hart geworden war – und an die Briefe, die er in dem Kästchen gefunden hatte.

Er legte die Zeitschrift mit einer heftigen Bewegung weg, nachdem er die glänzende Seite mit dem Fingernagel zerkratzt hatte.

Schwerfällig bewegte er die Schultern und zog geräuschvoll an seiner kurzen Pfeife, als er sich auf die überdachte Veranda begab, wo das Orchester fröstelnd spielte und Menschen in bunten Schals starken Tee tranken, bereit, von neuem hinaus in den Frost zu eilen, auf die Skihänge, die mit tosendem Glanz gegen die breiten Fensterscheiben schlugen. Suchend sah er sich auf der Veranda um. Jemandes neugieriger Blick durchbohrte ihn wie eine Nadel, die den Zahnnerv getroffen hat. Er machte jäh kehrt und ging hinaus.

Im Billardzimmer, in das er, die Eichentür geschickt aufdrückend, seitwärts eintrat, beugte sich Monfiori, ein blasser, rothaariger kleiner Mann, für den nur die Bibel und Karambolage existierten, über das smaragdgrüne Tuch und zielte auf die Kugel, wobei er das Queue vor- und zurückgleiten ließ. Kern hatte in diesen Tagen seine Bekanntschaft gemacht, und der andere hatte ihn sogleich mit Zitaten aus der Heiligen Schrift überschüttet. Er hatte erzählt, er schreibe eine große Arbeit, in der er nachzuweisen suche, daß man das Buch Hiob nur auf ganz bestimmte Weise erforschen müsse und daß dann... Aber weiter hatte Kern ihm nicht zugehört, weil er plötzlich auf die Ohren seines Gesprächspartners aufmerksam geworden war – spitze Ohren voller kanariengelber Körnchen mit rotem Flaum auf den Ohrläppchen.

Die Kugeln stießen zusammen, rollten wieder auseinander. Monfiori zog die Augenbrauen hoch und schlug eine Partie vor. Er hatte traurige, leicht vorstehende Augen, wie man sie bei Ziegen findet.

Kern war drauf und dran anzunehmen, er hatte sogar schon die Queuespitze mit Kreide eingerieben, da überfiel ihn plötzlich ein Gefühl heftigen Überdrusses, das ihm das Herz zusammenpreßte und ein Sausen in den

Ohren hervorrief. Er schützte Schmerzen im Ellbogen vor und ging, im Vorbeigehen einen Blick auf das zuckerweiße Leuchten der Berge werfend, in den Lesesaal zurück.

Dort ließ er sich nieder, schlug ein Bein über das andere, wippte mit dem Lackschuh und betrachtete aufs neue das perlgraue Bild – die Kinderaugen und die schemenhaften Lippen einer Londoner Schönheit – seiner verstorbenen Frau. In der ersten Nacht nach ihrem Freitod war er mit einer Frau mitgegangen, die ihm an der Ecke einer düsteren Straße zugelächelt hatte; damit hatte er Rache genommen an Gott, an der Liebe, am Schicksal.

Und jetzt diese Isabel mit dem großen, roten Mal anstelle eines Mundes. Wenn man doch nur...

Er preßte die Zähne zusammen; die Muskeln seiner kräftigen Backenknochen traten hervor. Sein ganzes bisheriges Leben erschien ihm als schwankende Reihe verschiedenfarbiger Wandschirme, mit denen er sich vor kosmischen Zugwinden geschützt hatte. Isabel war der letzte leuchtende Fetzen. Wie viele dieser seidenen Lumpen hatte es nicht schon gegeben, wie hatte er sich bemüht, mit ihnen den schwarzen Abgrund abzudecken! Reisen, Bücher in weichen Einbänden, eine siebenjährige ekstatische Liebe. Im trügerischen Wind hatten sie sich aufgebläht, diese Fetzen, waren zerrissen und einer nach dem anderen hinabgefallen. Aber der Abgrund ließ sich nicht schließen, der Schlund atmete, sog ihn an. Das hatte er begriffen, als der Polizeispitzel in Wildlederhandschuhen...

Kern spürte, daß er vor und zurück schaukelte und

daß irgendein blasses Fräulein mit rosigen Augenbrauen ihn hinter einer Zeitschrift hervor musterte. Er nahm die *Times* vom Tisch und schlug die riesigen Seiten auf. Eine Papierdecke über dem Abgrund. Die Menschen denken sich Verbrechen, Museen, Spiele nur deswegen aus, um sich vor dem Unbekannten zu verstecken, vor dem schwindelerregenden Himmel. Und jetzt diese Isabel...

Er legte die Zeitung weg, rieb sich die Stirn mit seiner gewaltigen Faust und fühlte wieder jemandes erstaunten Blick auf sich ruhen. Dann ging er langsam aus dem Raum, vorbei an den lesenden Beinen, vorbei an dem orangefarbenen Rachen des Kamins. Er verirrte sich in den hallenden Korridoren, geriet in einen Saal, wo sich die weißen Beine der gebogenen Stühle im Parkett spiegelten und an der Wand ein großes Bild hing: Wilhelm Tell, der den Apfel auf dem Kopf seines Sohnes mit Blicken durchbohrt; dann betrachtete er lange sein rasiertes, ernstes Gesicht, die Blutäderchen im Weiß der Augen, die Schleife des karierten Halstuchs in dem Spiegel, der in der hellen Toilette blinkte, wo das Wasser musikalisch rauschte und in der porzellanenen Tiefe ein goldener Zigarettenstummel schwamm, den jemand dort hineingeworfen hatte.

Und draußen erlosch der Schnee und bekam einen bläulichen Schimmer. Sanft erblühte der Himmel. Die Flügel der Drehtüren am Eingang zum hallenden Vestibül blitzten zögernd auf und ließen Wolken von Dampf und lachende Menschen mit frischen Gesichtern herein, die von den Schneespielen müde waren. Die Treppen hallten wider von ihren Schritten, ihren Rufen und ihrem Lachen. Dann erstarb das Hotel; man zog sich zum Dinner um.

Kern, der in seinem Sessel in der Dämmerung des Zimmers unruhig eingenickt war, wurde von dem Dröhnen des Gongs geweckt. Erfreut über seine plötzliche Munterkeit knipste er das Licht an, steckte die Manschettenknöpfe in das frisch gestärkte Hemd und zog die schwarzen Hosen unter der quietschenden Presse hervor. Fünf Minuten später fühlte er eine kühle Leichtigkeit, die Fülle seiner Haare am Scheitel und jede Linie seiner ausgesuchten Kleidung und begab sich nach unten in den Speisesaal.

Isabel war nicht da. Die Suppe wurde gereicht, der Fisch – sie erschien nicht.

Kern betrachtete verächtlich die matthäutigen Jünglinge, das ziegelrote Gesicht der alten Dame mit dem Schönheitspflästerchen, das einen Pickel verdeckte, das Männlein mit den Ziegenaugen – und starrte dann finster auf die gezierte Pyramide der Hyazinthen in einem grünen Blumentopf.

Sie erschien erst, als in dem Saal, in dem der Tell hing, die Negerinstrumente zu schlagen und zu heulen begannen.

Von ihr ging ein Duft von Frost und Parfum aus. Ihre Haare schienen feucht zu sein. Irgend etwas in ihrem Gesicht setzte Kern in Erstaunen.

Sie lächelte strahlend und zog das schwarze Bändchen auf ihrer durchsichtigen Schulter zurecht.

«Wissen Sie, ich bin gerade erst nach Hause gekommen. Ich hatte kaum Zeit, mich umzuziehen und ein Sandwich zu essen.»

Kern fragte: «Sind Sie wirklich bis jetzt Ski gelaufen? Es ist doch schon dunkel.»

Sie sah ihn unverwandt an, und Kern begriff, was ihn so fasziniert hatte: ihre Augen; sie strahlten, als seien sie mit Rauhreif bestäubt.

Isabel glitt leicht über die sanften Vokale der englischen Sprache:

«Natürlich. Es war wunderbar. Ich bin im Dunkeln die Abhänge hinuntergejagt, von den Buckeln nach oben geflogen. Direkt zwischen die Sterne.»

«Sie hätten sich umbringen können», sagte Kern.

Sie wiederholte, die Augen flauschig zusammengezogen:

«Direkt zwischen die Sterne», und fügte hinzu, wobei sie ihr bloßes Schlüsselbein aufblitzen ließ:

«Und jetzt möchte ich tanzen...»

Im Saal dröhnte das Negerorchester, und jemand sang dazu. In bunter Vielfalt schwebten überall japanische Laternen. Auf Zehenspitzen, mal mit schnellen, mal mit verhaltenen Schritten, seine Handfläche gegen ihre Handfläche gedrückt, rückte Kern eng an Isabel heran. Ein Schritt, und ihr schlankes Bein preßte sich gegen ihn, noch ein Schritt, und sie gab ihm federnd nach. Die duftende Kühle ihrer Haare kitzelte ihn an den Schläfen. Unter der Kante seiner rechten Hand spürte er das geschmeidige Vibrieren ihres entblößten Rückens. Mit angehaltenem Atem ging er in die Klangpausen hinein und glitt dann von neuem von Takt zu Takt... Um sie herum schwebten angespannte Gesichter, linkische Paare und lasterhaft-zerstreute Augen. Und das ausdruckslose Singen der Saiten wurde unterbrochen von dem Hämmern barbarischer Schlagzeuge.

Die Musik wurde schneller, schwoll an, prasselte auf sie herab und verstummte. Alle blieben stehen und begannen dann zu klatschen, forderten damit eine Fortsetzung dieses Tanzes. Aber die Musiker hatten beschlossen, eine Pause einzulegen.

Kern zog ein Tuch aus der Manschette, wischte sich die Stirn ab und folgte Isabel, die, mit ihrem schwarzen Fächer wedelnd, zur Tür ging. Sie setzten sich nebeneinander auf die Stufen der breiten Treppe.

Isabel sagte, ohne ihn anzusehen:

«Verzeihung. Mir war, als sei ich immer noch draußen im Schnee, zwischen den Sternen. Ich habe nicht einmal gemerkt, wer Sie sind und ob Sie gut tanzen.»

Kern blickte sie stumm an – und wirklich: Sie war ganz in ihre strahlenden Gedanken versunken, Gedanken, zu denen er keinen Zugang hatte.

Eine Stufe tiefer saßen ein Jüngling in einem sehr engen Jackett und ein knochiges Mädchen mit einem Muttermal auf dem Schulterblatt. Als die Musik wieder einsetzte, forderte der Jüngling Isabel zum Boston auf. Kern mußte mit dem knochigen Mädchen tanzen. Sie roch nach säuerlichem Lavendel. Im Saal wurden bunte Papierschlangen entrollt, die sich um die Tanzenden wickelten. Einer der Musikanten klebte sich einen weißen Schnurrbart an, und Kern schämte sich irgendwie für ihn. Als der Tanz zu Ende war, ließ er seine Dame stehen und stürzte davon, um Isabel zu suchen. Sie war nirgends zu sehen, weder am Buffet noch auf der Treppe.

«Schluß. Ab ins Bett», dachte Kern knapp.

In seinem Zimmer zog er den Vorhang zurück, bevor er sich hinlegte, und blickte gedankenleer in die Nacht hinaus. Vor dem Hotel lagen auf dem dunklen Schnee die Abbilder der Fenster. In der Ferne schwammen die metallenen Berggipfel im Grabeslicht.

Ihm schien es, als habe er für einen kurzen Augenblick den Tod gesehen. Er zog die Falten des Vorhangs so eng zusammen, daß nicht ein einziger nächtlicher Strahl ins Zimmer fallen konnte. Aber als er das Licht gelöscht hatte, bemerkte er vom Bett aus, daß der Rand eines kleinen Glasgestells aufleuchtete. Da stand er auf, machte sich lange am Fenster zu schaffen und verfluchte das Mondlicht. Der Fußboden war kalt wie Marmor.

Als Kern die Augen geschlossen und den Gürtel seines Pyjamas gelöst hatte, glitten unter ihm die eisigen Hänge hinweg – und sein Herz begann laut zu klopfen, als ob es den ganzen Tag geschwiegen hätte und sich jetzt die Stille zunutze mache. Ihm wurde angst, als er auf dieses Klopfen lauschte. Er mußte daran denken, wie er einmal an einem stürmischen Tag mit seiner Frau an einem Fleischerladen vorbeigegangen war, in dem ein geschlachtetes Tier an einem Haken baumelte und dumpf gegen die Wand schlug. So wie jetzt sein Herz. Und seine Frau hatte vor dem Wind die Augen zusammengekniffen, ihren breitkrempigen Hut festgehalten und gesagt, daß das Meer und der Wind sie um den Verstand brächten, daß sie wegfahren müsse, wegfahren...

Kern wälzte sich auf die andere Seite, vorsichtig, damit sein Brustkorb von den hohlen Schlägen nicht zerspränge.

So kann es nicht weitergehen, murmelte er in sein Kissen und zog beklommen seine Beine an. Er lag auf dem Rücken und sah an die Decke, wo schwach ein paar vorwitzige Strahlen schimmerten – wie Rippen.

Als er die Augen wieder zusammenkniff, tanzten vor ihm kleine Funken, dann durchsichtige Spiralen, die sich unaufhörlich ineinander verdrehten. Isabels Schneeaugen und ihr Feuermund tauchten kurz vor ihm auf – und wieder Funken und Spiralen. Sein Herz zog sich für einen Moment zu einem stechenden Klumpen zusammen. Dann blähte es sich auf, hämmerte.

«So kann es nicht weitergehen, ich verliere noch den Verstand. Statt einer Zukunft nur eine schwarze Wand. Nichts.»

Ihm war, als ob Papierschlangen über sein Gesicht glitten, leicht raschelten und dann zerrissen. Dann wogten japanische Laternen bunt über das Parkett. Er tanzte, drängte sich heran. «Man brauchte sie nur zu öffnen. Weit zu öffnen... Und dann...»

Der Tod erschien ihm wie ein ruhiger Schlaf, wie ein sanftes Fallen. Keine Gedanken, kein Herzklopfen, keine Schmerzen.

Die Mondrippen an der Decke hatten unbemerkt ihre Lage verändert. Auf dem Flur hörte man leichte Schritte, irgendwo knackte ein Riegel, dann ein leises Läuten – und wieder Schritte: ein Gemurmel von Schritten, ein Stammeln von Schritten...

«Das heißt, der Ball ist zu Ende», dachte Kern. Er drehte das stickige Kissen um.

Ringsum trat jetzt eine große Stille ein. Nur sein

Herz hämmerte, schwer und mühsam. Kern tastete auf dem Nachttischchen nach der Karaffe, trank daraus. Ein eisiger Strom brannte im Hals, in der Kehle.

Er fing an, sich Einschlafhilfen in Erinnerung zu rufen: stellte sich Wellen vor, die gleichmäßig an das Ufer schlugen. Dann wollige graue Schafe, die sich langsam über einen Flechtzaun rollten. Ein Schaf, zwei, drei...

«Und im Nebenzimmer schläft Isabel», dachte Kern, «da schläft Isabel; bestimmt in einem gelben Pyjama. Gelb steht ihr. Spanische Farbe. Wenn ich an der Wand kratzte, würde sie es hören. Ach, dieser unregelmäßige Herzschlag...»

Er schlief in dem Moment ein, als er überlegte, ob er das Licht anmachen und lesen sollte. Auf dem Sessel lag ein französischer Roman. Ein Papiermesser glitt über die Seiten, schnitt sie auf. Die erste, die zweite...

Er wachte mitten im Zimmer auf, geweckt von einem Gefühl unerträglichen Grauens, das ihn aus dem Bett geworfen hatte. Er hatte geträumt, daß die Wand, an der das Bett stand, sich langsam auf ihn niedersenkte – und da war er, krampfartig ausatmend, zurückgewichen.

Kern suchte tastend nach dem Kopfende des Bettes, fand es und wäre sofort wieder eingeschlafen, hätte er nicht hinter der Wand ein Geräusch gehört. Er verstand nicht gleich, woher das Geräusch kam. Durch das angespannte Lauschen wurde sein Bewußtsein, das wieder in den Schlaf hinübergleiten wollte, plötzlich ganz klar. Das Geräusch wiederholte sich: ein Winseln – und der volle, zitternde Klang einer Gitarre. Kern schoß es durch den Kopf: Im Nebenzimmer war doch Isabel. Als wollte sie auf seine Gedanken antworten, ertönte in diesem Augenblick hinter der Wand leise ihr perlendes Lachen. Zweimal, dreimal erzitterte und verklang die Gitarre. Danach ertönte erneut das seltsame, abgerissene Bellen und verstummte wieder. Kern saß auf dem Bett und lauschte mit großer Verwunderung. Ein absurdes Bild erstand vor seinen Augen. Isabel mit einer Gitarre und einer riesigen Dogge, die sie von unten selig anstarrte. Er legte das Ohr an die kalte Wand. Das rasselnde Bellen erklang wieder, die Gitarre knisterte wie Seide, dann erhob sich ein unerklärliches Rascheln, das wellenförmig auf und ab schwoll, als hätte sich im Nebenzimmer eine gewaltige Windbö gefangen. Das Rauschen ging in ein leises Säuseln über, und die Nacht versank wieder in absoluter Stille. Dann schlug ein Fensterrahmen: Isabel schloß das Fenster.

«Sie kennt keine Ruhe», dachte er, «der Hund, die Gitarre, eisiger Zugwind.»

Jetzt war alles still. Isabel hatte nun die Geräusche verscheucht, die in ihrem Zimmer ihr Spiel getrieben hatten, sicher hatte sie sich hingelegt und schlief.

«Zum Teufel! Ich verstehe überhaupt nichts. Nichts ist mir geblieben. Zum Teufel noch einmal!» stöhnte Kern und vergrub das Gesicht in seinem Kissen. Eine bleierne Müdigkeit preßte ihm die Schläfen zusammen. In seinen Beinen war sehnsüchtige Schwere, unerträgliche Schauer liefen über seinen Körper. Lange quälte er sich noch in der Dunkelheit, warf sich schwer von einer Seite auf die andere. Die Strahlen an der Decke waren lange verloschen.

2

Am nächsten Tag erschien Isabel erst zum zweiten Frühstück.

Vom frühen Morgen an war der Himmel in blendendes Weiß getaucht, die Sonne glich dem Mond, dann fiel Schnee, langsam und senkrecht. Die dichten Flocken, wie Tupfen auf weißem Voile, verhängten den Blick auf die Berge, auf die schwer werdenden Tannen, das trübe Türkis der Eisbahn. Große und weiche Schneeflocken wirbelten gegen die Fensterscheiben, fielen, fielen ohne Ende. Wenn man ihnen lange zusah, wollte es einem scheinen, als ob das ganze Hotel langsam aufwärts schwebte.

«Gestern war ich so müde», wandte sich Isabel an ihren Nachbarn, einen jungen Mann mit hoher, olivgrüner Stirn und spitzbogenförmigen Augen, «so schrecklich müde, daß ich einfach beschloß, länger im Bett zu bleiben.»

«Sie sehen heute überwältigend aus», sagte der junge Mann gedehnt mit exotischer Liebenswürdigkeit.

Sie blähte spöttisch die Nasenflügel.

Kern, der sie durch die Hyazinthen hindurch ansah, sagte kühl:

«Ich wußte gar nicht, Miss Isabel, daß Sie einen Hund im Zimmer haben und dazu noch eine Gitarre.»

Es schien ihm, als verengten sich ihre flauschigen Augen in einem Anflug von Verwirrung noch mehr. Dann setzte sie ein strahlendes Lächeln auf: Karmesin und Elfenbein.

«Sie haben gestern abend bei der Musik wohl zu

lange gefeiert, Mister Kern», gab sie zurück, und der olivgrüne Jüngling und das Männchen, für das es nur die Bibel und Billard gab, lachten, der eine klangvoll und laut, der andere ganz leise mit hochgezogenen Brauen.

Kern sah finster drein und sagte:

«Überhaupt möchte ich Sie darum bitten, nachts nicht zu spielen. Ich schlafe sehr schlecht.»

Isabels kurzer, strahlender Blick traf sein Gesicht wie ein Messerstich.

«Das können Sie Ihren Traumbildern sagen, aber nicht mir.»

Und sie begann mit ihrem Nachbarn ein Gespräch über das Skirennen, das am morgigen Tag stattfinden sollte.

Kern spürte schon seit einigen Minuten, daß sich seine Lippen krampfartig zu einem spöttischen Lächeln auseinanderzogen, welches er nicht zurückhalten konnte. Es zuckte quälend in seinen Mundwinkeln, und plötzlich hatte er den unwiderstehlichen Wunsch, die Tischdecke vom Tisch zu reißen und den Topf mit den Hyazinthen an die Wand zu werfen.

Er stand auf, versuchte, das unerträgliche Zittern zu verbergen, und ging, ohne jemanden anzusehen, aus dem Raum.

«Was ist nur mit mir los?» wandte er sich an seine Schwermut. «Was ist das nur?»

Er öffnete seinen Koffer mit einem Tritt und begann, seine Sachen einzupacken, als ihm auf einmal schwindlig wurde; er gab sein Vorhaben auf und lief wieder im Zimmer auf und ab. Wütend stopfte er seine kurze

Pfeife. Setzte sich in den Sessel am Fenster; draußen schneite es mit widerwärtiger Gleichmäßigkeit.

Er war in dieses Hotel, in diesen eleganten und eiskalten Winkel von Zermatt gekommen, um die Wirkung der weißen Stille mit der Annehmlichkeit unkomplizierter und mannigfaltiger Bekanntschaften zu verbinden, denn völlige Einsamkeit fürchtete er mehr als alles andere. Aber jetzt begriff er, daß auch die Gesichter der Menschen ihm unerträglich waren, daß ihm vom Schnee der Kopf dröhnte und daß ihm jene beflügelnde innere Lebendigkeit und zarte Beharrlichkeit fehlten, ohne die Leidenschaft kraftlos ist. Für Isabel aber war das Leben sicher ein herrlicher Flug auf Skiern, ein ungestümes Lachen, Parfum und Frost.

Wer war sie? Eine Diva, die sich aus einer Photographie befreit hatte? Oder die heimlich weggelaufene Tochter eines hochmütigen und bösartigen Lords? Oder einfach eine jener Pariser Frauen, deren Geld wer weiß woher kommt? Ein abgeschmackter Gedanke...

«Aber einen Hund hat sie, das braucht sie gar nicht abzustreiten: irgend so eine wohlgenährte Dogge. Mit kalter Nase und warmen Ohren. Und es schneit immer noch», dachte Kern zusammenhanglos. «Aber in meinem Koffer habe ich [es war, als entspannte sich klickend eine Feder in seinem Hirn] eine Parabellum.»

Wieder wanderte er bis zum Abend ziellos durch das Hotel, blätterte teilnahmslos in den Zeitungen im Lesesaal, sah aus dem Fenster des Vestibüls, wie Isabel, der Schwede und einige junge Leute in Sweatern, über denen sie Sportsakkos trugen, einen wie ein Schwan geschwungenen Schlitten bestiegen. Scheckige Pferdchen läuteten in ihrem festlichen Geschirr. Der Schnee fiel leise und dicht. Isabel, ganz mit weißen Schneekristallen bedeckt, saß laut rufend und lachend zwischen ihren Begleitern, und als der Schlitten sich in Bewegung setzte und davonstob, lehnte sie sich zurück, schlug die Hände zusammen und applaudierte mit ihren Pelzhandschuhen.

Kern wandte sich vom Fenster ab.

«Fahr nur, fahr nur... Mir ist es gleich...»

Später, während des Abendessens, war er bemüht, sie nicht anzusehen. Sie war in einer irgendwie festlichen und fröhlich-erregten Stimmung – und schenkte ihm keinerlei Beachtung. Um neun Uhr begann die Negermusik wieder dumpf zu hämmern und zu quarren. Kern stand fröstelnd vor Sehnsucht am Türpfosten und blickte auf die ineinander verschlungenen Paare und auf Isabels üppigen schwarzen Fächer.

Eine leise Stimme sagte direkt an seinem Ohr:

«Kommen Sie, gehen wir in die Bar. Ja?»

Er drehte sich um und erblickte die melancholischen Ziegenaugen, die Ohren mit dem rötlichen Flaum.

In der Bar herrschte rotes Halbdunkel, die Volants der Lampenschirme spiegelten sich in den Glastischen. An der metallisch glänzenden Theke saßen drei Herren mit untergeschlagenen Beinen – alle drei in weißen Gamaschen – auf hohen Barhockern und schlürften mit Strohhalmen grellbunte Getränke. Hinter der Theke, wo verschiedenfarbige Flaschen in den Regalen funkelten wie eine Sammlung dicker Käfer, mixte ein feister Mann in himbeerfarbenem Smoking und mit schwarzem Schnurrbart außerordentlich geschickt Cocktails.

Kern und Monfiori wählten einen Tisch in der samtenen Tiefe der Bar. Der Ober klappte eine lange Getränkekarte auf, behutsam und andächtig wie ein Apotheker, der ein wertvolles Buch zeigt.

«Wir werden der Reihe nach von jedem ein Glas trinken», sagte ihm Monfiori mit seiner traurigen, kaum vernehmbaren Stimme, «und wenn wir durch sind, fangen wir wieder von vorne an. Wir werden dann nur das nehmen, was uns geschmeckt hat. Vielleicht bleiben wir bei einem Getränk und lassen es uns eine Zeitlang schmecken. Dann beginnen wir wieder von vorne.»

Er blickte den Ober versonnen an:

«Haben Sie verstanden?»

Der Ober beugte seinen Scheitel.

«Das ist eine sogenannte Bacchus-Reise», wandte Monfiori sich mit einem wehmütigen Lächeln an Kern. «Einige Menschen gehen auch im Leben so vor.»

Kern unterdrückte ein fröstelndes Gähnen.

«Dies hier endet mit Erbrechen.»

Monfiori seufzte. Trank aus. Schnalzte mit der Zunge. Machte mit einem Drehbleistift ein Kreuzchen hinter der ersten Nummer auf der Karte. Von seinen Nasenflügeln liefen zwei tiefe Furchen zu den Winkeln seines schmalen Mundes.

Nach dem dritten Glas steckte sich Kern schweigend eine Zigarette an. Nach dem sechsten – irgendeine widerliche Mischung aus Schokolade und Champagner war an der Reihe – verspürte er das Bedürfnis zu sprechen.

Er stieß einen Rauchtrichter aus; die Augen zusammenkneifend, schnippte er dann mit seinem gelben Fingernagel die Asche ab.

«Sagen Sie, Monfiori, was halten Sie von dieser, wie heißt sie doch noch – Isabel?»

«Sie werden nichts bei ihr erreichen», sagte Monfiori. «Sie gehört zur Gattung der Glatthäuter. Sie sucht nur flüchtige Beziehungen.»

«Aber sie spielt nachts Gitarre, hat einen Hund bei sich. Das ist abscheulich, nicht wahr?» sagte Kern, die Augen starr auf sein Glas gerichtet.

Monfiori seufzte wieder:

«Lassen Sie sie in Ruhe. Gewiß...»

«Das ist ja wohl der pure Neid, der...», begann Kern von neuem.

Der andere unterbrach ihn ruhig:

«Sie ist eine Frau. Ich aber habe, wissen Sie, andere Neigungen.»

Er hüstelte bescheiden. Bekreuzigte sich.

Die rubinroten Getränke wurden von goldfarbenen abgelöst. Kern hatte das Gefühl, daß sein Blut süß wurde. Sein Kopf vernebelte sich. Die weißen Gamaschen verließen die Bar. Verstummt waren die Wirbel und die Melodien der fernen Musik.

«Sie sagen, daß man wählen muß...», sagte er dumpf und träge, «aber ich bin an einem Punkt angelangt... Hören Sie, ich hatte eine Frau. Sie liebte einen anderen. Der erwies sich als Dieb. Er stahl Autos, Schmuck, Pelze... Und sie hat sich vergiftet. Mit Strychnin.»

«Sie glauben doch an Gott?» fragte Monfiori mit dem Ausdruck eines Menschen, der auf sein Steckenpferd zu sprechen kommt. «Denn es gibt Gott.»

Kern lachte gezwungen.

«Der Gott der Bibel, ein gasförmiges Wirbeltier... Nein, an den glaube ich nicht.»

«Das stammt von Huxley», bemerkte Monfiori sanft. «Aber es gab den biblischen Gott... Die Sache ist die, daß Er nicht der einzige ist. Es sind ihrer viele, der biblischen Götter... Eine ganze Schar... Von ihnen ist mir der liebste... ‹Sein Niesen glänzt wie ein Licht. Seine Augen sind wie die Wimpern der Morgenröte.› Verstehen Sie, können Sie verstehen, was das bedeutet? Ja? Und weiter: ‹...Die Gliedmaßen seines Fleisches hangen aneinander und halten hart an ihm, daß er nicht zerfallen kann.› Wie? Was? Begreifen Sie das?»

«Hören Sie auf», schrie Kern.

«Nein, versuchen Sie doch zu begreifen. ‹Er macht, daß der tiefe See siedet wie ein Topf und rührt ihn ineinander, wie man eine Salbe mengt. Nach ihm leuchtet der Weg, er macht die Tiefe ganz grau.›»

«Hören Sie endlich auf», unterbrach ihn Kern. «Ich wollte Ihnen sagen, daß ich beschlossen habe, meinem Leben ein Ende zu machen...»

Monfiori sah ihn trübe und aufmerksam an, während er mit der Handfläche sein Glas zudeckte. Er schwieg.

«Ich dachte es mir», begann er unerwartet sanft. «Heute, als Sie auf die Tanzenden blickten, und vorher, als Sie vom Tisch aufstanden... Da war etwas in Ihrem Gesicht... Eine Furche zwischen den Brauen... Eine von besonderer Art... Ich habe es sofort verstanden...»

Er verstummte, strich mit der Hand über den Rand des Tisches. «Hören Sie, was ich Ihnen sage», fuhr er fort, und seine schweren, violetten Lider versanken in den Furchen seiner Wimpern. «Ich suche überall nach Menschen wie Sie – in teuren Hotels, in Zügen, in Seebädern am Meer –, nachts auf den Uferstraßen der Großstädte.»

Ein kleines, träumerisches Lächeln glitt über seine Lippen.

«Ich weiß noch, einmal in Florenz...»

Er hob langsam seine Ziegenaugen.

«Hören Sie, Kern – ich möchte dabeisein... Darf ich?»

Kern saß starr mit gebeugtem Rücken und spürte unter dem gestärkten Hemd Kälte in der Brust.

«Wir sind beide betrunken», ging es ihm durch den Kopf. Er ist ein Ungeheuer.

«Darf ich?» wiederholte Monfiori mit spitzen Lippen. «Ich bitte Sie sehr.»

Er berührte ihn mit seiner kalten, behaarten Hand...

Kern zuckte zusammen und stand, heftig schwankend, vom Stuhl auf.

«Zum Teufel! Lassen Sie mich in Ruhe... Es war nur ein Scherz...»

Monfiori sah ihn immer noch aufmerksam an, sog sich mit seinen Blicken an ihm fest.

«Ich habe Sie satt! Alles habe ich satt!» Kern riß sich los und schlug die Hände zusammen – und Monfioris Blick löste sich abrupt, wie mit einem Schmatzen.

«Grillen! Puppentheater! ... Ein Spiel mit Worten! ... Genug davon! ...»

Er stieß sich schmerzhaft die Rippen an der Tischkante. Der himbeerfarbene Dicke hinter seiner schlingernden Theke glotzte ihn an, schwamm wie in einem Hohlspiegel inmitten seiner Flaschen. Kern schritt über die wankenden Wellen des Teppichs, stieß mit der Schulter gegen die schwingende Glastür.

Das Hotel lag in tonlosem Schlaf. Als er sich mit Mühe die weiche Treppe hinaufgeschleppt hatte, suchte er sein Zimmer. In der Tür nebenan steckte der Schlüssel. Jemand hatte vergessen abzuschließen. Im trüben Licht schlängelten sich die Blumen im Korridor. In seinem Zimmer suchte er lange nach dem Lichtschalter an der Wand. Dann fiel er in den Sessel am Fenster.

Er dachte daran, daß er gewisse Briefe schreiben müsse. Abschiedsbriefe. Aber der zähe und klebrige Rausch hatte ihn geschwächt. In seinen Ohren war ein dumpfes Sausen, über seine Stirn strichen eisige Wellen. Er mußte den Brief schreiben – und noch etwas ließ ihm keine Ruhe. So als ob er aus dem Haus gegangen wäre und seine Brieftasche vergessen hätte. Das spiegelnde Schwarz des Fensters reflektierte einen Streifen seines Kragens und seine blasse Stirn. Mit trunkenen Tropfen hatte er vorn sein Hemd besudelt. Er mußte den Brief schreiben, nein, das war es nicht. Und plötzlich tauchte etwas vor seinem inneren Auge auf. Der Schlüssel! Es war der Schlüssel, der in der Tür des Nebenzimmers steckte... Kern erhob sich mühsam und trat in den matt erleuchteten Korridor hinaus. An dem riesigen Schlüssel hing ein blinkendes Schildchen mit der Zahl 35. Er blieb vor dieser weißen Tür stehen. Ein begehrliches Zittern lief durch seine Beine.

Ein eisiger Wind schlug ihm entgegen. In dem geräumigen, erleuchteten Schlafzimmer stand das Fenster weit offen. Auf dem breiten Bett lag rücklings in einem gelben, offenen Pyjama Isabel. Ihre helle Hand hing herunter, zwischen den Fingern glomm eine Zigarette. Der Schlaf hatte sie offensichtlich unversehens übermannt.

Kern setzte sich an ihr Bett. Er stieß mit dem Knie an den Stuhl, auf dem die Gitarre ganz leise zu klingen begann. Isabels blauschwarze Haare ringelten sich auf dem Kopfkissen. Er betrachtete ihre dunklen Lider, den zarten Schatten zwischen ihren Brüsten. Er berührte die Bettdecke. Sie schlug augenblicklich die Augen auf. Da sagte Kern und beugte sich leicht zu ihr hinunter:

«Ich brauche Ihre Liebe. Morgen erschieße ich mich.»

Er hätte sich nie träumen lassen, daß sich eine Frau – auch wenn sie überrumpelt wird – so erschrecken kann. Isabel erstarrte zunächst, wandte sich um, warf einen Blick auf das offene Fenster, glitt blitzschnell vom Bett herunter und an Kern vorbei – mit gesenktem Kopf, als erwarte sie einen Schlag von oben.

Die Tür schlug zu. Briefpapier flatterte vom Tisch.

Kern blieb inmitten des geräumigen und hellen Zimmers stehen. Auf dem Nachttisch schimmerten violett und golden Weintrauben.

«Sie ist verrückt», sagte er laut.

Er zuckte schwerfällig die Schultern. Von der Kälte überkam ihn ein anhaltendes Zittern, wie bei einem Pferde. Und plötzlich erstarrte er.

Draußen wuchs, flog, näherte sich erregt und stoßweise ein rasches und freudiges Bellen. Einen Augenblick später füllte und belebte sich die Fensterhöhle, das Quadrat aus schwarzer Nacht, mit dichtem, wogendem Fell. Mit einem weit ausholenden und geräuschvollen Schwung verdeckte dieser schlaffe Pelz den Nachthimmel von Rahmen zu Rahmen. Ein weiterer Augenblick, und er blähte sich angestrengt auf, stürmte schief herein, breitete sich aus. In dem pfeifenden Schwingen des wogenden Pelzes blitzte ein weißes Antlitz auf. Kern ergriff den Hals der Gitarre und schlug mit aller Kraft in dieses weiße Antlitz, das auf ihn zuflog. Die Rippe eines gewaltigen Flügels, ein flauschiger Sturm riß ihn zu Boden. Raubtiergeruch hüllte ihn ein. Kern riß sich los und stand auf.

In der Mitte des Zimmers lag ein riesiger Engel.

Er füllte das ganze Zimmer, das ganze Hotel, die ganze Welt. Der rechte Flügel war gekrümmt und stützte sich mit einer Ecke gegen den Spiegelschrank. Der linke schwang hilflos in der Luft und verfing sich in den Beinen des umgekippten Stuhles. Der Stuhl polterte vor und zurück über den Boden. Das braune Fell auf den Flügeln dampfte, schimmerte wie Rauhreif. Betäubt von dem Schlag stützte sich der Engel auf die Hände wie eine Sphinx. Auf den weißen Händen traten blaue Adern hervor, auf den Schultern hatte er an den Schlüsselbeinen dunkle Gruben. Die Augen länglich – gleichsam kurzsichtig –, blaßgrün, wie die Luft vor Tagesanbruch, blickten Kern unter den geraden, zusammengewachsenen Brauen hervor ohne Blinzeln an. Kern, dem der scharfe Geruch des feuchten Pelzes fast den Atem nahm, stand unbeweglich, mit der Ruhe äußerster Angst, und betrachtete die gigantischen dampfenden Flügel und das weiße Antlitz.

Draußen auf dem Korridor erhob sich dumpfer Lärm. Da überwältigte Kern ein anderes Gefühl: beklemmende Scham.

Er spürte diese Scham schmerzhaft bis zum Entsetzen, daß jetzt jemand hereinkommen könnte und ihn und dieses unglaubliche Wesen hier fände.

Der Engel atmete geräuschvoll, machte eine Bewegung. Seine Arme erschlafften. Er fiel auf die Brust und schlug leicht mit einem Flügel. Kern beugte sich über ihn, mit knirschenden Zähnen und bemüht, nicht hinzusehen, und umfaßte eine Wölbung feuchten, stinkenden Fells, die kalten, glitschigen Schultern. Mit unerträglichem Widerwillen bemerkte er, daß die Beine des Engels blaß waren und ohne Knochen, so daß er auf ihnen nicht stehen konnte. Der Engel leistete keinen Widerstand. Kern zog ihn eilig zum Schrank, öffnete die Spiegeltür und mühte sich, die Flügel in die knarrende Tiefe zu stoßen und zu quetschen. Er faßte sie an den Rippen, versuchte sie zu biegen und zusammenzupressen. Die Falten im Fell, die in Bewegung geraten waren, schlugen ihm gegen die Brust. Schließlich stieß er mit einem kräftigen Druck die Tür auf. Im selben Augenblick erhob sich drinnen ein durchdringender und unerträglicher Jammerschrei – der Jammerschrei eines Raubtieres, das von einem Rad überrollt wird. O weh, er hatte ihm einen Flügel eingeklemmt. Ein Ende des Flügels ragte aus dem Türspalt. Kern öffnete die Tür ein wenig und schob den krausen Teil mit der Handfläche hinein. Er drehte den Schlüssel im Schloß.

Es wurde sehr still. Kern spürte, wie ihm heiße Tränen über das Gesicht liefen. Er seufzte auf und stürzte in den Korridor. Isabel, ein gekrümmtes Häuflein schwarzer Seide, lag an der Wand. Er hob sie auf, trug sie in sein Zimmer und legte sie aufs Bett. Dann nahm er die schwere Parabellum aus dem Koffer, legte das Magazin ein und stürzte, ohne Atem zu holen, zurück ins Zimmer 35.

Die beiden Hälften eines zerbrochenen Tellers schimmerten weiß auf dem Teppich. Die Weintrauben lagen verstreut herum.

Kern sah sich in der Spiegeltür des Schrankes: eine Haarsträhne, die ihm ins Gesicht gefallen war, ein gestärkter Hemdausschnitt mit roten Spritzern, der längliche Schein an der Mündung der Pistole.

«Man muß ihm den Garaus machen», rief er dumpf und öffnete den Schrank.

Nur ein Büschel stinkenden Flaums. Braune, fettige Flocken wirbelten durch das Zimmer. Der Schrank war leer. Unten leuchtete weiß ein zerdrückter Hutkarton.

Kern ging zum Fenster, blickte hinaus. Zottige, kleine Wolken schwebten auf den Mond zu und strahlten in seiner Nähe in matten Regenbogenfarben. Er schloß das Fenster, stellte den Stuhl an seinen Platz, schob die braunen Flaumflocken unter das Bett. Dann trat er vorsichtig auf den Korridor. Es war immer noch still. Die Menschen schlafen fest in Berghotels.

Aber als er in sein Zimmer zurückkam, sah er, wie Isabel, deren nackte Beine aus dem Bett hingen, zitterte und sich den Kopf hielt. Er schämte sich, wie vorher, als der Engel ihn mit seinen seltsamen, grünlichen Augen angeblickt hatte.

«Sagen Sie mir... wo ist er?» Isabel atmete schnell.

Kern wandte sich ab, ging zu seinem Schreibtisch, setzte sich, öffnete die Schreibmappe und gab zur Antwort:

«Weiß ich nicht.»

Isabel zog die bloßen Füße aufs Bett.

«Kann ich bei Ihnen bleiben... vorerst? Ich habe solche Angst...»

Kern nickte schweigend. Er versuchte, das Zittern in seiner Hand zu unterdrücken, und schickte sich an zu schreiben. Isabel begann wieder zu sprechen – erregt und tonlos –, aber aus irgendeinem Grund erschien ihm ihr Erschrecken echt weiblich und natürlich.

«Ich habe ihn gestern getroffen, als ich im Dunkeln Ski gefahren bin. Er war in der Nacht bei mir.»

Kern, bemüht, ihr nicht zuzuhören, schrieb in schwungvoller Handschrift:

«Mein lieber Freund. Dies ist mein letzter Brief. Ich habe nie vergessen, wie Du mir geholfen hast, als das Unglück über mich hereinbrach. Er lebt sicherlich auf einem Gipfel, wo er Bergadler fängt und sich von ihrem Fleisch ernährt...»

Plötzlich besann er sich, strich alles durch und nahm ein neues Blatt Papier. Isabel schluchzte, das Gesicht in das Kopfkissen vergraben.

«Was soll ich jetzt tun?... Er wird sich an mir rächen... Oh, mein Gott...»

«Mein lieber Freund», schrieb Kern schnell, «sie hat

unvergeßliche Beziehungen gesucht, und jetzt wird sie ein geflügeltes Untier zur Welt bringen... Ach... zum Teufel!»

Er zerknüllte das Blatt.

«Versuchen Sie einzuschlafen», sagte er über die Schulter zu Isabel, «und morgen fahren Sie ab. Ins Kloster.»

Ihre Schultern hoben und senkten sich schnell. Dann wurde sie still.

Kern schrieb. Vor sich hatte er die lächelnden Augen des einzigen Menschen auf der Welt, mit dem er frei reden und schweigen konnte. Er schrieb ihm, daß sein Leben vorbei sei, daß er seit kurzem das Gefühl habe, statt der Zukunft bewege sich eine schwarze Wand auf ihn zu, und daß gerade jetzt etwas geschehen sei, wonach ein Mensch nicht mehr leben könne und dürfe. «Morgen mittag werde ich sterben», schrieb Kern, «morgen, weil ich im Vollgefühl meiner Kräfte und bei nüchternem Tageslicht sterben will. Jetzt bin ich zu sehr erschüttert.»

Als er fertig war, setzte er sich in den Sessel am Fenster. Isabel schlief und atmete kaum hörbar. Eine lastende Müdigkeit umfing seine Schultern. Der Schlaf senkte sich wie ein sanfter Nebel auf ihn herab.

3

Er erwachte von dem Klopfen an der Tür. Frostiges Azurblau strömte durch das Fenster.

«Herein», sagte er und streckte sich.

Der Kellner stellte lautlos das Tablett mit einer Tasse Tee auf den Tisch, verbeugte sich und ging hinaus.

Kern lachte vor sich hin: «Und ich bin noch im zerdrückten Smoking.»

Im selben Moment fiel ihm ein, was in der Nacht passiert war. Er fuhr hoch und warf einen Blick auf das Bett. Isabel war nicht da. Sicher war sie gegen Morgen in ihr Zimmer gegangen. Und jetzt ist sie natürlich abgereist... Braune, schlaffe Flügel tauchten für einen Moment vor ihm auf. Er stand schnell auf und öffnete die Tür zum Korridor.

«Warten Sie», rief er dem sich entfernenden Rücken des Kellners nach, «nehmen Sie bitte den Brief mit.»

Er ging zum Tisch, suchte. Der Kellner wartete an der Tür. Kern klopfte alle Taschen ab, sah unter dem Sessel nach.

«Sie können gehen. Ich werde ihn später dem Portier geben.»

Der Scheitel machte eine Verbeugung, und leise schloß sich die Tür.

Kern war ärgerlich, daß der Brief nicht zu finden war. Gerade dieser Brief. In ihm hatte er so treffend, so flüssig und einfach alles das gesagt, was nötig war. Aber jetzt konnte er sich nicht mehr an den Wortlaut erinnern. Es kamen ihm nur unsinnige Phrasen in den Sinn. Nein, der Brief war großartig gewesen.

Er setzte sich hin, um einen neuen zu schreiben, aber was dabei herauskam, war kalt und schwülstig. Er siegelte ihn. Schrieb deutlich die Adresse drauf.

Ihm wurde merkwürdig leicht ums Herz. Heute mittag würde er sich erschießen, denn der Mensch, der sich zum Selbstmord entschlossen hat, ist ja selbst ein Gott.

Der zuckerartige Schnee leuchtete ins Fenster. Es zog ihn dorthin, zum letzten Mal.

Die Schatten der bereiften Bäume lagen auf dem Schnee wie bläuliche Federn. Von irgendwoher ertönte süßes Schellengeläute. Menschen waren in hellen Scharen unterwegs: junge Mädchen in Wollmützen, die sich ängstlich und ungeschickt auf ihren Skiern bewegten, junge Leute, die sich untereinander laut etwas zuriefen und Wolken von Gelächter ausatmeten, ältere Menschen mit vor Anstrengung geröteten Gesichtern und dann noch ein hagerer, blauäugiger alter Mann, der einen samtbespannten Schlitten hinter sich her zog. Kern dachte flüchtig: Diesem alten Mann ins Gesicht schlagen, mit voller Wucht, einfach so... Jetzt war ihm doch alles erlaubt... Er mußte lachen... Lange hatte er sich nicht so wohl gefühlt.

Alle zog es dorthin, wo das Skirennen bereits begonnen hatte. Das war ein langer, steiler Hang, der in der Mitte in eine ebene Schneefläche überging, die scharf abbrach und einen rechtwinkligen Absatz bildete. Der Skiläufer, der gerade den steilen Hang heruntergefahren kam, flog von dieser Schanze in die azurblaue Luft; er flog, die Arme ausgebreitet, und landete aufrecht wieder auf der Piste und raste weiter. Der Schwede überbot knapp seinen letzten Rekord, schlug weit unten in einem Wirbel silbrig stiebenden Schnees einen scharfen Bogen und blieb mit eingeknickten Beinen stehen.

Es kamen noch zwei Läufer in schwarzen Rollkragenpullovern, sie sprangen und landeten federnd im Schnee.

«Jetzt kommt Isabel», sagte eine leise Stimme an Kerns Schulter. Kern schoß es durch den Kopf: «Ist sie wirklich noch hier? Wie kann sie nur...» – und blickte auf den Sprechenden. Es war Monfiori. Mit seiner Melone, die er über die abstehenden Ohren gezogen hatte, und in seinem schwarzen Mäntelchen mit den verschossenen Samtstreifen am Kragen hob er sich auf lächerliche Weise von der in Wollsachen gekleideten, fröhlichen Menge ab. «Soll ich es ihm erzählen?» dachte Kern.

Mit Widerwillen verscheuchte er die braunen, stinkenden Flügel: Nur nicht daran denken.

Isabel war den Hügel emporgestiegen. Sie drehte sich um und sagte irgend etwas zu ihrem Begleiter, fröhlich, so fröhlich wie immer. Kern wurde es unheimlich angesichts dieser Fröhlichkeit. Es war ihm, als ob über diesen Schneemassen, über dem gläsernen Hotel, über diesen Spielzeugmenschen etwas aufblitzte – ein Schaudern, ein Widerschein...

«Wie geht es Ihnen heute?» fragte Monfiori und rieb seine leblosen Hände.

In diesem Augenblick ertönten ringsum Stimmen:

«Isabel! Die fliegende Isabel!»

Kern hob rasch den Kopf. Ungestüm jagte sie den steilen Hang hinunter. Einen Moment später erkannte er auch schon ihr lebhaftes Gesicht und den Glanz auf den Wimpern. Mit einem leicht pfeifenden Geräusch glitt sie über die Schanze, flog hoch hinaus, hing in der Luft – wie eine Gekreuzigte. Und dann...

Das hatte natürlich keiner erwarten können. Isabel krümmte sich im vollen Flug wie in einem Krampf und fiel wie ein Stein herab, rollte mit wirbelnden Skiern durch den stiebenden Schnee.

Die Rücken der zu ihr hin eilenden Menschen verdeckten ihm sofort die Sicht. Kern ging mit hochgezogenen Schultern langsam näher. Ganz klar, wie mit riesigen Lettern geschrieben, stand es vor ihm: die Rache, der Schlag des Flügels.

Der Schwede und ein großer Herr mit Hornbrille beugten sich über Isabel. Der Herr mit Brille tastete den leblosen Körper mit fachkundigen Handbewegungen ab. Er murmelte: «Ich verstehe das nicht... Der Brustkorb ist eingeschlagen...»

Er hob leicht ihren Kopf. Sichtbar wurde ein lebloses, gleichsam entblößtes Gesicht.

Kern drehte sich auf knirschenden Absätzen um und ging festen Schritts auf das Hotel zu. Neben ihm trippelte Monfiori, lief dann ein Stück voraus und sah ihm in die Augen.

«Ich gehe jetzt zu mir nach oben», sagte Kern, bemüht, ein schluchzendes Lachen zu verschlucken und zu unterdrücken. «Nach oben... Wenn Sie mit mir kommen wollen...»

Das Lachen stieg ihm in die Kehle, begann zu sprudeln. Kern stieg wie ein Blinder die Treppe hinauf. Monfiori stützte ihn zaghaft und eilfertig.

Klänge

Wir mußten das Fenster zumachen: Der Regen, der auf das Fensterbrett trommelte, spritzte auf das Parkett, auf die Sessel. Durch den Garten, über das Grün und den orangefarbenen Sand jagten, heftig und bedrohlich rauschend, riesige, silbrig schimmernde Phantome. Das Abflußrohr dröhnte und gluckerte. Du spieltest Bach. Das Klavier hatte seinen Lackfittich gehoben, unter dem Deckel lag flach hingestreckt eine Lyra, kleine Hämmerchen schlugen die Saiten an. Vom Ende war die Brokatdecke in groben Falten hinuntergeglitten und hatte das Opus mitgerissen, das nun aufgeschlagen auf dem Boden lag. Hin und wieder klirrte durch das Wogen der Fuge hindurch dein Ring auf den Tasten, und unaufhörlich und herrlich peitschte der strömende Juniregen gegen die Fensterscheiben. Und ohne dein Spiel zu unterbrechen, riefst du, den Kopf leicht geneigt, im Takt, wobei du unwillkürlich in einen singenden Ton fielst: «Regen, Regen... Ich ü-ber-tö-ne ihn...»

Aber du konntest ihn nicht übertönen.

Ich riß mich von den Alben los, die wie samtene Särge auf dem Tisch lagen, sah dich an, lauschte der Fuge, dem Regen, und es wuchs in mir ein frisches Gefühl, wie der Duft von feuchten Nelken, der von überall herkam, von den Regalen, dem Klavierflügel, den länglichen Diamanten des Lüsters.

Es war das Gefühl eines triumphierenden Gleichgewichts: Ich spürte die musikalische Verbindung zwischen den silbrig schimmernden Phantomen im Regen und deinen sanft abfallenden Schultern, die bebten, wenn du deine Finger in den nachgiebigen Glanz hineindrücktest. Und als ich in mich hineinhorchte, empfand ich die ganze Welt als... als eine Einheit, mit sich selber im Einvernehmen, von den Gesetzen der Harmonie zusammengehalten. Ich, du, die Nelken – in diesem Moment waren wir vertikale Akkorde auf den Notenlinien. Ich begriff, daß alles auf der Welt ein Spiel gleichartiger Teilchen war, die verschiedene Zusammenklänge bildeten: die Bäume, das Wasser, du... einzigartig, gleichwertig, göttlich. Du warst aufgestanden. Noch brach der Regen die Sonnenstrahlen. Die Pfützen erschienen wie Abgründe im dunklen Sand – Öffnungen in irgendwelche anderen Himmel, die unter der Erde dahinglitten. Auf einer Bank, die funkelte wie dänisches Porzellan, lag ein vergessener Tennisschläger; die Saiten waren vom Regen braun geworden, der Rahmen hatte sich zu einer Acht verzogen.

Als wir die Allee betraten, drehte sich mir leicht der Kopf von der Buntheit der Schatten und dem fauligfeuchten Pilzgeruch.

Ich sehe dich vor mir; ein Lichtschimmer umgab dich. Du hattest spitze Ellenbogen und helle, gleichsam verschleierte Augen. Wenn du sprachst, teiltest du die Luft mit der Handkante, mit dem Glitzern des Armbands an deinem schmalen Handgelenk. Deine Haare verschmolzen mit der sonnendurchfluteten Luft, die sie umzitterte. Du rauchtest viel und hastig. Den Rauch stießest du durch beide Nasenlöcher aus und streiftest die Asche linkisch ab. Dein taubenblaues Gutshaus lag fünf Werst von dem unseren entfernt. Es hallte in deinem Haus und war prächtig und kühl. Eine Aufnahme davon war in einer auf Glanzpapier gedruckten hauptstädtischen Zeitschrift erschienen. Fast jeden Morgen schwang ich mich auf den ledernen Keil meines Fahrrads und rauschte über einen Pfad, durch den Wald, dann über die Chaussee, durch ein Dorf und wieder über einen Pfad – zu dir. Du rechnetest damit, daß dein Mann im September nicht kommen würde. Und du und ich, wir fürchteten nichts, weder das Gerede deiner Dienstboten noch das Mißtrauen meiner Familie. Beide glaubten wir, jeder auf seine Weise, an das Schicksal.

Deine Liebe war gedämpft, wie deine Stimme. Du liebtest gleichsam mürrisch und hast nie über die Liebe gesprochen. Du gehörtest zu den Frauen, die meist schweigsam sind und an deren Schweigen man sich gleich gewöhnt. Aber zuweilen brach sich etwas in dir Bahn. Dann erdröhnte dein gewaltiger Bechstein – oder du erzähltest mir, während du ausdruckslos vor dich hinblicktest, sehr komische Witze, die du von deinem Mann oder seinen Regimentskameraden gehört hattest. Ich erinnere mich an deine Hände – sie waren lang und blaß und hatten bläuliche Adern.

An jenem glücklichen Tag, als der Regen prasselte und du so unerwartet gut spieltest, löste sich das Unklare, das nach den ersten Wochen unserer Liebe unmerklich zwischen uns aufgekommen war. Ich begriff, daß du keine Macht über mich hattest, daß nicht du allein, sondern die ganze Welt meine Geliebte war. Meine Seele hatte gleichsam unzählige feine Fühler ausgestreckt, und ich lebte in allem und spürte gleichzeitig, wie irgendwo jenseits des Ozeans die Niagara-Fälle tosten und hier in der Allee lange goldene Tropfen raschelten und zu Boden fielen. Ich blickte auf die glänzende Rinde der Birke und fühlte plötzlich: Nicht Arme hatte ich, sondern herabhängende Zweige mit kleinen feuchten Blättchen, und nicht Beine, sondern tausend feine Wurzeln, die sich ausbreiteten und die Erde tranken. Ich wünschte mir, so in die Natur hineinzufließen – zu erleben, was es heißt, ein alter Steinpilz mit feinporigen gelben Röhren zu sein, eine Libelle oder ein Sonnenkringel. Ich war so glücklich, daß ich plötzlich lachen mußte – ich küßte dir das Schlüsselbein, den Nacken. Ich hätte dir sogar Verse vorgetragen, aber Gedichte konntest du ja nicht ausstehen.

Du lächeltest dein kleines Lächeln und sagtest: «Schön ist es nach dem Regen.» Dann überlegtest du und fügtest hinzu: «Weißt du, mir fällt gerade ein: Mich hat heute dieser, wie heißt er doch noch – Pal Palytsch zum Tee eingeladen. Er ist gräßlich langweilig. Aber verstehst du, ich muß hingehen.»

Ich kannte Pal Palytsch seit langem. Wir pflegten gemeinsam angeln zu gehen, und er konnte dann plötzlich mit seinem kläglichen Tenor die *Abendglocken* anstimmen. Ich liebte ihn sehr. Ein feuriger Tropfen fiel von einem Blatt mir direkt auf die Lippen. Ich schlug vor, dich zu begleiten.

Du zucktest fröstelnd mit den Schultern:

«Wir werden dort vor Langeweile umkommen. Entsetzlich.» Du sahst auf dein Handgelenk, seufztest. «Es ist Zeit. Ich muß mir andere Schuhe anziehen.»

In deinem halbdunklen Schlafzimmer hatte die Sonne, die durch die heruntergezogenen Jalousien eindrang, zwei goldene Treppen gezeichnet. Kaum vernehmbar sagtest du etwas. Draußen atmeten und tropften glücklich rauschend die Bäume. Und diesem Rauschen zulächelnd, umarmte ich dich sanft und ohne Gier.

Es war so: An dem einen Ufer des Flusses lagen dein Park, deine Wiesen, an dem anderen das Dorf. Die Chaussee hatte tiefe Schlaglöcher; ölig-violett schimmerte der Matsch, blasiges Wasser stand milchkaffeefarben in den Wagenspuren. Besonders deutlich streckten sich die schrägen Schatten der dunklen Holzhäuser.

Wir gingen im Schatten auf dem ausgetretenen Pfad am Krämerladen vorbei, vorbei an der Schenke mit dem smaragdgrünen Aushängeschild, vorbei an den Höfen, die im vollen Sonnenlicht standen und aus denen es nach Mist und frischem Heu roch.

Die Schule war neu, ein Steinbau, mit Ahornbäumen umpflanzt. Auf der Schwelle, vor der weitoffenen Tür wrang eine alte Frau mit weiß glänzenden Waden einen Lappen über dem Eimer aus.

Du fragtest: «Ist Pal Palytsch zu Hause?» Die Alte – sommersprossig mit dünnen Zöpfen – kniff, von der Sonne geblendet, die Augen zusammen. «Klar ist er zu Hause.» Sie stieß den scheppernden Eimer mit dem Fuß zur Seite. «Gehen Sie rein, gnädige Frau. Er ist in der Werkstatt.»

Unsere Schritte knarrten über den dunklen Korridor, dann gingen wir durch ein geräumiges Klassenzimmer. Im Vorbeigehen warf ich einen Blick auf eine bläuliche Karte; bei mir dachte ich: So ist ganz Rußland – Sonne, Schlaglöcher. In der Ecke blinkte zerdrückte Kreide.

Und in der kleinen Werkstatt roch es dann angenehm nach Tischlerleim und Kieferspänen. Ohne Jacke, rundlich und verschwitzt, das linke Bein vorgeschoben, hobelte Pal Palytsch und ließ den Hobel kraftvoll-spielerisch über das ächzende weiße Brett gleiten. In dem Staubwirbel schwankte seine feuchte Glatze vor und zurück. Auf dem Fußboden ringelten sich unter der Hobelbank die Späne zu feinen Locken.

Ich sagte laut: «Pal Palytsch, Sie haben Besuch!»

Er zuckte zusammen, wurde verlegen, küßte dir ehrerbietig die Hand, die du mit einer trägen, so vertrauten Bewegung hobst, und bohrte seine feuchten Finger für einen Augenblick in mein Handgelenk, schüttelte es. Er hatte ein Gesicht, das aus fettiger Knetmasse modelliert zu sein schien, mit einem weichen Schnurrbart und überraschenden Runzeln.

«Verzeihen Sie, daß ich nicht angezogen bin», grinste er verlegen. Er griff vom Fensterbrett zwei nebeneinanderstehende Zylinder und seine Manschetten und legte sie hastig an.

«Und woran arbeiten Sie?» fragtest du und ließest dein Armband blinken. Pal Palytsch zog unbeholfen seine Jacke an. «Ach nur so, nichts Besonderes», murmelte er zwischen den Zähnen, leicht über die Labiallaute stolpernd, «nur so ein kleines Gestell. Es ist noch nicht fertig. Ich muß es noch abschleifen und lackieren. Aber sehen Sie sich besser das hier mal an – die sogenannte ‹Fliege›...» Er zog zwischen seinen Handflächen einen kleinen hölzernen Helikopter auf, der brummend hochflog, an die Decke stieß und herunterfiel.

Der Schatten eines höflichen Lächelns glitt über dein Gesicht. «Aber was mache ich denn?» begann Pal Palytsch wieder. «Gehen wir doch nach oben, meine Herrschaften. Diese Tür hier quietscht. Verzeihen Sie. Erlauben Sie, daß ich vorgehe. Ich fürchte, bei mir ist nicht aufgeräumt...» – «Er scheint vergessen zu haben, daß er mich eingeladen hat», sagtest du auf englisch, als wir die knarrende Treppe hochstiegen...

Ich sah auf deinen Rücken, auf die Seidenkaros deiner Jacke. Irgendwo unten, wohl im Hof, ertönte eine klangvolle Frauenstimme: «Gerassim! Ach, Gerassim.» Und plötzlich wurde mir ganz klar bewußt, daß die Welt jahrhundertelang blühte, verging, sich drehte und änderte, nur damit jetzt eben in diesem Augenblick alles eins werden, in einen vertikalen Akkord zusammenfließen konnte – die Stimme, die unten ertönte, die Bewegung deiner seidenen Schulterblätter, der Duft von Kiefernholz.

Pal Palytschs Zimmer war sonnig und beengt. An der Wand über dem Bett hing ein kleiner Teppich, grellrot mit einem gestickten gelben Löwen in der Mitte. An einer anderen Wand hing eingerahmt ein Kapitel aus *Anna Karenin*, so gesetzt, daß das Schattenspiel der verschiedenen Schriften und die geschickte Anordnung der Zeilen das Gesicht Tolstojs zeigten...

Der Gastgeber rieb sich die Hände und bot dir einen Platz an, nachdem er mit einem Zipfel seines Jacketts ein Heft vom Tisch gefegt und es wieder auf seinen Platz zurückgelegt hatte. Auf dem Tisch erschienen Tee, Dickmilch und Albertkekse. Aus der Kommodenschublade holte Pal Palytsch eine leuchtendbunte Dose mit Landrin-Bonbons. Wenn er sich hinunterbeugte, schwoll ihm im Nacken oberhalb seines Kragens eine mit Pickeln übersäte Hautfalte an. Auf dem Fensterbrett schimmerte gelb eine tote Hummel in einem Spinnennetz.

«Wo ist dieses Sarajewo?» fragtest du plötzlich, mit einem Zeitungsblatt raschelnd, das du gelangweilt vom Stuhl genommen hattest. Pal Palytsch, der gerade dabei war, den Tee einzugießen, antwortete: «In Serbien.»

Dann reichte er dir mit zitternder Hand vorsichtig das dampfende Glas in dem silbernen Halter.

«Bitte. Darf ich Ihnen Kekse anbieten?...Warum haben sie nur die Bombe geworfen?» wandte er sich schulternzuckend an mich.

Ich betrachtete – wohl zum hundertsten Mal – den dicken gläsernen Briefbeschwerer: In dem Glas schimmerte es rosig-himmelblau, und inmitten von goldenen Sandkörnchen stand der heilige Isaak. Du lachtest auf und last laut vor: «Gestern wurde im Restaurant Quisisana der Kaufmann der zweiten Gilde Jeroschin festgenommen. Es stellte sich heraus, daß Jeroschin unter dem Vorwand...» Du lachtest wieder. «Nein, was jetzt kommt, ist unanständig.»

Pal Palytsch verlor die Fassung, lief dunkelrot an und ließ seinen Löffel fallen. Die Blätter der Ahornbäume leuchteten direkt unter den Fenstern. Ein Leiterwagen ratterte vorbei. Von irgendwo weit her kam es träge und sanft: Speise-Eis!

Er sprach von der Schule, von der Trunksucht und davon, daß im Fluß jetzt Forellen aufgetaucht seien. Ich betrachtete ihn aufmerksam, und es schien mir, als sähe ich ihn zum ersten Mal wirklich, obwohl ich ihn schon lange kannte. Bei unserer ersten Begegnung hatte ich ihn wohl nur flüchtig angesehen, und dieser erste Eindruck war in mir haftengeblieben, unverändert wie etwas Selbstverständliches, Gewohntes. Wenn ich flüchtig an Pal Palytsch dachte, war mir, als habe er nicht nur einen hellbraunen Schnurrbart, sondern auch ein ebensolches gestutztes Bärtchen. Dieses Scheinbärtchen ist charakteristisch für viele russische Gesichter. Jetzt, als ich ihn auf so besondere Art betrachtete – mit meinen inneren Augen –, sah ich, daß er in Wirklichkeit ein rundes, willensschwaches, leicht eingekerbtes Kinn hatte. Seine Nase war fleischig, und auf dem linken Augenlid entdeckte ich ein Muttermal, das ich so gerne abgeschnitten hätte, aber abschneiden hieße ihn umbringen. In diesem Körnchen war er ganz und nur er. Und als ich das alles begriffen, ihn mit meinem

Blick ganz erfaßt hatte, machte ich eine leichte, sehr leichte Bewegung, ließ gleichsam meine Seele einen Hang hinuntergleiten – und tauchte in Pal Palytsch ein, ließ mich in ihm nieder, spürte sozusagen von innen das Muttermal auf dem faltigen Augenlid, die gestärkten Kragenecken und die Fliege, die auf seiner Glatze krabbelte. Ich betrachtete alles mit seinen hellen unsteten Augen. Der gelbe Löwe über dem Bett erschien mir langvertraut, als habe er seit meiner Kindheit auf meinem Tisch gestanden. Ungewöhnlich, geschmackvoll und fröhlich erschien mir nun die gemalte Postkarte, die von gewölbtem Glas übergossen war. Vor mir saßest nicht du, sondern die Patronin der Schule – eine mir kaum bekannte schweigsame Dame – in einem niedrigen Korbsessel, an den mein Rücken gewöhnt war. Und sofort tauchte ich mit der gleichen leichten Bewegung auch in dich ein, fühlte oberhalb der Knie das Strumpfband und noch höher das Kitzeln von Batist, dachte für dich, daß es langweilig und heiß sei und daß du rauchen möchtest. In diesem Augenblick nahmst du dein goldenes Zigarettenetui aus der Handtasche, schobst die Zigarette in die Spitze. Und ich allein bin in allem: in dir, in der Zigarette, in der Zigarettenspitze, in Pal Palytsch, der ungeschickt ein Zündholz anstrich – und in dem gläsernen Briefbeschwerer und der toten Hummel auf dem Fensterbrett.

Viele Jahre sind seitdem verflossen – und ich weiß nicht, wo er jetzt ist, dieser schüchterne, aufgeschwemmte Pal Palytsch. Nur manchmal, wenn ich am allerwenigsten an ihn denke, sehe ich ihn im Traum in meiner jetzigen Umgebung. Er kommt in das Zimmer mit seinem geschäftigen, angenehmen Schritt, den verblichenen Panamahut in der Hand. Er verbeugt sich im Gehen, trocknet mit einem riesigen Tuch seine Glatze und den roten Hals. Und wenn er mir im Traum erscheint, gehst immer auch du durch meinen Traum, träge, in der Seidenjacke mit dem tiefsitzenden Gürtel.

Ich war nicht sehr gesprächig an jenem so glücklichen Tag: Ich schluckte die glitschigen Flocken der Dickmilch, horchte auf alle Geräusche. Wenn Pal Palytsch verstummte, hörte man, wie es in seinem Magen rumorte: Es knurrte sanft darin und gluckerte leicht. Dann hüstelte er geschäftig und begann hastig, irgend etwas zu erzählen – stockte, zog, wenn er nicht das richtige Wort fand, seine Stirn kraus und trommelte mit den Fingerkuppen auf den Tisch. Du lehntest dich in dem niedrigen Sessel zurück und schwiegst ruhig, brachtest, den Kopf zur Seite geneigt und den spitzen Ellenbogen hoch erhoben, die Nadeln in deinem Haar in Ordnung und sahst mich dabei unter deinen Wimpern hervor an. Du dachtest, ich genierte mich vor Pal Palytsch, weil wir zusammen gekommen waren und er etwas von unserer Beziehung ahnen könnte. Ich fand es komisch, daß du so dachtest – und komisch war es auch, daß Pal Palytsch so wehmütig und düster errötete, als du bewußt auf deinen Mann und seinen Dienst zu sprechen kamst.

Vor der Schule versprühte die Sonne unter den Ahornbäumen ihr heißes Ocker. Pal Palytsch, der uns hinausbegleitete, begann schon an der Türschwelle, sich zu verbeugen und uns zu danken, daß wir gekommen waren, und an der Haustür verbeugte er sich erneut; an der Außenwand glänzte in gläsernem Weiß ein Thermometer.

Wir verließen das Dorf, überquerten die Brücke, und als wir den Pfad zu deinem Haus hinaufgingen, nahm ich deinen Ellenbogen, und du sahst mich von der Seite mit jenem besonderen kleinen Lächeln an, das mir zeigte, daß du glücklich warst. Plötzlich hatte ich den Wunsch, dir von Pal Palytschs Falten zu erzählen und von dem heiligen Isaak inmitten des Geflimmers – aber kaum hatte ich begonnen, spürte ich, daß meine Worte nicht paßten, daß sie abgeschmackt waren –, und als du mich zärtlich ‹dekadent› nanntest, sprach ich von etwas anderem. Ich wußte, du brauchtest einfache Gefühle, einfache Worte. Dein Schweigen war leicht und windstill, wie das der Wolken und Pflanzen. Jedes Schweigen läßt ein Geheimnis vermuten. Vieles an dir erschien mir geheimnisvoll.

Ein Arbeiter mit aufgeblähtem Hemd schärfte klangvoll und kräftig seine Sense. Über den nicht gemähten Skabiosen schwebten Schmetterlinge. Auf dem Pfad kam uns ein junges Fräulein entgegen – ein blaßgrünes Tuch um die Schulter geschlungen und Gänseblümchen im dunklen Haar. Ich hatte sie schon ein paarmal gesehen, ihr feiner sonnengebräunter Hals war mir in Erinnerung geblieben. Als sie an uns vorbeiging, streifte sie dich aufmerksam mit einem leicht schielenden Blick, dann sprang sie vorsichtig über den Graben und verschwand hinter den Erlen. Ein silbriges Zittern glitt über die glanzlosen Büsche. Du sagtest: «Sicher ist sie in meinem Park spazieren gegangen. Ich kann diese Sommerfrischler nicht ausstehen...» Ein Foxterrier, eine dicke alte Hündin, kam auf dem Pfad entlanggelaufen, ihrer Herrin hinterher. Du liebtest Hunde über alles. Die Hündin kroch schwanzwedelnd und mit angelegten Ohren heran. Unter deiner ausgestreckten Hand rollte sie sich auf den Rücken und zeigte ihren zarten rosigen Bauch mit grauen, an eine Landkarte erinnernden Flecken. «Ja, bist ein braver Hund», sagtest du mit einer sonderbaren, gebrochenen Stimme.

Der Terrier wälzte sich, quietschte kokett und lief weiter; er hopste über den Graben.

Als wir die Pforte zum Park schon fast erreicht hatten, wolltest du rauchen – du wühltest in deiner Tasche und zirptest dann leise: «So was Dummes! Ich habe meine Zigarettenspitze bei ihm vergessen.» Du berührtest mich an der Schulter: «Lieber, lauf bitte zurück! Sonst kann ich nicht rauchen.» Lachend küßte ich deine zitternden Wimpern, dein kleines Lächeln.

Du riefst mir nach: «Aber beeil dich!» Dann lief ich los, nicht weil ich mich hätte beeilen müssen, sondern weil alles um mich herum lief, der schimmernde Glanz über die Büsche, die Schatten der Wolken über das feuchte Gras und die violettschimmernden Blumen, die in der Schlucht dem Blitz der Sense entgangen waren.

Etwa zehn Minuten später stieg ich, schwer atmend, die Treppe zur Schule hinauf. Mit der Faust klopfte ich an die braune Tür. Im Zimmer knarrten die Sprungfedern einer Matratze. Ich drückte den Türgriff herunter: Es war abgeschlossen. «Wer ist da?» fragte Pal Palytsch verstört. Ich rief: «Nun machen Sie schon auf!» Wieder quietschte die Matratze; bloße Füße schlurften heran. «Warum schließen Sie sich denn ein, Pal Palytsch?» Ich bemerkte sofort, daß seine Augen gerötet waren. «Kommen Sie rein, kommen Sie rein... Sehr angenehm. Wissen Sie, ich habe geschlafen. Bitte.»

«Die Zigarettenspitze ist hier liegengeblieben», sagte ich, bemüht, ihn nicht anzusehen.

Wir fanden das grüne emaillierte Röhrchen unter dem Sessel. Ich steckte es in die Tasche. Pal Palytsch trompetete in sein Taschentuch.

«Sie ist ein wunderbarer Mensch», bemerkte er überflüssigerweise und setzte sich schwer auf sein Bett. Er seufzte. Sah zur Seite: «Die russische Frau hat, wissen Sie, so eine...» – sein Gesicht legte sich ganz in Falten, er rieb sich die Stirn – «so eine... [er räusperte sich leise] ...Opferbereitschaft. Es gibt nichts Schöneres auf der Welt. Eine ungewöhnlich zarte, ungewöhnlich schöne... Opferbereitschaft», er verschränkte die Arme und erstrahlte in einem empfindsamen Lächeln, «ungewöhnlich...» Er verstummte und fragte dann in einem anderen Ton, mit dem er mich häufig zum Lachen gebracht hatte. «Und was können Sie mir noch erzählen, mein Lieber...» Ich hätte ihn gerne umarmt, ihm etwas Liebevolles, Wichtiges gesagt. «Sie sollten spazierengehen, Pal Palytsch. Was haben Sie davon, in einem stickigen Zimmer zu versauern.» Er winkte ab. «Was gibt's denn da draußen zu sehen? Da sticht doch nur die Sonne...» Er rieb sich mit der Hand die geschwollenen Augen, strich über seinen Schnurrbart – von oben nach unten. «Heute abend, vielleicht gehe ich dann fischen.» Sein Muttermal auf dem faltigen Lid zitterte. Ich hätte ihn fragen müssen: Lieber Pal Palytsch, warum hatten Sie sich gerade hingelegt und Ihr Gesicht im Kissen vergraben? Ist das Heuschnupfen oder ein großer Kummer? Haben Sie einmal eine Frau geliebt? Und warum war Ihnen heute zum Weinen zumute, wo draußen die Sonne scheint und Pfützen stehen?

«Jetzt muß ich aber laufen, Pal Palytsch», sagte ich und warf einen Blick auf die nicht abgeräumten Teegläser, den typographischen Tolstoj und die Stiefel mit den Schlaufen unter dem Tisch.

Zwei Fliegen setzten sich auf den roten Fußboden. Die eine krabbelte auf die andere. Sie summten. Flogen auseinander. «Ach, ihr...», seufzte Pal Palytsch langsam. Er schüttelte den Kopf. «Nun, dann soll es so sein, gehen Sie nur.»

Wieder lief ich über den Pfad, an den Erlenbüschen vorbei. Ich spürte, daß ich in fremdem Leid gebadet hatte, von fremden Tränen glänzte. Es war ein glückliches Gefühl, und seit damals habe ich es ab und zu erlebt – beim Anblick eines sich neigenden Baumes, eines zerrissenen Handschuhs, von Pferdeaugen. Es war deshalb ein glückliches Gefühl, weil es harmonisch floß. Es war glücklich, wie jede Bewegung, jedes Strömen. War ich auch einmal in Millionen von Wesen und

Dingen gespalten gewesen, jetzt war ich eins, morgen würde ich wieder zerfallen. Alles in der Welt verfließt so ineinander. An jenem Tag war ich auf dem Gipfel dieser Woge, wußte, daß alles um mich herum Noten einer einzigen Harmonie waren, wußte insgeheim, wie die für einen Augenblick zusammengeflossenen Klänge entstanden waren, wie sie sich wieder auflösen mußten, welchen neuen Akkord jede einzelne der auseinanderfallenden Noten bilden würde. Das musikalische Gehör meiner Seele wußte alles, verstand alles.

Du erwartetest mich im Vorgarten, an den Stufen zur Veranda, und deine ersten Worte waren: «Mein Mann hat aus der Stadt angerufen, während ich weg war. Er kommt mit dem Zehnuhrzug. Etwas muß geschehen sein. Vielleicht wird er versetzt.»
 Eine Bachstelze – ein graublauer Lufthauch – trippelte über den Sand: blieb stehen – zwei, drei Schrittchen –, blieb wieder stehen, trippelte weiter. Die Bachstelze, die Zigarettenspitze in meiner Tasche, deine Worte, Sonnenflecken auf deinem Kleid. Anders konnte es nicht sein.
 «Ich weiß, woran du denkst», sagtest du, die Augenbrauen hochgezogen, «daran, daß man es ihm hinterbringen wird und all das. Aber das ist gleichgültig... Weißt du, daß ich...» Ich sah direkt in dein Gesicht. Mit meiner ganzen Seele, flach vor dir ausgebreitet, sah ich dich an. Drang mit meinem Blick in dich ein. Deine Augen waren klar, als wäre von ihnen ein Bogen Seidenpapier herabgeglitten, mit dem in teuren Büchern häufig Zeichnungen abgedeckt werden. Und deine Stimme

war klar – zum ersten Mal. «Weißt du, was ich beschlossen habe. Hör zu. Ich kann nicht ohne dich leben. So werde ich es ihm sagen. Die Scheidung wird er mir sofort geben. Und dann können wir – sagen wir, im Herbst...»

Ich unterbrach dich mit meinem Schweigen. Ein Sonnenfleck glitt von deinem Rock auf den Sand: Du hattest dich leicht abgewandt.

Was sollte ich dir sagen? Daß ich Freiheit wollte? Und keine Fesseln? Daß ich dich zu wenig liebte? Nein, das nicht.

Es verging ein Augenblick. In diesem Augenblick passierte viel auf der Welt: Irgendwo lief ein riesiges Schiff auf Grund, ein Krieg wurde erklärt, ein Genie geboren. Dieser Augenblick verging.

«Hier ist deine Zigarettenspitze», begann ich, mich räuspernd, «sie lag unter dem Sessel. Und weißt du, als ich zu ihm kam, hatte Pal Palytsch offensichtlich...» Du sagtest: «So. Jetzt kannst du gehen.» Du drehtest dich um und liefst schnell die Treppe hinauf. Du faßtest den Griff der Glastür – rütteltest daran, konntest sie nicht sofort öffnen. Das war sicher qualvoll.

Ich blieb im Garten stehen in der süßlichen Feuchtigkeit – dann ging ich, beide Hände tief in den Taschen vergraben, rund um das Haus über den gesprenkelten Sand. Am Haupteingang fand ich mein Fahrrad. Ich stützte mich auf das niedrige Lenkrad und fuhr durch die Allee des Parks. Hier und dort lagen Kröten. Versehentlich überfuhr ich eine. Sie knirschte unter dem Reifen. Am Ende der Allee stand eine Bank. Ich lehnte das Fahrrad an einen Baumstamm. Setzte mich auf das weiße Brett. Dachte daran, daß ich wahrscheinlich in einigen Tagen von dir einen Brief erhalten würde, mit dem du mich riefst, aber ich würde nicht zurückkehren. In eine wundersame und traurige Ferne entschwebte dein Haus mit seinem geflügelten Klavier, den staubigen Bänden der *Illustrierten Rundschau*, den Silhouetten in den runden Rähmchen. Süß war es für mich, dich zu verlieren. Mit einem ungeschickten Rütteln an der Glastür gingst du weg. Aber dein zweites Du ging anders fort, die blassen Augen unter meinen glücklichen Küssen weit geöffnet.

So saß ich bis zum Abend. Wie an unsichtbaren Fäden zappelten Schnaken auf und nieder. Plötzlich spürte ich irgendwo neben mir einen hellen Fleck: Dein Kleid... Du...

Alles ist doch ausgeklungen – darum war es mir unangenehm, daß du wieder hier warst, irgendwo neben mir –, von außerhalb meines Gesichtsfeldes kamst, dich mir nähertest. Mit Überwindung drehte ich meinen Kopf. Nicht du warst es, sondern jenes Fräulein mit dem hellgrünen Tuch: Erinnerst du dich? Wir waren ihr begegnet. Ihr Foxterrier hatte so einen komischen Bauch.

Sie ging vorbei in den Lichtstreifen, die durch das Laubwerk fielen, über die kleine Brücke, die zu dem kleinen Pavillon mit den bunten Glasscheiben führte. Das Fräulein langweilte sich, es ging in deinem Park spazieren, ich würde es wahrscheinlich irgendwann kennenlernen.

Ich stand langsam auf, fuhr langsam aus dem regungslosen Park hinaus auf die große Straße, direkt hinein in einen gewaltigen Sonnenuntergang, an der Biegung überholte ich einen Wagen: Es war dein Kutscher Semjon, der im Schritt zur Bahnstation fuhr. Als er mich sah, nahm er langsam seine Schirmmütze ab, strich seine glänzenden Strähnen am Scheitel entlang glatt und setzte sie wieder auf. Auf dem Sitz lag ein Plaid. Ein Abglanz der Abendröte blinkte im Auge des schwarzen Wallachs. Und als ich, ohne zu treten, bergab zum Fluß hinunterrollte, sah ich von der Brücke aus den Panamahut und die runden Schultern von Pal Palytsch, der mit einer Angel in der Faust auf einem Vorsprung des Badehauses saß.

Ich bremste, hielt und legte meine Hand auf das Geländer.

«Hopp-hopp, Pal Palytsch. Beißen sie?» Er blickte auf und winkte mir zu. Über dem rosafarbenen Spiegel tauchte eine Fledermaus auf. Wie schwarze Spitze spiegelte sich das Laubwerk. Aus der Ferne rief Pal Palytsch etwas, winkte mit der Hand. Ein anderer Pal Palytsch kräuselte sich schwarz und zitternd im Wasser. Ich mußte lachen und stieß mich vom Geländer ab.

Mit lautlosem Schwung jagte ich auf dem ausgefahrenen Weg an den Hütten vorbei. In der dämmerigen Luft glitt ein Brüllen vorüber, stieg empor. Aber weiter, auf der Chaussee, in der Weite des Sonnenuntergangs, auf den dunkel dampfenden Feldern, war es still.

Hier wird Russisch gesprochen

Der Tabakladen von Martyn Martynytsch befindet sich an einer Ecke. Nicht umsonst haben Tabakläden eine Vorliebe für Eckhäuser: Martyn Martynytschs Geschäfte gehen gut. Das Schaufenster ist nicht groß, aber geschickt dekoriert. Kleine Spiegel beleben die Auslage. Unten leuchten in Höhlen aus hellblauem Samt bunte Zigarettenschachteln mit so klingenden internationalen Namen, wie man sie auch für Hotels gerne verwendet, und weiter oben lächeln einen ganze Reihen von Zigarren aus ihren leichten Kisten an.

Seinerzeit war Martyn Martynytsch ein zufriedener Gutsherr : In meinen Kindheitserinnerungen spielt er eine besondere Rolle als Besitzer eines außergewöhnlichen Traktors. Und mit seinem Sohn Petja habe ich gemeinsam den Scharlach und die Begeisterung für Mayne Reed durchgemacht, so daß ich jetzt, nach fünfzehn mit allerlei Dingen angefüllten Jahren, gerne den Tabakladen an der belebten Straßenecke aufsuche, wo Martyn Martynytsch seinen Handel treibt.

Im übrigen verbinden uns seit dem letzten Jahr nicht nur Erinnerungen. Martyn Martynytsch hat ein Geheimnis, und ich bin in dieses Geheimnis eingeweiht. «Na, wie ist es, alles beim alten?» flüstere ich, und er antwortet mir, sich vorsichtig umsehend, genau so leise: «Ja, gottseidank ist alles in Ordnung.» Sein Geheimnis ist ganz unglaublich. Ich weiß noch, wie ich am Tag vor meiner Abreise nach Paris bei Martyn Martynytsch saß. Die Seele eines Menschen könnte man mit einem Warenhaus mit zwei Schaufenstern vergleichen – den Augen. Nach Martyn Martynytschs Augen zu urteilen, waren warme, braune Töne in Mode. Ging man nach eben diesen Augen, war die Ware in seiner Seele von hervorragender Qualität. Wie dicht war sein Bart, der durch sein kräftiges russisches Grau auffiel. Und dann seine Schultern, sein hoher Wuchs, sein Auftreten... Früher einmal ging von ihm das Gerücht, er könne ein Tuch mit einem Säbel durchtrennen, was man Richard Löwenherz nachrühmte. Jetzt sagten seine Emigrantenfreunde voller Neid von ihm: «Er wird einfach nicht älter!» Seine Frau war eine rundliche, sanfte alte Dame mit einer Warze am linken Nasenflügel. Seit den Tagen der Revolutionswirren hatte sie ein anrührendes Zucken im Gesicht: Sie schielte mit einer schnellen Bewegung des Augapfels zum Himmel. Petja hatte die gleiche kräftige Statur wie sein Vater... Mit gefielen seine verhaltene Melancholie und sein unerwarteter Humor. Er hatte rötlichbraune, immer zerzauste Haare und ein großes, etwas schwammiges Gesicht, von dem sein Vater zu sagen pflegte: «So eine Visage, einfach nicht zu übersehen.» Petja gehörte in einem wenig belebten Stadtteil ein winziges Kino, das nur sehr bescheidene Einnahmen brachte. Das war die ganze Familie.

Jener Tag vor meiner Abreise, an dem ich bei Martyn Martynytsch im Laden saß und ihm zusah, wie er seine Kunden bediente: leicht, mit zwei Fingern stützte er sich auf den Ladentisch, schritt dann zum Regal, nahm eine Schachtel herunter und fragte, sie mit dem Daumennagel öffnend: *«Ajne rauchen»* – jener Tag ist mir aus folgendem Grund im Gedächtnis geblieben. Plötzlich stürzte Petja mit wirren Haaren und finsterem Blick von draußen herein. Martyn Martynytschs Nichte wollte zu ihrer Mutter nach Moskau zurückkehren, und Petja war gerade im Konsulat gewesen. Während einer der Konsulatsangestellten ihm Auskunft gegeben hatte, flüsterte ein anderer, der offensichtlich zu der politischen Staatsführung in Beziehung stand, kaum hörbar: «...da kommt das ganze weißgardistische Gesindel angelaufen.»

«Ich hätte ihn zu Brei schlagen können», sagte Petja und hieb sich mit der Faust auf die Hand, «aber leider fiel mir die Tante in Moskau ein.»

«Einige Sünden hast du sowieso schon auf deine Seele geladen», polterte Martyn Martynytsch sanft. Er spielte damit auf eine sehr komische Begebenheit an. Vor nicht allzu langer Zeit – es war sein Namenstag – war Petja in den sowjetischen Buchladen gegangen, der durch seine bloße Anwesenheit eine der schönsten Berliner Straßen verschandelte. Dort wurden nicht nur Bücher verkauft, sondern auch allerlei Handwerkszeug. Petja wählte einen Hammer aus, der mit Mohnblumen bemalt und mit einer Aufschrift verziert war, wie sie einem bolschewistischen Hammer angemessen ist. Der Verkäufer erkundigte sich, ob er vielleicht noch etwas kaufen wolle... Petja sagte, ja, er wolle, und nickte in Richtung auf eine kleine Gipsbüste des Herrn Uljanow. Für Büste und Hammer bezahlte er fünfzehn Mark, und ohne ein Wort zu sagen, zerschlug er gleich da auf dem Ladentisch die Büste mit dem Hammer, so daß Lenin in Stücke fiel.

Ich liebte diese Geschichte, so wie ich die hübschen Scherzreime meiner unvergessenen Kinderzeit liebte, von denen einem ganz warm ums Herz wurde. Bei Martyn Martynytschs Worten sah ich Petja lachend an. Aber Petja zuckte nur mit den Schultern und runzelte die Stirn. Martyn Martynytsch wühlte in einer Schublade und bot ihm die teuerste Zigarette an, die er im Laden hatte. Aber Petjas Miene hellte sich auch dadurch nicht auf.

Ein halbes Jahr später kehrte ich nach Berlin zurück. An einem Sonntagmorgen zog es mich zu Martyn Martynytsch. An Werktagen konnte man durch den Laden in seine Wohnung gelangen, die direkt dahinter lag – drei Zimmer und Küche. Aber natürlich war an jenem Sonntagmorgen der Laden geschlossen, und das Schaufenster hatte sein vergittertes Visier heruntergelassen. Ich warf durch das Gitter einen flüchtigen Blick auf die roten und goldenen Schachteln, die dunkelhäutigen Zigarren, den bescheidenen Hinweis in der Ecke: *Hier wird Russisch gesprochen*, dachte bei mir, daß die Auslage irgendwie noch fröhlicher geworden sei, und ging über den Hof zu Martyn Martynytsch. Seltsam, auch Martyn Martynytsch selber erschien mir noch heiterer, munterer und wacher als früher. Und Petja war überhaupt nicht wiederzuerkennen: Seine fettigen Haarsträhnen waren zurückgekämmt, ein breites, etwas schüchternes Lächeln wich nicht von seinen Lippen, sein Schweigen war beredt, eine freudige Besorgnis, als ob er eine teure Last in sich trage, machte alle seine Bewegungen weicher. Nur die Mutter war noch genauso blaß wie früher, und das gewohnte anrührende Zucken flackerte wie ein sanftes Wetterleuchten über ihr Gesicht. Wir saßen in dem ordentlichen Wohnzimmer, und ich wußte, daß die beiden anderen Zimmer – Petjas Schlafzimmer und das Schlafzimmer seiner Eltern – genauso gemütlich und sauber waren, und dieser Gedanke war mir angenehm. Ich trank Tee mit Zitrone, lauschte den sanften Worten von Martyn Martynytsch und konnte mich des Eindrucks nicht erwehren, daß es in ihrer Wohnung irgend etwas Neues gab, eine gewisse freudige, geheimnisvolle Erregung, wie sie etwa in einem Hause zu finden ist, in dem eine junge Frau vor ihrer Niederkunft steht. Wohl zweimal blickte Martyn Martynytsch seinen Sohn besorgt an, dieser erhob sich daraufhin sofort, ging aus dem Zimmer und nickte seinem Vater bei seiner Rückkehr leicht zu, als ob er sagen wollte: Alles in bester Ordnung.

Etwas Neues und für mich Rätselhaftes trat auch in dem Gespräch mit dem Alten zutage. Wir sprachen von Paris und von den Franzosen, und plötzlich fragte er mich: «Sagen Sie, mein Lieber, welches ist das größte Gefängnis in Paris?» Ich antwortete ihm, daß ich das nicht wüßte, und begann von einer dortigen Revue zu erzählen, in der die Damen blau angemalt auftreten. «Da ist noch was!» unterbrach mich Martyn Martynytsch. «Man erzählt zum Beispiel, daß Frauen im Gefängnis den Putz abkratzen und sich damit die Wangen oder den Hals weiß schminken.» Zur Bekräftigung seiner Worte holte er aus seinem Schlafzimmer ein dickes Handbuch der deutschen Kriminalistik und suchte darin das Kapitel über das Leben und Treiben in den Gefängnissen. Ich versuchte, dem Gespräch eine andere Wendung zu geben, aber welches Thema ich auch anschnitt, Martyn Martynytsch lenkte es stets so geschickt, daß wir uns plötzlich mitten in einer Diskussion über die Menschlichkeit einer lebenslangen Haft im Vergleich zur Todesstrafe befanden oder über den Einfallsreichtum, den Verbrecher entwickeln, um in die Freiheit zu gelangen.

Ich verstand nichts mehr. Petja, der einen Hang zu technischen Dingen hatte, stocherte mit dem Taschenmesser im Federwerk seiner Uhr und lachte leise in sich hinein. Seine Mutter stickte und schob mir mal Zwieback, mal Kompott zu. Martyn Martynytsch hatte alle fünf Finger in seinem zerzausten Bart vergraben, er sah mich listig von der Seite an, und plötzlich brach sich etwas in ihm Bahn. Er schlug krachend mit der Hand auf den Tisch und wandte sich an seinen Sohn: «Ich halte es nicht mehr aus, Petja, ich erzähle ihm alles, sonst platze ich.» Petja nickte schweigend. Martyn Martynytschs Frau stand auf, um in die Küche zu gehen, sie schüttelte sanft den Kopf: «Was bist du doch für ein Schwätzer.» Martyn Martynytsch legte mir die Hand auf die Schulter und schüttelte mich, als ob ich ein Apfelbaum wäre, von dem die Äpfel nur so herunterfallen, dann sah er mir ins Gesicht. «Ich warne Sie», sagte er, «ich werde Ihnen ein Geheimnis anvertrauen, ein solches Geheimnis... daß ich wirklich nicht weiß. Passen Sie auf... aber Sie müssen schweigen! Verstanden?»

Er neigte sich weit zu mir herüber, hüllte mich mit Tabakduft und seinem eigenen starken Greisengeruch ein, und dann erzählte mir Martyn Martynytsch eine wirklich erstaunliche Geschichte.[1]

«Es war so», begann Martyn Martynytsch. «Kurz nach Ihrer Abreise kam ein Kunde in den Laden. Er hatte offensichtlich den Hinweis im Fenster nicht gesehen und sprach mich auf deutsch an. Halten wir mal fest: Hätte er den Hinweis gelesen, wäre er nicht in den Emigrantenladen gekommen. Ich habe ihn sofort als Russen erkannt, an der Aussprache. Aber auch sein Gesicht war russisch. Ich bin natürlich sofort zu meiner Muttersprache übergegangen, fragte ihn, zu welchem Preis, welche Sorte. Er war unangenehm überrascht, sah mich irgendwie unsicher an und sagte dann ziemlich frech: ‹Wie kommen Sie eigentlich darauf, daß ich Russe bin?› Ich gab ihm recht gutmütig Antwort, wie mir schien, und begann, die Zigaretten für ihn abzuzählen. In dem Moment kam Petja rein. Er sah meinen Kunden und sagte ganz ruhig: ‹Das ist aber eine angenehme Begegnung.› Dann tritt mein Petja ganz dicht an ihn heran und gibt ihm mit der Faust einen Kinnhaken.

---

[1] Anm. d. A.: In dieser Geschichte sind natürlich alle Merkmale und Umstände, die einen Hinweis auf den echten Martyn geben könnten, bewußt verändert. Ich sage das, damit Neugierige nicht vergebens «den Tabakladen an der Ecke» suchen.

Der andere erstarrt. Wie Petja mir hinterher erklärt hat, war das kein einfacher Knockout, bei dem ein Mensch gleich zu Boden geht, sondern ein ganz besonderer; Petja hatte zu diesem Schlag weit ausgeholt, und der andere hatte im Stehen das Bewußtsein verloren. Es sah wirklich so aus, als ob er im Stehen schliefe. Dann begann er sich langsam nach hinten zu neigen wie ein Turm. Da trat Petja hinter ihn und fing ihn auf. Das alles kam völlig unerwartet. Petja sagte: ‹Hilf mir, Vater!› Ich fragte ihn, was er denn da eigentlich tue. Petja wiederholte nur: ‹Hilf mir!› Ich kannte Petja gut genug – du brauchst gar nicht zu grinsen, Petja –, und ich weiß, daß er ein solider Mensch ist, einer, der nicht leichtfertig handelt und nicht ohne Grund jemanden zu Boden schlägt. Wir schleppten den Bewußtlosen aus dem Laden in den Flur und dann weiter in Petjas Zimmer. Da hörte ich die Türglocke: Jemand war in den Laden gekommen. Es war natürlich gut, daß das nicht vorher passiert war. Ich also zurück in den Laden, bediente, da kam zum Glück auch schon meine Frau vom Einkaufen zurück, und ich schickte sie sogleich in den Laden und stürzte selbst, ohne weiter ein Wort zu verlieren, zu Petja ins Zimmer. Der Mann lag mit geschlossenen Augen auf dem Boden, und Petja saß am Tisch und betrachtete nachdenklich einige Gegenstände, wie zum Beispiel ein großes, ledernes Zigarettenetui, ein halbes Dutzend unanständiger Postkarten, eine Brieftasche, einen Paß und einen alten, dem Aussehen nach dennoch funktionierenden Revolver. Er erklärte mir sofort, was hier los war: Wie Sie sicher erraten haben, waren das die Sachen, die der Mann in seiner Tasche hatte, und der selber war niemand anderes als der Angestellte des Konsulats, der – Sie erinnern sich bestimmt, Petja hat es erzählt – das mit dem weißgardistischen Gesindel gesagt hatte. Also das war es! Und nach seinen Papieren zu schließen, war er ein echter GPU-Mann. ‹Na gut›, sagte ich zu Petja, ‹du hast dem Mann eins in die Fresse gegeben, ob zu recht oder zu unrecht, das ist eine andere Frage, aber erklär mir doch bitte, was du jetzt zu tun beabsichtigst. Du hast offensichtlich die Tante in Moskau vergessen.› – ‹Ja, das habe ich›, sagte Petja. ‹Wir müssen uns jetzt was überlegen.›

Und wir haben uns was überlegt. Zuerst holten wir einen festen Strick und stopften ihm ein Handtuch in den Mund. Während wir uns an ihm zu schaffen machten, kam er zu sich und öffnete ein Auge. Seine Visage war bei näherer Betrachtung, das muß ich Ihnen sagen, widerlich und dabei noch dumm; irgend so eine Krätze auf der Stirn, ein Schnurrbart, eine birnenförmige Nase. Petja und ich ließen ihn auf dem Boden liegen, machten es uns in seiner Nähe bequem und hielten über ihn Gericht. Die Verhandlung dauerte lange. Uns beschäftigte nicht so sehr das Faktum der Beleidigung an sich, das war natürlich eine Bagatelle, uns beschäftigte sozusagen sein Beruf als solcher, was er in Rußland getan hatte. Das Schlußwort wurde dem Angeklagten zugestanden. Als wir ihm das Handtuch aus seinem Mund zogen, stöhnte er ein bißchen, schluckte, sagte aber nichts außer: ‹Na wartet nur, ihr werdet schon sehen...› Das Handtuch wurde wieder festgebunden, und die Sitzung ging weiter. Die Meinungen gingen zuerst auseinander. Petja forderte die

Todesstrafe. Ich fand auch, daß er den Tod verdient hatte, schlug aber vor, die Strafe durch lebenslängliche Haft zu ersetzen. Petja dachte nach und stimmte mir zu. Ich fügte noch hinzu, wir müßten zwar davon ausgehen, daß er Verbrechen begangen hatte, könnten dies aber nicht überprüfen; allein seine Dienststellung sei schon ein Verbrechen; unsere Pflicht müßten wir allein darin sehen, ihn unschädlich zu machen, und damit basta.

Hören Sie jetzt weiter: Am Ende des Flurs liegt bei uns das Badezimmer. Ein dunkler, viel zu dunkler Raum mit einer weiß gestrichenen Eisenwanne. Das Wasser streikt häufig. Manchmal krabbeln Schaben herum. Dieser Raum ist so dunkel, weil er nur ein ganz schmales Fensterchen hat, noch dazu direkt unter der Decke, außerdem steht dem Fenster gleich gegenüber – nur etwa einen *arschin* entfernt, vielleicht auch weniger – eine dicke Ziegelmauer. In dieser Kammer, so beschlossen wir also, wollten wir den Gefangenen unterbringen. Das war Petjas Idee, jaja, Petja, man muß dem Kaiser lassen, was des Kaisers ist. Zuerst mußten wir natürlich die Zelle entsprechend herrichten. Wir schleppten also den Gefangenen in den Flur, um ihn in der Nähe zu haben, während wir arbeiteten. In diesem Moment sah uns meine Frau, die gerade den Laden für die Nacht geschlossen hatte und in die Küche ging. Sie war sehr erstaunt, ja sogar entrüstet, aber dann verstand sie unsere Argumente. Ich habe ja eine friedliche Frau. Petja nahm sich zuerst den stabilen Tisch vor, der in der Küche gestanden hatte, schlug ihm die Beine ab und vernagelte mit der Platte das Fenster im Badezimmer. Dann schraubte er die Wasserhähne ab, entfernte den Boiler, der zum Erhitzen des Wassers diente, und legte eine Matte in die Badewanne. An den folgenden Tagen führten wir noch allerhand Verbesserungen durch: Wir tauschten das Schloß aus, brachten einen Riegel an, beschlugen das Brett vor dem Fenster mit Eisen, aber das alles, versteht sich, nicht zu laut; wir haben zwar, wie Sie wissen, keine Nachbarn, aber trotzdem mußten wir vorsichtig sein. Es wurde eine richtige Gefängniszelle, und dorthinein sperrten wir den GPU-Mann. Wir nahmen ihm die Fesseln ab, lösten den Handtuchknebel und warnten ihn, wenn er schreien sollte, würden wir ihn wieder festbinden, und dann für lange Zeit; nachdem wir uns noch davon überzeugt hatten, daß er wußte, für wen wir die Matte in die Wanne gelegt hatten, verschlossen wir die Tür und hielten die ganze Nacht über abwechselnd Wache.

Damals begann bei uns ein neues Leben. Ich war jetzt nicht nur einfach Martyn Martynytsch, sondern Martyn Martynytsch, der Gefängniswärter. Zuerst war der Gefangene so verblüfft über das Geschehene, daß er sich ruhig verhielt. Bald jedoch fand er in seinen normalen Zustand zurück, und als wir ihm das Essen brachten, eröffnete er eine gewaltige Schimpfkanonade. Ich kann gar nicht wiederholen, wie dieser Mensch fluchte; ich sage dazu nur, daß er meine selige Mutter mit den ausgefallensten Beleidigungen bedacht hat. Wir beschlossen, ihm seinen juristischen Status genau begreiflich zu machen. Ich erklärte ihm, daß er bis zum Ende seiner Tage im Gefängnis bleiben würde, daß Petja ihn von mir erben würde, wenn ich vor ihm stürbe, und daß mein Sohn ihn seinerseits meinem künftigen Enkel hinterließe und so weiter, er würde damit gleichsam zu einem Teil unserer Familientradition, zum Familienbesitz. Außerdem erwähnte ich ihm gegenüber auch noch, daß er, falls wir wider Erwarten in eine andere Berliner Wohnung umziehen müßten, in einer Spezialkiste gefesselt ganz still mit uns umziehen würde. Ich teilte ihm weiter mit, daß ihm nur in einem Fall Amnestie gewährt werde. Und zwar bekäme er an dem Tag seine Freiheit wieder, an dem die Bolschewiken am Ende seien. Zum Schluß habe ich ihm versprochen, daß er gut verpflegt werde, sehr viel besser, als ich seinerzeit verpflegt worden sei, als ich in der Folterkammer saß, und daß er als besondere Vergünstigung Bücher erhalten würde. Und wirklich hat er sich bis heute wohl nicht einmal über das Essen beklagt. Petja hat zwar anfangs vorgeschlagen, ihm Trockenfisch zu geben, aber so sehr er auch danach gesucht hat, in ganz Berlin war kein Trockenfisch aufzutreiben. Wir müssen ihn also gutbürgerlich ernähren. Punkt acht Uhr morgens gehen Petja und ich zu ihm hinein, stellen neben seine Wanne eine Schüssel heißer Suppe mit Fleisch und einen Laib Graubrot. Gleichzeitig bringen wir das Nachtgeschirr hinaus, ein außerordentlich gelungenes Gerät, das wir eigens für ihn erfunden haben. Um drei Uhr bekommt er eine Tasse Tee und um sieben wieder Suppe. Dieser Ernährungsplan entspricht dem Standard in den besten europäischen Gefängnissen.

Mit den Büchern war es schwieriger. Wir haben einen Familienrat abgehalten und uns für den Anfang auf drei Bücher geeinigt: *Der silberne Fürst* von A. K. Tolstoj, die *Fabeln* von Krylow und *In achtzig Tagen um die Welt* von Jules Verne. Er erklärte, daß er diese ‹weißgardistischen Machwerke› nicht lesen werde, aber wir haben die Bücher bei ihm gelassen und haben allen Anlaß zu der Vermutung, daß er sie mit Vergnügen gelesen hat.

Seine Stimmungen wechselten. Er wurde stiller. Offensichtlich heckte er etwas aus. Vielleicht hatte er die Hoffnung, daß die Polizei ihn suchen würde. Wir sahen die Zeitungen durch, fanden aber kein Wort über einen vermißten Tschekisten. Wahrscheinlich waren die anderen Angehörigen des Konsulats zu dem Schluß gekommen, der Mann habe sich einfach abgesetzt, und hatten es vorgezogen, die Sache zu vertuschen.

In diese erste Zeit des Nachdenkens fiel auch sein Versuch, zu entkommen oder wenigstens die Außenwelt auf sich aufmerksam zu machen. Er trampelte in der Zelle herum und hat wohl versucht, sich zum Fenster hochzuziehen und das Brett loszureißen, er hat es auch mit Klopfen probiert, aber wir haben ihm ein bißchen gedroht, und dann hat er das Klopfen gelassen.

Und als Petja einmal allein zu ihm hineinging, hat er sich auf ihn gestürzt. Petja umfing ihn sanft und setzte ihn in seine Wanne zurück.

Nach diesem Vorfall änderte er sein Verhalten wieder, gab sich durch und durch gutmütig, machte sogar Scherze und versuchte schließlich, uns zu bestechen. Er bot uns viel Geld an und versprach, es über irgend jemand zu besorgen. Als auch das nichts half, begann er zu jammern und dann schlimmer als je zuvor zu fluchen. Jetzt ist er in einem Stadium düsterer Resignation, das, wie ich fürchte, zu nichts Gutem führt.

Täglich lassen wir ihn einen Spaziergang im Flur machen, und zweimal die Woche kann er am offenen Fenster frische Luft schöpfen: Selbstverständlich treffen wir alle dabei jede erdenkliche Vorsichtsmaßnahme, damit er nicht schreit. Sonnabends nimmt er ein Bad. Wir selbst müssen uns in der Küche waschen. Sonntags halte ich ihm kurze Vorträge und gebe ihm drei Zigaretten – die muß er natürlich in meinem Beisein rauchen. Worüber ich in diesen Vorträgen spreche? Nun, über alles mögliche. Über Puschkin zum Beispiel oder über die alten Griechen. Nur über eins nicht, über Politik. Politik ist ihm absolut verboten. Als ob es so etwas auf der Welt nicht gäbe. Und wissen Sie was? Seit ich einen Tschekisten hinter Schloß und Riegel halte, seit ich dem Vaterland so diene, bin ich einfach ein anderer Mensch. Heiter und glücklich. Auch meine Geschäfte gehen seitdem besser, so daß es mir nicht so schwerfällt, seinen Unterhalt zu bestreiten. Er kostet mich so um die zwanzig Mark im Monat, Stromkosten mitgerechnet. Es ist dort bei ihm ganz dunkel, so daß wir tagsüber, von acht bis acht, eine schwache Birne brennen lassen.

Sie wollen wissen, aus welchem Milieu er stammt? Was soll ich Ihnen dazu sagen... Er ist vierundzwanzig Jahre alt, bäuerlicher Herkunft, hat wohl schwerlich eine Schule abgeschlossen, nicht einmal die Dorfschule, war, was man einen ‹aufrechten Kommunisten› nennt, hat nur politische Grundkenntnisse erworben, was nach unserem Verständnis die Dummheit ins Quadrat erhebt – so, das ist alles, was ich weiß. Ach übrigens, wenn Sie wollen, können Sie ihn sehen. Nur vergessen Sie bitte auf keinen Fall: Zu niemandem ein Wort!»

Martyn Martynytsch ging hinaus in den Flur. Petja und ich folgten ihm. Der Alte in seiner bequemen Hausjacke erinnerte wirklich an einen Gefängniswärter. Im Gehen zog er den Schlüssel heraus, und die Art und Weise, wie er ihn in das Schloß steckte, hatte fast schon etwas Professionelles. Das Schloß knackte zweimal, und Martyn Martynytsch öffnete die Tür.

Es war alles andere als eine elende Kammer, es war ein schönes, geräumiges Badezimmer, wie man sie in solide gebauten deutschen Häusern findet. Hell brannte ein für das Auge angenehmes elektrisches Licht, geschützt von einem fröhlich bemalten Schirm. An der linken Wand blinkte ein Spiegel... Auf einem Tischchen neben der Wanne lagen Bücher, schimmerte ein kleiner Teller mit einer geschälten Apfelsine, stand eine ungeöffnete Bierflasche. In der weißen Badewanne lag auf einer mit einem sauberen Laken bezogenen Matte mit einem großen Kissen im Nacken ein wohlgenährter, lebhaft dreinblickender bärtiger Bursche in einem eleganten, flauschigen Bademantel und weichen warmen Pantoffeln.

«Na, was sagen Sie nun?» wandte sich Martyn Martynytsch an mich.

Mir war zum Lachen zumute, ich wußte nicht, was ich sagen sollte.

«Sehen Sie, dort war das Fenster», Martyn Martynytsch zeigte mit dem Finger nach oben. Das Fenster war wirklich vorbildlich zugenagelt.

Der Gefangene gähnte und drehte sich zur Wand. Wir gingen hinaus. Martyn Martynytsch strich lächelnd über den Riegel. «Hier kommt der nicht raus, keine Angst», sagte er und fügte dann nachdenklich hinzu: «Ich würde trotzdem gerne wissen, wie lange er da noch sitzen wird...»

Götter

Das sehe ich jetzt in deinen Augen:

die regnerische Nacht, die enge Straße, die sich an ihr entlang verlierende Laternenkette. Das Wasser läuft von den steilen Dächern in die Regenrinne. Unter dem Schlangenrachen des Abflußrohrs steht eine von einem grünen Reifen eingefaßte Regentonne. Diese Tonnen ziehen sich in Reihen an den schwarzen Hauswänden auf beiden Seiten der Straße entlang. Ich sehe, wie sie sich mit kühlem Quecksilber füllen. Der quecksilbrige Regen läuft wie aufgetrieben über den Rand. In der Ferne verschwimmen die barhäuptigen Laternen. Ihre Lichtstrahlen brechen sich in der trüben Regenluft. Die Regentonnen laufen über.

So tauche ich in deine regenverschleierten Augen, in die schwarzglänzende Gasse, wo der nächtliche Regen rauscht und plätschert. Lächle. Warum siehst du mich so kummervoll und düster an. Es ist Morgen. Die ganze Nacht über haben die Sterne mit dünnen Kinderstimmen geschrien, und jemand hat auf dem Dach seine Geige mal gestrichelt, mal angerissen mit einem straff gespannten Bogen. Sieh nur, die Sonne zieht mit ihrem Feuersegel langsam über die Wand. Du bist ganz in Dunst gehüllt. In deinen Augen wirbeln Lichtpünktchen – Millionen von goldenen Welten. Du lächelst!

Wir gehen hinaus auf den Balkon. Es ist Frühling. Unten auf der Straße malt ein flachsblond gelockter Junge mit schnellen Strichen einen Gott mitten auf die Fahrbahn. Der Gott reicht von einem Trottoir zum anderen. Der Junge hat ein Stück Kreide in der Hand – ein weißes Kohlestückchen –, bückt sich, fährt mit schnellen Armbewegungen hin und her, zeichnet mit großem Schwung. Der weiße Gott hat breite weiße Knöpfe, verrenkte Beine. Er liegt gekreuzigt auf dem Asphalt und blickt mit runden Augen in den Himmel. Sein Mund ist ein weißer Bogen. Eine Zigarre etwa von der Größe eines Holzscheits ist in seinem Mund erschienen. Der Junge zeichnet mit kreisenden Bewegungen Spiralen: Rauch. Stemmt die Arme in die Seite, guckt. Malt noch einen Knopf dazu... Gegenüber klappert ein Fenster: Eine Frauenstimme rollt heran, gewaltig und glücklich, ruft ihn. Der Junge schnippt die Kreide mit einer Fußbewegung weg und stürzt ins Haus. Auf dem violettschimmernden Asphalt bleibt der weiße, geometrische Gott zurück und blickt in den Himmel.

Von neuem füllen sich deine Augen mit Düsternis. Ich weiß natürlich, woran du gedacht hast. In der Ecke unseres Schlafzimmers, unter der Ikone, liegt ein bunter Gummiball. Manchmal fällt er mit einem leisen und traurigen Satz vom Tisch und rollt langsam über den Boden.

Leg ihn zurück an seinen Platz unter der Ikone und – weißt du was? Laß uns spazierengehen.

Frühlingsluft. Flauschig-weich. Siehst du diese Linden entlang der Straße? Dunkle Zweige in feuchtem grünem Flimmern. Alle Bäume auf der Welt bewegen sich irgendwohin. Eine ewige Pilgerfahrt. Erinnerst du dich noch, als wir hierherkamen, in diese Stadt? Wie die Bäume an den Wagenfenstern vorbeiliefen? Erinnerst du dich an die zwölf Pappeln, die untereinander beratschlagten, wie sie wohl über den Fluß kämen? Und noch früher, auf der Krim, habe ich eine Zypresse gesehen, die sich über einen blühenden Mandelbaum neigte. Die Zypresse war einst ein hochgewachsener Schornsteinfeger gewesen, mit einer Bürste an einem langen Draht und einer kleinen Leiter unter dem Arm. Der Arme, er war ganz hingerissen von einer kleinen Wäscherin, die so rosig war wie Mandelblütenblätter. Aber erst jetzt hatten sie sich endlich gefunden, und nun gehen sie zusammen irgendwohin. Ihre rosigrote Schürze bläht sich im Wind, er beugt sich schüchtern zu ihr hinunter, als fürchtete er noch immer, sie mit Ruß zu beschmutzen. Das ist ein sehr schönes Märchen.

Alle Bäume sind Pilger. Sie haben ihren Messias, nach dem sie auf der Suche sind. Dieser Messias kann eine majestätische Libanonzeder sein, vielleicht aber auch irgendein ganz kleiner, ganz unscheinbarer Busch, in der Tundra...

Heute gehen die Linden durch die Stadt. Man wollte sie zurückhalten. Hatte ihre Stämme rundherum mit Gittern umgeben. Aber sie bewegen sich trotzdem weiter...

Die Dächer funkeln wie schräge, von Sonnenlicht geblendete Spiegel. Eine geflügelte Frau steht auf dem Fensterbrett und putzt die Scheiben. Sie bückt sich, schürzt die Lippen und streicht sich eine Strähne schimmernden Haares aus dem Gesicht. In der Luft hängt ein leichter Geruch nach Benzin und Linden. Wer weiß denn heute, welcher Duft den Gast sanft umströmte, der ein Atrium in Pompeji betrat. In fünfzig Jahren werden die Menschen nicht mehr wissen, wie es in unseren Straßen und in unseren Zimmern gerochen hat. Sie graben einen aus Stein gehauenen Feldherrn aus, von denen es in jeder Stadt Hunderte gibt, und sehnen sich nach der Kunst der alten Meister. Alles in der Welt ist schön, aber der Mensch erkennt die Schönheit nur dann, wenn er sie selten oder aber aus der Ferne sieht...

Hör mal, wir sind heute Götter! Unsere blauen Schatten sind riesengroß. Wir bewegen uns in einer gigantischen und heiteren Welt. Der hohe Prellstein an der Ecke ist fest mit noch feuchter Leinwand beschlagen: Auf ihr hat der Pinsel farbige Wirbel verteilt.

Die alte Zeitungsfrau hat graue, gekrümmte Härchen am Kinn und blaue, wahnsinnige Augen. Die Zeitungen ragen in wildem Durcheinander aus dem Sack. Ihre großen Lettern erinnern mich an fliegende Zebras.

An einem Mast hält ein Autobus. Oben schlägt der Schaffner mit der Hand gegen die eiserne Seitenwand. Der Fahrer dreht kräftig sein riesiges Rad. Ein aufsteigendes schweres Stöhnen, ein kurzes Knirschen. Auf dem Asphalt blieben die silbrigen Abdrücke der breiten Reifen zurück.

Heute an diesem sonnigen Tag ist alles möglich. Sieh mal – ein Mensch ist vom Dach auf ein Drahtseil gesprungen und läuft nun mit ausgebreiteten Armen auf dem Seil und lacht und lacht – hoch über der schaukelnden Straße. Dort haben zwei Häuser friedlich Bockspringen gespielt: Nummer drei kam zwischen eins und zwei zu stehen; es hat sich nicht gleich gesetzt –

ich habe einen Spalt unter ihm bemerkt, einen Sonnenstreifen. Dort, mitten auf dem Platz, ist eine Frau stehengeblieben, hat den Kopf zurückgeworfen und zu singen begonnen; um sie herum drängen sich Menschen, weichen zurück: Ein leeres Kleid liegt auf dem Asphalt, und am Himmel hängt ein durchsichtiges Wölkchen.

Du lachst. Wenn du lachst, möchte ich die ganze Welt zu deinem Spiegel machen. Aber jäh erlöschen deine Augen wieder. Du sprichst leidenschaftlich und erschrocken: «Gut, fahren wir... dorthin? Willst du? Dort blüht heute alles wunderbar...»

Natürlich – alles blüht, natürlich –, fahren wir. Sind wir beide doch Götter... Ich spüre in meinem Blut das Kreisen des Universums...

Hör mal, ich möchte mein Leben lang weglaufen und schreien, so laut ich kann. Daß das ganze Leben ein einziger hemmungsloser Schrei wäre! So wie die Menge schreit, wenn sie den Gladiator begrüßt. Zaudere nicht, laß den Schrei nicht abreißen, atme ihn aus, atme die Ekstase des Lebens aus. Alles blüht. Alles fliegt. Alles schreit und erstickt fast an dem Schrei. Lachen. Laufen. Zerzauste Haare. Das ist das ganze Leben.

Kamele werden durch die Straße geführt – vom Zirkus zum Zoo. Die schweren Höcker haben sich zur Seite geneigt, schaukeln hin und her. Die langen, gutmütigen Gesichter sind verträumt aufwärts gerichtet. Wie kann es einen Tod geben, wenn Kamele über die frühlingshafte Straße geführt werden? An der Ecke riecht es nach russischem Wald: Ein Bettler – eine göttliche Mißgestalt, völlig verrenkt, mit Beinen, die ihm unter den Achseln hervorzuwachsen scheinen – streckt mir mit seiner feuchten, behaarten Pranke ein Büschel Maiglöckchen entgegen... Ich stoße mit der Schulter gegen einen Passanten: Für einen Augenblick prallen zwei Giganten aufeinander. Er winkt mir fröhlich und großartig mit seinem lackierten Spazierstock zu. Mit dem Ende des Stockes schlägt er hinter sich ein Schaufenster ein. Risse laufen über die blinkende Scheibe. Nein – es ist einfach nur die Sonne, die mir aus dem Spiegel in die Augen springt. Ein Schmetterling, ein Schmetterling. Schwarz mit leuchtendroten Streifen... Ein Fetzen Samt... Gleitet über den Asphalt, fliegt auf über das vorbeisausende Auto hinweg, über das hohe Haus – hinein in das feuchte Azurblau des Aprilhimmels. Ganz genau so einer hat sich einst auf dem weißen Rand der Arena niedergelassen; Lesbia, die Tochter des Senators – schmal, dunkeläugig mit einem goldenen Stirnband –, konnte ihre Blicke nicht abwenden von den bebenden Flügeln und verpaßte den Augenblick, als im blendenden Nebel des aufwirbelnden Staubes der Stiernacken des einen Kämpfers unter dem nackten Knie des anderen krachte.

In meiner Seele sind heute die Gladiatoren, die Sonne, das tosende Brausen der Welt...

Wir steigen auf breiten Stufen hinab in die langen, düsteren unterirdischen Gewölbe. Die Steinplatten hallen hier unter unseren Schritten. Die grauen Wände sind mit Darstellungen von strahlenden Sündern bemalt. Aus der Tiefe wächst in schwarzen Wellen ein samtenes Dröhnen empor. Es bricht rings um uns hervor. Wir hasten hin und her, gleichsam in Erwartung eines Gottes. Man stößt uns in das gläserne Funkeln.

Schaukelnd brausen wir los. Wir fliegen in den schwarzen Abgrund hinein und rasen, an Lederriemen hängend, donnernd tief unter der Erde dahin. Für einen Augenblick verlöschen mit leisem Knacken die bernsteinfarbenen Glühlampen: Da glühen schwebende Feuerblasen in der Dunkelheit heiß auf – aufgerissene Glotzaugen von Teufeln, oder sind es die Zigarren unserer Reisegefährten? Dann wieder Helligkeit.

Siehst du, dort an der Glastür des Wagens steht ein hochgewachsener Herr im schwarzen Mantel. Ich erkenne sein Gesicht nur undeutlich: schmal, gelblich – die knöcherne Tiefe seiner Nase. Dünne, zusammengepreßte Lippen, zwischen den schweren Brauen eine aufmerksame Falte: Er hört zu, was ihm ein anderer erklärt, der blaß ist wie eine Gipsmaske mit einem runden, modellierten Bärtchen. Ich bin sicher, sie reden in Terzinen. Und deine Nachbarin – diese Dame im hellgelben Kleid, die da mit gesenkten Lidern sitzt, ist das nicht Beatrice?

Aus der feuchten Hölle treten wir wieder in die Sonne hinaus. Der Friedhof liegt weit vor der Stadt. Die Häuser werden seltener. Eine grünliche Öde. Ich erinnere mich an einen alten Stich von dieser Hauptstadt.

Wir gehen gegen den Wind, an majestätischen Zäunen entlang. An so einem sonnigen und unwirklichen Tag werden wir in den Norden, nach Rußland zurückkehren. Es wird sehr wenig Blumen geben – nur die gelben Sterne des Löwenzahns entlang den Gräben. Graue Telegraphenmasten werden uns entgegensummen. Wenn mir an der Wegbiegung die Fichten, der rote Sand und die Hausecke einen Schlag ins Herz versetzen, werde ich taumeln und mit dem Gesicht nach unten zu Boden fallen.

Sieh nur! Über der grünen Öde schwebt hoch oben am Himmel ein Flugzeug mit dem tiefen Brummen einer Äolsharfe. Die gläsernen Flügel leuchten. Ist das nicht schön? Hör doch mal: Es geschah in Paris vor etwa hundertundfünfzig Jahren. An einem frühen Morgen – es war Herbst, und die Bäume schwebten in weichen, orangefarbenen Haufen die Boulevards entlang in den durchsichtigen Himmel –, an so einem frühen Morgen fuhren die Händler zum Marktplatz; die feuchten Äpfel glänzten auf den Marktständen, es roch nach Honig und feuchtem Stroh. Ein alter Mann mit weißem Flaum in den Ohrmuscheln stellte ohne Eile seine Käfige auf, in denen allerlei Federvieh frierend herumflatterte, und legte sich dann schläfrig auf eine Bastmatte, weil der Morgendunst noch die goldenen Zeiger auf der schwarzen Rathausuhr verdeckte. Er war gerade eingeschlafen, als ihn jemand an der Schulter zu rütteln begann. Der Alte fuhr hoch und sah vor sich einen völlig atemlosen jungen Mann. Der war hochaufgeschossen, hager, hatte einen kleinen Kopf und eine spitze Nase. Seine Weste, silbrigglänzend mit schwarzem Streifen, war schief geknöpft, das Bändchen in dem dünnen Zopf hatte sich gelöst, und an einem Bein war der weiße Strumpf in Falten heruntergerutscht.

«Ich brauche irgendeinen Vogel, vielleicht ein Huhn oder so», sagte der junge Mann und ließ einen schnellen, unruhigen Blick über die Käfige gleiten. Der Alte zog behutsam ein weißes Huhn heraus, das in seinen dunklen Händen aufgeregt seine Federn sträubte.

«Ist es auch nicht krank?» fragte der junge Mann, als handelte es sich um eine Kuh.

«Krank? Munter wie ein Fisch im Wasser», schimpfte der Alte gutmütig.

Der junge Mann warf ihm eine glänzende Münze hin und rannte zwischen den Marktständen hindurch, das kleine Huhn an seine Brust gepreßt. Dann blieb er stehen, machte plötzlich kehrt, warf dabei seinen Zopf nach hinten und rannte zu dem Alten zurück.

«Ich brauche auch einen Käfig», sagte er.

Als er endlich weggegangen war, den Käfig mit dem kleinen Huhn in der ausgestreckten Hand, den anderen Arm hin und her schwenkend, als trüge er einen Eimer, da rümpfte der Alte verächtlich die Nase und legte sich wieder auf seine Bastmatte. Wie seine Geschäfte an diesem Tag gingen und was später mit ihm geschah, ist für uns ganz unwichtig.

Aber der junge Mann war kein anderer als der Sohn des berühmten Physikers Charles. Charles blickte durch seine Brille auf das Huhn, schnippte mit seinem gelben Fingernagel über den Käfig und sagte:

«Nun gut... jetzt haben wir auch einen Passagier.» Und setzte hinzu und blitzte dabei seinen Sohn streng mit den Brillengläsern an: «Wir aber, mein Freund, werden uns noch etwas gedulden. Gott weiß, wie die Luft dort oben ist, in den Wolken.»

Am selben Tag zur festgesetzten Stunde blähte sich auf dem Marsfeld vor einer staunenden Menge eine riesige, reich mit chinesischen Ornamenten verzierte leichte Kuppel mit einer vergoldeten, an seidenen Schnüren hängenden Gondel langsam auf, während sie sich mit Wasserstoff füllte. In den Schwaden von Rauch, die der Wind davontrug, hantierten Charles und sein Sohn. Das Huhn blickte mit einem Perlauge durch das Gitter des Käfigs, den Kopf gesenkt. Ringsherum bewegten sich buntglitzernde Fräcke, duftige Frauenkleider, Strohhüte, und als der Ballon nach oben entschwebte, sah ihm der alte Physiker nach und weinte an der Schulter seines Sohnes, während Hunderte von Armen rundumher mit Tüchern und Bändern winkten... Über den zartblauen, sonnigen Himmel zogen vereinzelte Wölkchen. Die Erde entschwand – schwankend, grünschimmernd mit ihren huschenden Schatten, den flammenden Tupfen der Bäume. Weit unten jagten Spielzeugreiter vorbei – aber der Ballon war schnell aus dem Blickfeld verschwunden. Das kleine Huhn schaute immer noch mit einem kleinen Auge nach unten.

Es flog den ganzen Tag. Der Tag ging mit einem strahlenden Sonnenuntergang zu Ende. In der Nacht begann der Ballon langsam wieder zu sinken.

Und in einem kleinen Dorf am Ufer der Loire lebte einst ein pfiffiger Bauer. Der ging bei Sonnenaufgang hinaus aufs Feld. Mitten auf dem Feld sah er etwas Wunderbares: einen riesigen Haufen bunter Seide. Daneben lag ein umgekippter Käfig... Ein kleines Huhn – weiß, wie aus Schnee geformt – steckte seinen Kopf durch das Gitter, stieß seinen Schnabel mit schnellen, ruckartigen Bewegungen hierhin und dorthin und suchte im Gras nach Insekten. Der Bauer wollte sich schon fürchten, aber schnell wurde ihm klar, daß die

Mutter Gottes, deren Haare als herbstliche Fäden durch die Luft flogen, ihm einfach ein Geschenk geschickt hatte. Die Seide verkaufte seine Frau in Stücken in der nahen Stadt, die kleine, goldene Gondel wurde zur Wiege für den fest in Windeln gewickelten Erstgeborenen, und das Huhn wurde in den Hinterhof geschickt.

Höre weiter.

Es verging einige Zeit, da hörte der Bauer, als er an einem Spreuhaufen am Scheunentor vorbeiging, auf einmal ein glückliches Gackern. Er beugte sich hinab, da hüpfte aus der grünen Spreu das kleine Huhn und hustete einmal in der Sonne, wobei es schnell und nicht ohne Stolz von einem Fuß auf den anderen trat. Auf der Spreu aber glänzten warm und glatt vier goldene Eier. Und es hätte auch gar nicht anders sein können. Das Huhn war, dem Willen des Windes folgend, mitten durch den vollkommenen Feuerschein des Sonnenaufgangs geflogen, und die Sonne, der Feuerhahn mit dem purpurnen Kamm, hatte über ihm gezuckt.

Ich weiß nicht, ob der Bauer das verstanden hat. Lange stand er unbeweglich, blinzelnd von dem Glanz, mit zusammengekniffenen Augen, in den Händen hielt er die noch warmen, unversehrten, goldenen Eier. Dann aber stürzte er mit klappernden Holzschuhen und einem solchen Gebrüll über den Hof, daß sein Knecht bei sich dachte: Oje, der hat sich wohl mit der Axt einen Finger abgehackt...

Im übrigen ereignete sich das alles vor sehr langer Zeit, viele Jahre, bevor der Pilot Latam über dem Ärmelkanal abstürzte, sich, verstehst du, auf den libellenförmigen Schwanz seiner versinkenden «Antoinette» setzte, im Wind eine vergilbte Zigarette rauchte und zusah, wie hoch oben am Himmel sein Rivale Blériot in seinem Eindecker zum ersten Mal von Calais zu den zuckerweißen Küsten Englands flog.

Aber ich kann deine Schwermut nicht bezwingen. Warum haben sich deine Augen wieder mit Düsternis gefüllt. Nein, sag nichts. Ich weiß alles. Du mußt nicht weinen. Er hört es doch, ganz gewiß hört er mein Märchen. Ich erzähle doch für ihn. Für Worte gibt es keine Schranken. Versteh das doch! Du siehst mich so traurig und düster an. Ich erinnere mich an die Nacht nach der Beerdigung. Du konntest nicht zu Hause sitzen. Wir gingen zusammen in das Matschwetter hinaus. Verirrten uns. Gerieten in irgendeine seltsame, enge Straße. Ich las den Namen, aber er stand verkehrt herum im Glas der Laterne, wie in einem Spiegel. Die Laternen verschwammen in der Ferne. Wasser rann von den Dächern. Mit kühlem Quecksilber füllten sich die Regentonnen, die in Reihen an den schwarzen Hauswänden zu beiden Seiten der Straße standen. Sie füllten sich und liefen über. Und plötzlich sagtest du, fassungslos die Arme ausbreitend:

«Er war doch noch so klein, so warm...»

Verzeih mir, daß ich nicht weinen kann, einfach so wie ein Mensch weint – ich singe und laufe immer irgendwohin, hänge mich an alle Flügel, die an mir vorbeifliegen, groß, zerzaust, mit einer Woge Sonnenbrand auf der Stirn. Verzeih mir. Es muß so sein.

Wir gehen still an den Zäunen entlang. Der Friedhof ist nicht mehr weit. Da ist er – eine kleine Insel in frühlingshaftem Weiß und Grün inmitten der staubigen Öde. Geh jetzt allein weiter. Ich warte hier auf dich. Deine Augen lächeln rasch, verschämt. Wie genau du mich kennst... Das Tor knarrt und schlägt zu. Ich sitze allein auf dem spärlichen Gras. In einiger Entfernung ein Gemüsegarten: violettschimmernder Kohl. Hinter der Einöde Fabrikgebäude, leichte Ziegelkolosse, die in bläulichem Dunst schwimmen. Zu meinen Füßen in einer sandigen Vertiefung blinkt rostig eine verbeulte Blechdose. Ringsumher ist es still und frühlingshaft leer. Es gibt keinen Tod. Der Wind legt sich auf mich wie eine weiche Puppe, kitzelt mit seiner samtigen Pfote meinen Hals. Es kann keinen Tod geben.

Mein Herz ist auch durch die Abendröte geflogen. Du und ich werden einen neuen goldenen Sohn haben. Er wird entstehen aus deinen Tränen und meinen Märchen. Heute habe ich verstanden, wie wunderschön die sich im Himmel kreuzenden Drähte sind und das dunstige Mosaik der Fabrikschornsteine und hier diese rostige Blechdose mit dem offenen, halb abgerissenen gezackten Deckel. Das matte Gras treibt dahin, treibt über die staubigen Wellen der Einöde irgendwohin. Ich hebe die Hände. Über meine Haut gleitet die Sonne. Meine Haut ist ein einziges, vielfarbiges Funkeln.

Da möchte ich aufstehen, weit meine Arme öffnen und mich mit einer großen und erhabenen Rede an die unsichtbare Menge wenden. Und so beginnen:

«Ihr glückverheißenden Götter...»

Rache

1

Ostende, die steinernen Hafenmauern, der graue Strand und die ferne Reihe der Hotels drehten langsam ab, schwammen davon im Türkisdunst des Herbsttages.

Der Professor hüllte seine Beine in das karierte Plaid, und mit einem Knarren ließ er sich in die Segeltuchbehaglichkeit des Liegestuhls zurückfallen. Auf dem sauberen ockerfarbenen Deck war es belebt, aber still. Gedämpft tuckerten die Kessel.

Eine wollbestrumpfte junge Engländerin wies mit der Augenbraue auf den Professor.

«Sieht Sheldon ähnlich, nicht wahr?» sagte sie zu ihrem Bruder, der danebenstand.

Sheldon war ein Komiker – ein glatzköpfiger Gigant mit rundem, schlaffem Gesicht.

«Er ist sehr angetan von der See...», fügte die Engländerin leise hinzu. Wonach sie leider aus meiner Erzählung herausfällt.

Ihr Bruder, ein plumper, rothaariger Student, der an seine Universität zurückkehrte – die Sommerferien gingen zu Ende –, nahm die Pfeife aus dem Mund und sagte:

«Das ist unser Biologe. Ein prächtiger Alter. Ich muß ihn begrüßen.» Er trat zu dem Professor. Der hob die schweren Lider. Und sah vor sich einen seiner schlechtesten und fleißigsten Schüler.

«Die Überfahrt wird vorzüglich», sagte der Student, als er die große, kalte Hand leicht gedrückt hatte.

«Ich hoffe», erwiderte der Professor, wobei er mit den Fingern über die graue Wange strich.

Und wiederholte gewichtig: «Ja, ich hoffe.»

Der Blick des Studenten glitt über die beiden Koffer, die neben dem Deckstuhl standen. Der eine war alt und ehrwürdig: Wie Vogeldreckflecken auf einem Denkmal blinkten auf ihm die weißen Spuren früherer Aufkleber. Der andere – nagelneu, orangefarben, mit funkelnden Schlössern – fesselte aus irgendeinem Grund die Aufmerksamkeit des Studenten.

«Sie gestatten, daß ich ihn ein wenig rücke, sonst fällt er um», schlug der Student vor, um das Gespräch nicht abreißen zu lassen.

Der Professor feixte. Wahrhaftig, ein graubrauiger Komiker, oder auch ein alternder Boxer...

«Den Koffer, sagen Sie? Wissen Sie denn, was ich darin mit mir führe?» fragte er, fast ein wenig gereizt. «Sie erraten es nicht? Ein vortreffliches Ding! Einen Garderobenständer eigener Art...»

«Eine deutsche Erfindung, Sir?» warf der Student ein, da er sich erinnerte, daß der Biologe gerade in Berlin auf einer wissenschaftlichen Tagung gewesen war.

Der Professor brach in dralles, gellendes Gelächter aus. Feurig blitzte ein Goldzahn.

«Eine göttliche Erfindung, mein Freund, wirklich göttlich. Unerläßlich für jeden Menschen. Übrigens führen auch Sie solch ein Ding mit sich. Na? Oder sind Sie vielleicht ein Polyp?»

Der Student grinste. Er wußte, daß der Professor zu unverständlichen Scherzen neigte. Über den Alten wurde an der Universität viel geredet. Es hieß, daß er seine Frau, eine noch sehr junge Frau, drangsalierte. Der Student hatte sie einmal gesehen: ein schmächtiges Persönchen mit eindrucksvollen Augen...

«Wie geht es Ihrer werten Gattin, Sir?» fragte der rothaarige Student.

Der Professor antwortete:

«Ich will Ihnen offen die Wahrheit sagen, mein lieber Freund. Ich habe lang mit mir gekämpft, doch nun muß ich es Ihnen gestehen... Mein lieber Freund, ich reise gerne schweigend. Sie werden mir sicher verzeihen.»

Hier nun entschwindet der Student, das Schicksal seiner Schwester teilend, mit verlegenem Pfeifen für immer aus diesen Seiten.

Der Biologe aber schob sich den schwarzen Filzhut bis zu den borstigen Brauen, da das Glitzern der Wellen grell in die Augen stach, und versank in vorgetäuschten Schlaf. Sein graues, glattrasiertes Gesicht mit der gewaltigen Nase und dem schweren Kinn war sonnenüberflutet und schien soeben erst aus feuchtem Ton geformt worden zu sein. Zog eine leichte Herbstwolke an der Sonne vorüber, wurde das Gesicht des Professors mit einemmal zu Stein – dunkel und trocken. Natürlich war das nur der Wechsel von Schatten und Licht, keine Spiegelung seiner Gedanken. Wohl kaum hätte der Professor einen angenehmen Anblick geboten, wenn sich tatsächlich seine Gedanken gespiegelt hätten.

Er hatte nämlich dieser Tage von einem gedungenen Detektiv aus London die Nachricht erhalten, daß seine Frau ihn betrog. Ein Brief war abgefangen worden, der in der zierlichen, bekannten Handschrift verfaßt war und folgendermaßen begann: «Mein Geliebter, mein Jack, ich bin noch ganz erfüllt von Deinem letzten Kuß...» Der Professor hieß jedoch keineswegs Jack. Das war nämlich der springende Punkt. Bei dieser Erkenntnis empfand er weder Verwunderung noch Schmerz und nicht einmal mannhaften Verdruß, sondern – Haß, scharf und kalt wie eine Lanzette.

Es war ihm vollkommen klar, daß er seine Frau umbringen würde. Daran war nicht zu rütteln. Nun galt es nur noch, sich die peinigendste, raffinierteste Todesart auszudenken. Im Deckstuhl zurückgelehnt, ging er zum hundertsten Mal sämtliche Foltern durch, die von Reisenden und mittelalterlichen Gelehrten beschrieben werden. Keine kam ihm schmerzhaft genug vor. Als in der Ferne, am Rand des grünen Wellenglitzerns, die weißen Zuckerklippen von Dover auftauchten, hatte er noch keinen Entschluß gefaßt.

Die Fähre verstummte und legte schaukelnd an. Über den Landungssteg folgte der Professor dem Gepäckträger. Der Zollbeamte leierte die Liste der Dinge herunter, deren Einfuhr untersagt ist, dann bat er, den Koffer zu öffnen – den neuen, orangefarbenen. Der Professor drehte das Schlüsselchen im Schloß herum und riß den ledernen Kofferdeckel auf. Hinter ihm schrie eine russische Dame laut: Du liebe Güte! und brach in nervöses Lachen aus. Zwei Belgier, die zu beiden Seiten des Professors standen, blickten ihn gleichsam schräg von unten an; der eine zuckte die Schultern, der andere pfiff leise durch die Zähne. Die Engländer wandten sich gleichmütig ab. Der konsternierte Beamte starrte mit Stielaugen auf den Inhalt des Koffers. Allen war höchst schaurig und beklommen zumute.

Der Biologe nannte kühl Rang und Namen und erwähnte das Universitätsmuseum. Die Gesichter hellten sich auf. Bekümmert waren lediglich einige Damen, als sie begriffen, daß kein Verbrechen vorlag.

«Aber warum führen Sie das da im Koffer mit sich?» fragte der Beamte mit respektvollem Tadel, nachdem er vorsichtig den Deckel herabgelassen hatte und mit der Kreide über das helle Leder gefahren war.

«Ich war in Eile», sagte der Professor, müde die Lider senkend. «Um es in einer Kiste zu verpacken, hatte ich keine Zeit. Außerdem ist das Ding wertvoll, als Reisegepäck aufgegeben hätte ich es nicht.»

Und gebeugt, aber federnd schritt der Professor zum Bahnsteig, vorbei an dem Polizisten, der einem riesigen Spielzeug glich. Plötzlich blieb er jedoch stehen, als sei ihm etwas eingefallen – und mit einem frohen, gutmütigen Lächeln murmelte er: «Ah! Ich hab's... Eine äußerst geistreiche Methode...» Darauf seufzte er erleichtert, kaufte zwei Bananen, eine Schachtel Zigaretten und knisternde Zeitungslaken – und wenige Minuten später flog er im behaglichen Abteil des Kontinent-Expresses am strahlenden Meer entlang, an den weißen Steilhängen und den smaragdgrünen Weidegründen von Kent.

2

Tatsächlich, wundervolle Augen... Die Pupillen wie glänzende Tintentropfen auf blaugrauem Atlas. Das Haar kurz, blaßgolden – eine Haube aus prachtvollem Flaum. Sie selber klein, kerzengerade, mit flacher Brust.

Sie hatte ihren Mann schon am Vorabend erwartet, heute nun war sie sicher, daß er käme. In einem grauen, ausgeschnittenen Kleid und in Samtslippern saß sie auf dem Pfauenaugensofa im Wohnzimmer und sann darüber nach, daß ihr Mann unrecht hatte, nicht an Geister zu glauben und den jungen schottischen Spiritisten mit den zarten weißen Wimpern, der sie manchmal besuchte, offen zu verachten. Passierten ihr doch wirklich die sonderbarsten Dinge. Kürzlich war ihr im Traum der verstorbene junge Mann erschienen, mit dem sie vor ihrer Ehe in der Abenddämmerung umhergeschweift war, wenn so gespenstisch weiß die Brombeerblüten schimmerten. Morgens hatte sie, noch schlaftrunken, ihm mit Bleistift einen Brief geschrieben – einen Brief an ihre Traumvision. Darin hatte sie den armen Jack angelogen. Hatte sie ihn doch fast vergessen und liebte mit verschreckter, aber treuer Liebe ihren sonderbaren, sie drangsalierenden Mann – zugleich wollte sie jedoch den lieben, gespenstischen Gast durch die Wärme irdischer Worte aufmuntern. Der Brief war auf geheimnisvolle Weise aus der Schreibmappe verschwunden, und in der gleichen Nacht hatte sie von einem langen Tisch geträumt, unter dem plötzlich Jack hervorgekrochen war und ihr dankbar zugenickt hatte... Jetzt war ihr die Erinnerung an diesen Traum merkwürdig unangenehm. Als hätte sie ihren Mann mit einem Gespenst betrogen...

In dem eleganten Wohnzimmer war es warm. Auf dem breiten, niedrigen Fensterbrett lag ein Seidenkissen, grellgelb mit violetten Streifen.

Der Professor traf in dem Moment ein, als sie zu dem Schluß kam, seine Fähre sei untergegangen. Bei einem Blick aus dem Fenster sah sie das schwarze Verdeck des Taxameters, die ausgestreckte Hand des Chauffeurs und die schweren Schultern ihres Mannes, der, den Kopf gesenkt, bezahlte. Sie flog durch die Zimmer und hastete die Treppe hinab, die dünnen, entblößten Arme schwenkend.

In seinem weiten Mantel kam er, gebeugt, ihr entgegen. Hinter ihm brachte der Diener die Koffer.

Sie schmiegte sich an sein wollenes Cachenez und hielt dabei das schlanke, graubestrumpfte Bein leicht angewinkelt, mit dem Absatz nach oben. Er küßte sie auf die warme Schläfe. Mit sanftem Schmunzeln schob er ihre Arme beiseite.

«Ich bin staubig, warte...», murmelte er und faßte sie am Handgelenk. Sie senkte die Lider und schüttelte den Kopf – den blassen Brand des Haars.

Der Professor beugte sich herab, küßte sie auf den Mund und schmunzelte erneut.

Beim Abendessen berichtete er – den weißen Panzer der gestärkten Hemdbrust vorgereckt und kräftig die glänzenden Backenmuskeln bewegend – von seiner kurzen Reise. Er war verhalten fröhlich. Das scharfkantige Seidenrevers seines Jacketts, der bullige Kiefer und der riesige kahle Schädel mit den eisernen Äderchen an den Schläfen – all das weckte in seiner Frau wunderbares Mitleid. Wie tat es ihr doch jedesmal leid, daß er, der in sämtlichen Stäubchen das Leben erforschte, nicht zu ihr in jene Welt kommen wollte, wo die Gedichte von de la Mare strömten und die zartesten Astralleiber schwirrten.

«Nun, haben deine Gespenster geklopft, während ich weg war?» fragte er, ihre Gedanken erratend.

Sie hätte ihm gerne von dem Traum erzählt, von dem Brief – doch irgendwie hatte sie ein schlechtes Gewissen...

«Übrigens», fuhr er fort, wobei er den rosa Rhabarber mit Zucker bestreute, «du und deine Freunde spielen mit dem Feuer. Es gibt tatsächlich schreckliche Dinge. Mir hat ein Doktor aus Wien dieser Tage von unglaublichen Gestaltwandlungen erzählt. Eine Frau – so eine Wahrsagerin, eine Besessene – war gestorben, wohl an Herzschlag, und als der Doktor sie auskleidete – es war in einer magyarischen Kate, bei Kerzenschein –, da frappierte ihn der Körper dieser Frau: Er war gänzlich mit einem rötlichen Schimmer bedeckt, fühlte sich weich und schleimig an. Und als er genauer hinsah, erkannte er, daß dieser füllige und pralle Leib durchweg wie aus dünnen, kreisförmigen Hautschichten bestand, als wäre er, fest und gleichmäßig, von unsichtbaren Fäden umwickelt – oder auch, es gibt doch so eine Reklame für französische Autoreifen: ein Männchen ganz aus Reifen... Nur waren bei der Frau diese Reifen hauchdünn und blaßrot. Und während der Doktor noch hinschaute, begann der Körper der Toten sich langsam aufzudröseln, wie ein riesiger Knäuel... Ihr Leib war ein dünner, unendlich langer Wurm, der sich abspulte und davonkroch, unter der Türspalte durch, und auf dem Bett blieb bloß das nackte, weiße, noch feuchte Gerippe zurück... Dabei hatte diese Frau einen Mann, der hat sie einst geküßt, hat einen Wurm geküßt...»

Der Professor goß sich ein Gläschen mahagonifarbenen Portwein ein und trank in satten Schlucken, ohne die zusammengekniffenen Augen vom Gesicht seiner Frau abzuwenden. Sie zog fröstelnd die mageren, blassen Schultern hoch.

«Du weißt selber nicht, was für eine schreckliche Geschichte du mir da erzählt hast», stieß sie erregt hervor. «Der Geist der Frau hat sich also in einen Wurm verwandelt. Schrecklich ist das...»

Mit einem Ruck ließ der Professor die Manschetten vorschießen und betrachtete seine feisten Finger. «Ich denke manchmal», sagte er, «daß meine Wissenschaft letztlich ein eitler Wahn ist, daß die physikalischen Gesetze unsere Erfindung sind und daß alles, schlechterdings alles geschehen kann... Wer solchen Gedanken nachhängt, verliert den Verstand...»

Er unterdrückte ein Gähnen, stieß die zusammengepreßte Faust gegen den Mund.

«Was ist mit dir geschehen, mein Freund?» rief seine Frau leise aus. «So hast du früher nie gesprochen. Mir kam immer so vor, als wüßtest du alles... als hätte für dich alles seine Ordnung...»

Für einen Augenblick blähten sich krampfhaft die Nüstern des Professors, blitzte der goldene Eckzahn auf. Doch sogleich wurden seine Gesichtszüge wieder schlaff.

Er reckte sich und stand vom Tisch auf.

«Ich schwätze Unsinn», sagte er ruhig und zärtlich. «Ich bin müde, gehe schlafen... Mach das Licht nicht an, wenn du hereinkommst. Leg dich direkt in unser Bett... *Unser* Bett!» wiederholte er bedeutsam und liebevoll, wie er lange nicht gesprochen hatte.

Das Wort klang sanft in ihrem Herzen nach, als sie im Wohnzimmer alleinblieb.

Fünf Jahre war sie nun verheiratet, und trotz der Launenhaftigkeit ihres Mannes, der häufigen Sturmböen seiner grundlosen Eifersucht, trotz seines Schweigens, seiner Bärbeißigkeit und Verständnislosigkeit fühlte sie sich glücklich, da sie ihn liebte und bedauerte. Sie, die Feingliedrige, Weiße, und er, der Riesige, Glatzköpfige mit den grauen Wollzotten mitten auf der Brust, bildeten ein unmögliches, monströses Paar – und dennoch waren seine seltenen, heftigen Liebkosungen ihr angenehm.

Von der Chrysantheme, die in der Vase auf dem Kamin stand, fielen mit dürrem Geraschel einige gekrümmte Blütenblätter ab.

Sie schreckte auf, ihr Herz krampfte sich unangenehm zusammen, es fiel ihr ein, daß die Luft stets voller Gespenster ist, daß sogar ihr gelehrter Mann deren schreckliches Wirken vermerkt hatte. Ihr fiel ein, wie Jacky unterm Tisch hervorgesprungen war und ihr mit schauriger Zärtlichkeit zugenickt hatte. Ihr kam es vor, als blickten alle Dinge im Zimmer sie erwartungsvoll an. Da durchfuhr sie ein Windstoß der Angst. Rasch verließ sie das Wohnzimmer, einen peinlichen Aufschrei unterdrückend. Und holte tief Luft: Was bin ich doch für ein Dummerchen... Im Ankleidezimmer betrachtete sie lange ihre glänzenden Pupillen im Spiegel. Das kleine Gesicht unter der Haube aus Goldflaum kam ihr fremd vor...

Leichtfüßig wie ein Mädchen, nur mit einem Spitzenhemd bekleidet, trat sie vorsichtig, um nirgends anzustoßen, ins dunkle Schlafzimmer. Sie streckte die Hände aus, ertastete das Kopfende des Bettes und schlüpfte seitlich hinein. Sie wußte, daß sie nicht allein war, daß ihr Mann neben ihr lag. Einige Augenblicke schaute sie unbeweglich in die Höhe, spürte sie ihr Herz wild und dumpf in der Brust hämmern.

Als ihre Augen sich an das Dunkel gewöhnt hatten, das von Streifen durch die Tüllgardine strömenden Mondlichts durchzogen war, wandte sie den Kopf zu ihrem Mann. Er lag, in die Decke gehüllt, mit dem Rücken zu ihr. Sie sah nur seinen kahlen Scheitel, der nun, in einer Mondlichtpfütze, ungewöhnlich glatt und weiß aussah.

«Er schläft nicht», dachte sie zärtlich, «wenn er schliefe, würde er schnarchen.»

Sie lächelte – und glitt rasch mit ihrem ganzen Körper zum Mann hinüber, breitete unter der Decke die Arme aus für die vertraute Umarmung. Ihre Finger schlossen sich um glatte Rippen. Ihr Knie stieß an einen glatten Knochen. Ein Schädel kullerte mit kreisenden schwarzen Augenhöhlen vom Kissen auf ihre Schulter.

Elektrisches Licht flammte auf. Der Professor kam in seinem grobschlächtigen Smoking hinter einem Paravent hervor – alles an ihm strahlte: die geschwellte Hemdbrust, die Augen, die riesige Stirn. Er trat zum Bett.

Decke und Laken waren verknäult auf den Teppich geglitten. Seine Frau lag tot da, und in ihren Armen hielt sie das weiße, notdürftig zusammengesetzte Skelett eines Buckligen, das der Professor im Ausland für das Universitätsmuseum erworben hatte.

Güte

Das Atelier hatte ich von einem Photographen geerbt. An der Wand stand noch ein lilagetöntes Gemälde, das ein Stück Balustrade und eine weißliche Urne vor dem Hintergrund eines schemenhaften Gartens darstellte. Die ganze Nacht saß ich, gleichsam am Eingang zu diesen guaschenen Weiten, im Rohrsessel und dachte an dich. Als der Morgen dämmerte, wurde es sehr kalt. Langsam tauchten die Klötze tönerner Götzenbilder aus der Dunkelheit – das eine, dein Ebenbild, umhüllt von einem feuchten Tuch. Ich schritt durch den staubigen Dunst des Raums – unter den Füßen knirschte es, zerbröckelte etwas –, nahm einen langen Stab, hakte ihn ein und zog nacheinander die schwarzen Vorhänge auf, die wie Fetzen zerrissener Fahnen vor den schrägen Fensterscheiben herunterhingen. Als ich den Morgen – einen verkniffenen, kläglichen Morgen – hereingelassen hatte, mußte ich lachen, ohne zu wissen, weshalb – vielleicht eben weil ich die ganze Nacht in dem trockenen Plastilinstaub, zwischen Abfall und Gipssplittern im Rohrstuhl gesessen war – und an dich gedacht hatte.

Wenn in meinem Beisein dein Name fiel, war das für mein Empfinden jedesmal ein Schlag aus Schwärze, eine duftige und heftige Bewegung; so knicktest du die Hände ab, wenn du den Schleier zurechtrücktest. Ich liebte dich seit langem, doch ich weiß nicht, warum ich dich liebte – dich Lügenhafte, Ungezügelte, die dahinlebt in müßiger Melancholie.

Unlängst hatte ich auf dem Tischchen in deinem Schlafzimmer eine leere Streichholzschachtel gefunden; darauf lag ein Grabhügel aus Asche sowie eine goldene Kippe, eine derbe, männliche. Ich flehte dich um eine Erklärung an. Du brachst in unschönes Lachen aus. Dann in Weinen, und ich umfaßte, dir alles vergebend, deine Knie, preßte die feuchten Wimpern gegen die warme schwarze Seide. Danach hatte ich dich zwei Wochen nicht gesehen.

Der Herbstmorgen flackerte im Wind. Ich stellte behutsam den Stab in die Ecke. In der breiten Fensteröffnung waren die Ziegeldächer von Berlin zu sehen – ihre Umrisse veränderten sich je nach den Schlieren im Scheibenglas –, und zwischen den Dächern ragte die bronzene Melone einer fernen Kuppel. Am Himmel flogen Wolken und rissen manchmal auf, entblößten für einen Augenblick leichte, verwunderte Herbstbläue.

Am Abend davor hatte ich mit dir telephoniert. Hatte es nicht ausgehalten und selber angerufen. Wir verabredeten, uns heute am Brandenburger Tor zu treffen. Durch das Bienengesumm hindurch klang deine Stimme fern und nervös. Sie glitt weg, ging unter. Während ich mit dir sprach, drückte ich fest die Augen zu und hätte am liebsten geweint. Meine Liebe zu dir war pulsierende, aufsteigende Tränenwärme. So stellte ich mir das Paradies vor: Schweigen und Tränen, dazu die warme Seide deiner Knie. Du konntest das nicht begreifen.

Als ich am Nachmittag aus dem Haus trat – um dich zu treffen –, schwindelte mir von der trockenen Luft, von den Strömen gelber Sonne. Jeder Strahl war in den Schläfen zu spüren. Über den Gehsteig jagten raschelnd, sich vor Hast überkugelnd, große, rostrote Blätter.

Unterwegs überlegte ich, daß du bestimmt nicht zu dem Rendezvous kommen würdest. Und selbst wenn du kämest, würden wir uns doch nur wieder zanken. Ich konnte nur modellieren und lieben. Dir war das nicht genug.

Da war es, das behäbige Tor. Breithüftige Busse zwängten sich durch seine Öffnungen und rollten weiter über den Boulevard, der in der Ferne entschwand, im nervösen blauen Glanz des windigen Tages. Ich wartete auf dich unter dem drückenden Blau, zwischen den kalten Säulen, nahe beim Eisengitterfenster der Hauptwache. Viele Menschen waren unterwegs: Vom Dienst kamen Berliner Beamte, nachlässig rasiert, jeder mit einer Aktenmappe unterm Arm, die Augen trübe vor Übelkeit – so fühlt man sich, wenn man auf nüchternen Magen eine schlechte Zigarre raucht. Unaufhörlich huschten ihre müden und gierigen Gesichter, ihre hohen Kragen vorüber. Eine Dame mit rotem Strohhut und grauem Persianer ging vorbei, dann ein Jüngling in Samthosen mit Knöpfen unterhalb der Knie. Und viele andere.

Auf den Spazierstock gestützt, wartete ich im kalten Schatten der Ecksäulen. Ich glaubte nicht, daß du kämest.

An der Säule unweit des Hauptwachenfensters befand sich ein Straßenstand – Ansichtskarten, Stadtpläne, Faltkartons mit Farbaufnahmen –, daneben saß auf einem Hocker eine braune alte Frau, kurzbeinig und dick, mit rundem, pockennarbigem Gesicht – und wartete auch.

Ich überlegte: Wer von uns beiden würde zuerst Erfolg haben, wer tauchte wohl früher auf – ein Käufer oder du? Die Alte schien durch ihr ganzes Wesen auszudrücken: Ich will ja gar nichts, sitze nur zufällig hier. Freilich, nebenan ist ein Verkaufsstand, da gibt's sehr hübsche, interessante Sächelchen. Aber ich will ja gar nichts...

Unaufhörlich gingen Menschen zwischen den Säulen durch, umrundeten die Ecke der Hauptwache; so mancher warf einen Blick auf die Ansichtskarten. Dann spannte sich die Gestalt der Alten, ihre hellen, winzigen Augen sogen sich am Gesicht des Vorübergehenden fest, als wollte sie ihm eingeben: Kauf doch, kauf... – hatte derjenige die bunten und grauen Aufnahmen flüchtig gemustert, ging er jedoch weiter, während sie, wie gleichgültig, die Augen niederschlug und weiter in dem roten Buch las, das sie auf den Knien hielt.

Ich glaubte nicht, daß du kämest. Aber ich wartete auf dich, wie ich nie gewartet hatte, rauchte nervös, schaute alle Augenblicke hinter das Tor, auf den freien Platz am Beginn des Boulevards; und wieder kehrte ich in meine Ecke zurück, bemüht, mir nicht anmerken zu lassen, daß ich wartete, bemüht, mir vorzustellen, daß eben jetzt, während ich nicht hinsehe, da kommst du, näherst dich, daß wenn ich erneut um die Ecke schaue, dann erblicke ich deinen Sealpelzmantel, den schwarzen Spitzenschleier, der vom Hutrand über die Augen hängt – und mit Absicht schaute ich nicht, um mir die Illusion nicht zu zerstören.

Ein kalter Wind fegte heran. Die Alte stand auf und steckte ihre Ansichtskarten besser fest. Sie trug eine Art Überjacke – gelber Plüsch, im Kreuz gefältelt. Der Saum des braunen Rocks war vorne mehr hochgezogen als hinten, deshalb schien es, als strecke sie beim Gehen den Bauch heraus. An dem kleinen runden Hut und den abgewetzten Watschelstiefelchen bemerkte ich liebevolle, verschämte Falten. Eifrig machte sie sich am Stand zu schaffen. Nebenan war auf dem Hocker das Buch zurückgeblieben, ein Berlin-Führer, und der Herbstwind blätterte zerstreut die Seiten um und zauste den Plan, der in Stufen herausgefallen war.

Mir wurde kalt. Die Zigarette glühte schief und bitter. Unangenehmes Frösteln zog mir in Wellen über die Brust. Ein Käufer kam nicht.

Die Alte hatte sich wieder gesetzt; da der Hocker für sie zu hoch war, mußte sie sich hinaufschieben, die Sohlen ihrer abgeplatteten Stiefelchen lösten sich nacheinander vom Pflaster. Ich warf die Zigarette weg, drückte sie mit der Stockspitze aus – sprühende Feuerspritzer.

Eine Stunde war gewiß schon vergangen, vielleicht mehr. Wie hatte ich nur meinen können, daß du kämest? Der Himmel hatte sich in eine einzige, dichte Wolke verwandelt, und die Passanten gingen noch eiliger, vorgebeugt, hielten die Mützen fest, eine Dame, die den Platz überquerte, spannte im Gehen den Schirm auf... Es wäre ein Wunder gewesen, wenn du jetzt gekommen wärst.

Die Alte hatte sorgfältig ein Lesezeichen ins Buch gelegt, nun hing sie anscheinend ihren Gedanken nach. Ich glaube, sie stellte sich einen reichen Ausländer aus dem Adlon vor, der ihre sämtlichen Waren kaufen und über Preis bezahlen und noch und noch Ansichtskarten und allerlei Stadtführer bestellen würde. Sicher war auch ihr es nicht warm in diesem Plüschjäckchen. Aber du hattest ja versprochen zu kommen. Mir ging das Telephongespräch durch den Kopf, der unstete Schatten deiner Stimme. Mein Gott, wie verlangte es mich, dich zu sehen. Erneut fegte ein unfreundlicher Wind heran. Ich schlug den Kragen hoch.

Plötzlich öffnete sich das Fenster der Hauptwache, und ein grüner Soldat rief die Alte. Sie rutschte rasch vom Hocker und trappelte, den Bauch herausgestreckt, zum Fenster. Der Soldat reichte ihr mit ruhiger Geste einen dampfenden Becher und schloß den Fensterflügel. Seine grüne Schulter wandte sich ab und verschwand im Dunkel des Raums.

Behutsam den Becher tragend, kehrte die Alte auf ihren Platz zurück. Nach dem braunen Hautzipfel am Becherrand zu urteilen, war es Milchkaffee.

Und sie begann zu trinken. Noch nie habe ich einen Menschen mit solch vollkommenem, tiefem, konzentriertem Genuß trinken sehen. Sie hatte ihren Stand und die Ansichtskarten vergessen, den kalten Wind, den Amerikaner – sie war ganz Schlürfen, Saugen, ging völlig auf in ihrem Kaffee, und ebenso hatte auch ich mein Warten vergessen und sah nur das Plüschjäckchen, die wohlig getrübten Augen, die kurzen Hände in den fingerlosen Handschuhen, die den Becher umklammerten. Sie trank lange, trank in gemächlichen Schlucken, leckte andächtig den Hautzipfel vom Rand, wärmte die Hände am warmen Blech. Und in mein Herz floß dunkle, süße Wärme. Mein Herz trank ebenfalls, wärmte sich ebenfalls – und die braune alte Frau hatte den Geschmack des Milchkaffees.

Sie war fertig. Verharrte einen Moment. Dann stand sie auf und begab sich zu dem Fenster, um den Becher zurückzugeben.

Doch kurz davor blieb sie stehen. Ihre Lippen verzogen sich zu einem Lächeln. Rasch trappelte sie zurück zum Stand, nahm zwei bunte Karten heraus, lief wieder zum Eisengitter des Fensters und klopfte mit der wollenen Faust sacht an die Scheibe. Das Gitter wurde aufgestoßen, ein grüner Ärmel mit blinkendem Knopf am Aufschlag glitt hervor, und die Alte schob Becher und Karten ins Dunkle hinein und nickte eifrig. Die Photos betrachtend, wandte der Soldat sich nach innen und schloß langsam hinter sich den Fensterflügel.

Da auf einmal wurde ich der Zärtlichkeit der Welt gewahr, der tiefen Güte all dessen, was mich umgab, der wohltuenden Verbindung zwischen mir und allem Seienden – und ich begriff, daß die Freude, die ich in dir gesucht hatte, nicht nur in dir beschlossen liegt, sondern um mich herum überall webt – in den vorbeifliegenden Straßengeräuschen, im Saum des komisch hochgezogenen Rocks, im stählernen und zärtlichen Pfeifen des Winds, in den regenschweren Herbstwolken. Ich begriff, daß die Welt durchaus kein Kampf ist, keine Abfolge blutrünstiger Zufälle, sondern aufflackernde Freude, erregende Gnade, ein Geschenk, das wir nicht zu schätzen wissen.

Und in diesem Augenblick kamst du endlich, genauer gesagt, nicht du, sondern ein deutsches Paar: er im wasserdichten Regenumhang, lange Strümpfe an den grünen Flaschenbeinen, sie dünn und hochgewachsen, in einem Leopardenmantel. Die beiden traten zum Stand, der Mann wählte aus, und meine kaffeebraune Alte, hochrot vor Anstrengung, sah bald ihm in die Augen, bald auf die Karten, wobei sie emsig und hektisch die Brauen betätigte, wie ein alter Droschkenkutscher, der mit seinem ganzen Körper die Mähre antreibt. Doch der Deutsche hatte seine Wahl noch nicht getroffen, als seine Frau die Achseln zuckte, ihn am Ärmel wegzog – und da bemerkte ich, daß sie dir glich; die Ähnlichkeit lag nicht in den Gesichtszügen, nicht in der Kleidung, sondern in dieser verächtlichen, lieblosen Geste, in diesem weggleitenden und gleichgültigen Blick. Und sie gingen beide weiter, ohne etwas gekauft zu haben – die Alte aber lächelte bloß, steckte die Karten zurück und vertiefte sich wieder in ihr rotes Buch. Es war sinnlos, daß ich noch länger wartete. Ich schritt davon durch die abendlich dämmerigen Straßen, sah den Passanten ins Gesicht, suchte ihr Lächeln aufzufangen, jene verwunderlichen kleinen Bewegungen – ja, da wippte der Zopf eines Mädchens, das den Ball an die Wand warf, da spiegelte sich göttliche Melancholie im lilagetönten Augenoval eines Pferdes; das alles fing ich auf und sammelte es, die großen, schrägen Regentropfen fielen häufiger, und ich mußte an die fröstelige Gemütlichkeit meines Ateliers denken, an die Muskeln, Stirnen und Haarlocken, die ich modelliert hatte, und in den Fingern spürte ich das zarte Kribbeln der Eingebung, die zum Schaffen drängt.

Es war dunkel geworden. Der Regen strömte. An den Kreuzungen prallte mir stürmisch der Wind entgegen. Dann ratterte und blinkte ein Straßenbahnwaggon vorbei – hinter den Bernsteinfenstern schwarze Silhouetten; und ich sprang während der Fahrt auf und rieb mir die regennassen Hände trocken.

In dem Waggon saßen die Menschen mit mürrischer Miene, schaukelten verschlafen. Die schwarzen Scheiben waren übersät von winzigen Regentropfen – als wäre es die Perlenstickerei der Sterne am Nachthimmel. Wir rumpelten durch eine Straße, die von tosenden Kastanien gesäumt war, und ständig schien mir, daß die feuchten Zweige gegen die Fenster peitschten. Und wenn die Straßenbahn hielt, war zu hören, wie vom Wind abgerissene Kastanien – tock! – oben aufs Dach polterten, und wieder, federnd und zärtlich: tock... tock... Die Straßenbahn bimmelte und ruckte an, in den nassen Scheiben splitterte der Laternenschein, und mit einem durchdringenden Glücksgefühl wartete ich auf die Wiederholung jener hohen und sanften Töne. Ein Bremsstoß, ein Halt – und wieder fiel einsam eine runde Kastanie, wenig später fiel eine zweite, polterte und rollte über das Dach: tock... tock...

Die Hafenstadt

In dem niedrigen Friseursalon roch es nach verrottenden Rosen. Heiß und dumpf summten die Fliegen. Die Sonne glühte, dünnflüssige Honigpfützen bildend, auf dem Boden, ihr Blinken zwickte die Flakons; sie flimmerte durch den langen Vorhang an der Tür, und dieser Vorhang – Tonperlen und Bambusröhrchen, kunterbunt auf zahllose Schnüre gefädelt – klirrte schütter, wenn ihn jemand beim Eintreten mit der Schulter beiseite schob. Vor sich sah Nikitin im trüben Spiegelglas sein sonnengebräuntes Gesicht, die hellen, verklebten Haarsträhnen, das Blitzen der Schere, die über dem Ohr schnippte – und seine Augen blickten aufmerksam und streng, wie das immer der Fall ist, wenn man sich im Spiegel betrachtet. Am Vorabend war er aus Konstantinopel, wo das Leben unerträglich geworden war, in diese alte südfranzösische Hafenstadt gekommen; morgens hatte er sich aufs russische Konsulat begeben, aufs Arbeitsamt, war durch die Stadt geschlendert, durch ihre engen, zum Meer abgleitenden Straßen, war müde geworden, schlapp, und nun ließ er sich die Haare schneiden, den Kopf frisch machen. Rings um den Stuhl war der Boden bereits übersät mit hellen Mäuschen – den abgeschnittenen Haarbüscheln. Der Friseur nahm eine Handvoll flüssiger Seife. Wohlige

Kühle breitete sich über den Scheitel aus, fest massierten die Finger den cremigen Schaum ein – dann prasselte eiskalt die Dusche, stockte das Herz, ein Frotteehandtuch fuhr geschäftig übers Gesicht, über die nassen Haare.

Mit der Schulter durchstieß Nikitin den welligen Regen des Vorhangs und trat hinaus auf die abschüssige Gasse. Die rechte Seite lag im Schatten, in der schimmernden Hitze auf der linken zuckte längs des Gehsteigs ein schmaler Bach, ein kleines Mädchen – schwarzhaarig, zahnlos und sommersprossig – fing mit schepperndem Eimer den funkelnden Strahl; Bach und Sonne und violetter Schatten – alles floß, glitt hinab, zum Meer: Ein Schritt noch, und dort in der Tiefe, zwischen den Mauern, ragte es empor in massiver, saphirener Pracht. Auf der Schattenseite gingen vereinzelte Passanten. Ein Neger in Kolonialuniform kam entgegen – das Gesicht wie eine nasse Galosche. Mitten auf dem Trottoir stand ein Binsenstuhl, vom Sitz sprang weich eine Katze. Irgendwo in einem Haus palaverte eine provenzalische Messingstimme. Ein grüner Fensterladen klappte. An einem Straßenstand, zwischen lila Mollusken, die nach Seegras rochen, schillerten rauhgolden Zitronen.

Unten am Meer blickte Nikitin erregt auf dessen satte Bläue, die in der Ferne zu blendendem Silber wurde, auf das Lichtgeflirre, das sanft die weiße Bordwand einer Jacht umspielte, und dann machte er sich, von der Sonnenglut taumelnd, auf die Suche nach einem kleinen russischen Restaurant, dessen Adresse er im Konsulat an der Wand entdeckt hatte.

In dem Restaurant war es, wie im Friseursalon, heiß und schmuddelig. Auf dem breiten Schanktisch im Hintergrund lagen Vorspeisen und Obst, überdeckt von grauen Gazewogen. Nikitin setzte sich, ruckte mit den Schultern – das Hemd klebte ihm am Rücken. Am Nachbartisch saßen zwei Russen, offenbar Matrosen von einem französischen Schiff, und etwas weiter weg löffelte ein altes Männchen mit Goldrandbrille schmatzend und schlürfend seinen Borschtsch. Die Wirtin trocknete sich an einem Tuch die dicklichen Hände ab und umfing den Eingetretenen mit mütterlichem Blick. Auf dem Boden wälzten sich, mit den Pfoten wuselnd, zwei zerzauste Welpen; Nikitin pfiff durch die Zähne; eine räudige alte Hündin, grünen Schleim in den Winkeln der sanften Augen, legte ihm die Schnauze aufs Knie.

Der eine Seemann sprach ihn an, unaufdringlich und ohne Hast:

«Jagen Sie sie fort. Sonst fangen Sie Flöhe.»

Nikitin tätschelte der Hündin den Kopf, dann hob er die leuchtenden Augen.

«Wissen Sie, das schreckt mich nicht. Konstantinopel... Baracken... Was glauben Sie wohl...»

«Sie sind erst kürzlich angekommen?» fragte der Matrose. Die Stimme gelassen. Ein Netzhemd statt eines Oberhemds. Der ganze Mann – kühl, gewandt. Die dunklen Haare hinten akkurat geschnitten. Eine klare Stirn. Anstand und Ruhe in Person.

«Gestern abend», antwortete Nikitin.

Vom Borschtsch, von dem feurigen schwarzen Wein geriet er noch mehr ins Schwitzen. Er wollte nichts als still dasitzen, sich geruhsam unterhalten. Zur Tür herein drang gleißendes Sonnenlicht, das Zucken und Funkeln des Rinnsals aus der Gasse – und es funkelte die Brille des alten russischen Männchens, das in der Ecke saß, unter dem Gaszähler.

«Suchen Sie Arbeit?» fragte der zweite Matrose, ein älterer, blauäugiger Mann mit ausgebleichtem Walroßschnauzbart, doch wie der andere hatte er klar umrissene Konturen, abgeschliffen von Sonne und Salzwind.

Nikitin lächelte. «Was sonst... Heute war ich auf dem Arbeitsamt. Ich könnte Telegraphenmasten aufstellen oder Taue seilen, aber ich weiß nicht recht...»

«Kommen Sie doch zu uns», meinte der Schwarzhaarige, «als Heizer vielleicht... Oh, Ljalja! Grüße Sie, tiefer Bückling!»

Herein kam eine junge Dame mit weißem Hut und nicht schönem, doch liebem Gesicht; sie ging zwischen den Tischen durch und lächelte erst den Hunden, dann den Seeleuten zu. Nikitin stellte eine Frage und vergaß sie sogleich, den Blick auf das Mädchen geheftet, auf die Bewegungen ihrer tiefsitzenden Hüften, an denen man russische Dämchen stets erkennt. Die Wirtin sah die Tochter liebevoll an, müde war sie, die Arme, hatte den ganzen Morgen im Büro gesessen, womöglich arbeitete sie auch in einem Geschäft. Sie hatte etwas Rührendes, Provinzielles an sich, man dachte unwillkürlich an Veilchenseife, an eine Bahnstation bei Datschen im Birkenwald. Nein, vor der Tür draußen war natürlich nicht Frankreich. Affektierte Bewegungen. Eine Alberei der Sonne.

«Kompliziert ist es überhaupt nicht», sagte der Seemann. «Folgendermaßen: der Kohlenbunker, ein eiserner Kübel. Sie schaufeln. Erst geht's leicht, solang die Kohle abwärts rollt, von allein in den Kübel kollert, danach wird's schwieriger. Sie füllen den Kübel, stellen ihn auf den Karren. Fahren ihn zum Oberheizer. Der haut – zack! – mit einem Schaufelschlag die Ofentür auf, und – zack! – wirft er die Schaufel Kohle rein, wissen Sie, ausladend, fächerförmig, damit sie gleichmäßig liegt. Präzisionsarbeit. Und ja immer den Zeiger beobachten, denn wenn der Druck sinkt...»

Von der Straßenseite tauchten im Fenster Kopf und Schultern eines Mannes mit Panamahut und weißem Jackett auf.

«Wie ist das werte Befinden, Ljalja?»

Er lehnte sich mit den Ellbogen aufs Fensterbrett.

«Ja, sicher ist es heiß, eine Bullenhitze. Arbeiten muß man in Hose und Netzhemd. Das Hemd ist hinterher schwarz. Dann – der Druck, ich sagte es schon. Im Ofen bildet sich Schlacke, eine steinharte Schicht, die zertrümmert man mit so einer langen Schürstange. Das ist schwer. Doch wenn man hinterher aufs Deck hinausschlüpft – die Sonne zwar tropisch, aber es kommt einem frisch vor –, sich unter die Dusche stellt und dann husch! zum Mannschaftsdeck, in die Hängematte – ein Wohlgefühl, ich kann Ihnen sagen...»

Derweil am Fenster:

«Verstehen Sie, und er behauptet, er hätte mich in einem Auto gesehen!»

Ljaljas Stimme war hoch, erregt. Ihr Gegenüber,

der Herr in Weiß, lehnte sich von draußen aufs Fensterbrett, und im hellen Quadrat waren seine runden Schultern zu sehen, sein glattrasiertes, weißes Gesicht, zur Hälfte von der Sonne beschienen: ein Russe, dem das Glück gewogen war.

«Und außerdem, sagt er, hatten Sie ein fliederfarbenes Kleid an, dabei habe ich gar kein solches Kleid», empörte sich Ljalja schrill, «aber er bleibt dabei: *je vous assure!*»

«Ginge es nicht auch auf russisch?» warf der Seemann dazwischen, der mit Nikitin gesprochen hatte.

Der Mann im Fenster sagte:

«Ljalja, und ich habe diese Noten aufgetrieben. Wissen Sie noch?»

Wie beschwor das doch – fast war es überzogen, als hätte sich jemand zum Spaß diese junge Dame ausgedacht, dieses Gespräch, dieses kleine russische Restaurant in der fremdländischen Hafenstadt – wie beschwor das doch den liebevollen russischen Provinzalltag herauf, und sogleich, durch eine wundersame und geheimnisvolle Gedankenverknüpfung, schien die Welt noch weiter zu sein, drängte es einen, über die Meere zu fahren, in märchenhafte Buchten einzulaufen, allerorts fremden Herzen zu lauschen.

«Sie fragen, worauf wir Kurs nehmen? Indochina», sagte der Seemann schlicht.

Nikitin klopfte nachdenklich mit der Zigarette gegen das Etui; auf dem hölzernen Deckel war ein goldener Adler eingebrannt.

«Klingt ja ganz gut.»

«Eben. Natürlich klingt das gut.»

«Erzählen Sie noch ein wenig. Von Schanghai, oder von Colombo.»

«Schanghai? Hab ich gesehen. Warmer Sprühregen, roter Sand. Die Luft feucht wie im Treibhaus. Auf Ceylon war ich zum Beispiel nicht. Hatte Wache, wissen Sie... War an der Reihe.»

Der Mann im weißen Jackett schob die Schultern vor und sagte zum Fenster herein etwas zu Ljalja, leise und bedeutsam. Sie hörte zu, den Kopf zur Seite geneigt und mit der Hand ans eingeknickte Ohr der Hündin fassend. Diese streckte eine glutrosa Zunge heraus, hechelte freudig und blickte zur lichten Sonnenöffnung der Tür; sicher überlegte sie, ob sie sich noch ein Weilchen auf die heiße Schwelle legen sollte. Und es schien, als dächte die Hündin auf russisch.

Nikitin fragte:

«Wohin müßte ich mich wenden?»

Der Seemann zwinkerte seinem Freund zu: Hab ich ihn also rumgekriegt. Dann sagte er:

«Sehr einfach. Morgen gehen Sie möglichst früh zum alten Hafen, an der zweiten Mole finden Sie unsere Jean Barre. Dort reden Sie mit dem Zahlmeister. Ich denke, er wird Sie anheuern.»

Nikitin betrachtete aufmerksam die klare, kluge Stirn des Seemanns.

«Was waren Sie früher – in Rußland?»

Der Seemann zuckte die Schultern und grinste.

«Was er war? Ein Dummkopf», antwortete an seiner Stelle der Baß des Schnauzbärtigen.

Wenig später standen die beiden auf. Der Jüngere zog die Brieftasche, die er, nach Art der französischen Matrosen, unter der Gürtelschnalle vorne in der Hose stecken hatte. Mit hoher Stimme lachte Ljalja, sie war hergekommen und hatte beiden die Hand gereicht – sicher war die Hand leicht feucht. Auf dem Boden balgten sich die Welpen. Der Mann vor dem Fenster hatte sich abgewandt und pfiff sanft und zerstreut vor sich hin. Auch Nikitin zahlte und trat gemächlich hinaus in die Sonne.

Es war gegen fünf Uhr nachmittags. Auf das Meeresblau in den Gassenöffnungen zu blicken tat weh. Die Rundbleche der Straßenaborte loderten.

Er kehrte in sein schäbiges Hotel zurück. Wohlig sonnentrunken ließ er sich, langsam die Arme über den Kopf reckend, rücklings aufs Bett fallen. Er träumte, er sei wieder Offizier, steige auf der Krim einen mit Wolfsmilch und Eichengestrüpp bewachsenen Steilhang hoch – und köpfe im Vorübergehn mit dem Stöckchen die flauschigen Disteln. Er wachte davon auf, daß er im Traum gelacht hatte; er wachte auf, doch vor dem Fenster blaute schon die Dämmerung.

Hinausgelehnt über den kühlen Abgrund, überlegte er: Frauen streifen umher. Darunter auch russische. Was für ein großer Stern.

Er strich sich die Haare glatt, fuhr mit dem Zipfel der Bettdecke über die verbeulten, staubigen Stiefelspitzen, warf einen Blick in den Geldbeutel – ganze fünf Francs – und zog wieder los, seinen einsamen Müßiggang zu genießen.

Jetzt war es draußen belebter als mittags. Längs der zum Meer abfallenden Gassen saßen Menschen, ruhten aus in der Kühle. Ein Mädchen mit flitterbesetztem

Kopftuch... Sie hob die Wimpern... Ein dickwanstiger Krämer mit aufgeknöpfter Weste saß rittlings auf einem Binsenstuhl, die Ellbogen auf die Lehne gestützt, und rauchte – und vorn auf dem Bauch stand der Steg seines Hemds ab. In der Hocke hüpfende Kinder ließen bei Laternenschein Papierschiffchen in dem schwarzen Strom schwimmen, der am schmalen Gehsteig entlanglief. Es roch nach Fisch und Wein. Aus den Matrosenkneipen, die in gelbem Feuerglanz brannten, drangen mühsame Leierkastenklänge, das Klatschen von Händen auf Tischen und laute, metallische Stimmen. Im oberen Teil der Stadt jedoch schob sich über den zentralen Boulevard, unter Akazienwolken, schlurfend und lachend die abendliche Menge, huschten die schlanken Fesseln der Frauen, die weißen Schuhe der Seeoffiziere. Wie vielfarbige Lichter eines erstarrten Feuerwerks flackerte da und dort in der Dämmerung ein Café: runde Tischchen direkt auf dem Trottoir, schwarze Platanenschatten auf dem von innen erleuchteten Markisendach. Nikitin blieb stehen, er stellte sich lebhaft einen Krug Bier vor, einen eiskalten, schweren. Hinter den Tischchen in der Tiefe des Cafés verschränkten sich, wie Hände, Geigenklänge, tönte perlend eine Harfe. Je banaler die Musik, desto mehr greift sie ans Herz.

Am äußersten Tischchen saß, ganz in Grün, eine Frau, eine müde, käufliche, die mit der Schuhspitze wippte.

«Ich trinke ein Bier», beschloß Nikitin. «Nein, doch nicht... Wieso eigentlich nicht...»

Die Frau hatte Augen wie eine Puppe. Etwas sehr

Bekanntes war an diesen Augen, an der langen Linie der Beine. Sie griff nach ihrer Tasche und stand auf, wie wenn sie in Eile wäre. Die lange, smaragdgrüne Seidenstrickjacke, die sie trug, reichte weit über die Hüften. Als sie vorüberging, hatte sie der Musik wegen die Augen halb geschlossen.

«Es wäre doch zu seltsam», dachte Nikitin. Durch sein Gedächtnis blitzte etwas wie ein explodierender Stern – er vergaß das Bier und bog, ihr folgend, in eine schwarzglänzende Gasse. Die Straßenlaterne zog den Schatten der Frau in die Länge. Der Schatten huschte über die Mauer, knickte ein. Sie ging langsam, und Nikitin zügelte seinen Schritt, seltsamerweise hatte er Angst, sie einzuholen.

«Doch, zweifellos ist es so... Mein Gott, wie schön!»

Die Frau blieb am Rand des Gehsteigs stehen. Über einer schwarzen Tür brannte ein himbeerfarbenes Lämpchen. Nikitin ging an der Frau vorbei, kehrte um, schlug einen Bogen um sie, hielt inne. Mit girrendem Lachen warf sie ihm ein französisches Kosewort zu.

Im trüben Licht sah Nikitin ihr hübsches, müdes Gesicht, den nassen Glanz der kleinen Zähne.

«Hören Sie», sagte er still und schlicht auf russisch, «wir kennen uns doch seit langem, also lassen Sie uns auch in unserer Muttersprache reden.»

Sie zog die Brauen hoch.

«English? You speak English?»

Nikitin sah sie unverwandt an und wiederholte ein wenig hilflos:

«Lassen Sie das. Ich weiß doch.»

«*T'es polonais, alors?*» fragte die Frau, wobei sie auf südliche Weise die letzte Silbe rollte.

Nikitin gab auf, er lächelte, steckte ihr den Fünf-Francs-Schein in die Hand, drehte sich rasch um und überquerte einen steil abfallenden Platz. Einen Augenblick später hörte er hinter sich hastige Schritte, Atmen, Kleiderrascheln. Er wandte sich um. Kein Mensch. Der leere, dunkle Platz. Der Nachtwind jagte eine Zeitung über die Steinplatten.

Er seufzte, lächelte erneut, schob die Fäuste tief in die Hosentaschen – und mit dem Blick auf die Sterne, die aufblinkten und abblaßten, als fache sie ein gigantischer Blasebalg an, stieg er hinab zum Meer.

Dort setzte er sich, über dem geschmeidigen Mondengewoge der Wellen, auf den Steinrand der alten Hafenmauer und ließ die Beine baumeln; so saß er lange, mit zurückgeworfenem Kopf, gestützt auf die hinterm Rücken abgewinkelten Arme.

Eine Sternschnuppe zog vorüber, so überraschend, als setze das Herz aus. Ein kräftiger, frischer Windstoß fuhr durch seine Haare, die fahl geworden waren im nächtlichen Glanz.

Der Kartoffelelf

1

Eigentlich hieß er Frederic Dobson. Seinem Freund, dem Zauberer, erzählte er so von sich: «Es gab niemand in Bristol, der Dobson, den Kinderschneider, nicht gekannt hätte. Ich bin sein Sohn – und bin stolz darauf aus schierer Querköpfigkeit. Sie müssen nämlich wissen, daß er trank wie ein alter Wal. So um 1900 herum, nur ein paar Monate, bevor ich geboren wurde, takelte mein gingetränkter Vater einen von diesen Wachs-Cherubim auf, Sie wissen schon – Matrosenanzug, die ersten langen Buchsen –, und legte ihn ins Bett meiner Mutter. Es ist ein Wunder, daß das arme Ding keine Fehlgeburt hatte. Wie Sie sich denken können, erfuhr ich all dies nur aus zweiter Hand – wenn jedoch meine reizenden Informanten keine Lügner waren, so ist dies, so scheint's, der geheimnisvolle Grund, warum ich...»

Und Fred Dobson breitete mit trauriger und gutmütiger Geste seine kleinen Hände aus. Der Zauberer bückte sich dann mit seinem üblichen verträumten Lächeln, hob Fred wie ein Baby hoch und plazierte ihn mit einem Seufzer auf den Garderobenschrank, wo sich der Kartoffelelf ergeben zusammenrollte und leise zu niesen und zu wimmern begann.

Er war zwanzig und wog weniger als fünfzig Pfund, denn er war nur ein paar Zoll größer als der berühmte Schweizer Zwerg Zimmermann (der «Prinz Balthasar» genannt wurde). Wie Freund Zimmermann war Fred außerordentlich gut gebaut, und wären nicht diese Furchen auf seiner runden Stirn und in den Winkeln seiner schmalen Augen sowie ein ziemlich unheimlicher Ausdruck von Spannung gewesen (als ob er sich dem Wachstum widersetzte), hätte unser Zwerg leicht als braver achtjähriger Bub gelten können. Sein Haar von der Farbe nassen Strohs war glattgekämmt und wurde von einem Scheitel gleichmäßig geteilt, der genau die Mitte des Kopfes emporlief, um dort mit dem Wirbel ein schlaues Arrangement zu treffen. Fred war leichtfüßig, von ungezwungenem Auftreten und tanzte ganz gut, aber sein erster Manager erachtete es als weise, dem Begriff «Elf» durch ein komisches Beiwort Gewicht zu verleihen, nachdem ihm die dicke Nase aufgefallen war, die der Zwerg von seinem plethorischen und zügellosen Vater geerbt hatte.

Der Kartoffelelf weckte schon allein durch seinen Anblick Stürme von Beifall und Gelächter in ganz England und dann auch in den Hauptstädten des Kontinents.

Er unterschied sich von den meisten Zwergen durch seine sanfte und freundliche Art. Er hing sehr an dem Pony «Schneeglöckchen», auf dem er emsig um die Arena eines holländischen Zirkus trabte; und in Wien eroberte er das Herz eines einfältigen und griesgrämigen Riesen, der aus Omsk stammte, indem er sich das erste Mal, als er ihn sah, an ihm hochreckte und ihn wie ein Kind anbettelte, das auf den Arm des Kindermädchens genommen werden will.

Gewöhnlich trat er nicht allein auf. In Wien beispielsweise erschien er mit dem russischen Riesen und trippelte, adrett in gestreifte Hosen und eine schmucke Jacke gekleidet, mit einer voluminösen Rolle Notenpapier unter dem Arm um ihn herum. Er brachte dem Riesen die Gitarre. Der Riese stand da wie eine überdimensionale Statue und nahm das Instrument mit den Bewegungen eines Automaten entgegen. Ein langer Gehrock, der wie aus Ebenholz geschnitzt aussah, hohe Absätze und ein Zylinderhut mit einem Glanz, der an Lichtbrechungen auf Säulen erinnerte, erhöhten noch den Wuchs des stattlichen dreihundertfünfzig Pfund schweren Sibiriers. Er schob seine mächtige Kinnlade vor und schlug die Saiten mit einem Finger. Hinter der Bühne klagte er in weibischem Tonfall über Schwindelanfälle. Fred gewann ihn sehr lieb und vergoß im Augenblick der Trennung sogar ein paar Tränen, denn er gewöhnte sich schnell an Leute. Sein Leben lief wie das eines Zirkuspferds in glatter Monotonie im Kreise herum. Eines Tages stolperte er im Dunkel der Seitenkulissen über einen Eimer Farbe und fiel mit weichem Plumps hinein – ein Vorfall, an den er sich ziemlich lange als an etwas Ungewöhnliches erinnerte.

Auf diese Art kam der Zwerg fast durch ganz Europa, sparte Geld und sang mit einer kastratenartigen silbernen Stimme, und in deutschen Varietés aß das Publikum dick belegte Brote und kandierte Nüsse am Stiel und in spanischen gezuckerte Veilchen und gleichfalls Nüsse am Stiel. Die Welt war unsichtbar für ihn. Im

Gedächtnis blieb ihm der ewig gleiche gesichtslose lachende Abgrund, und nach dem Ende der Vorstellung das sanfte träumerische Echo einer kühlen Nacht, die von solch tiefem Blau zu sein scheint, wenn man aus dem Theater kommt.

Nach seiner Rückkehr nach London fand er in der Person des Zauberers Shock einen neuen Partner. Shock hatte eine melodische Art zu sprechen, schlanke, bleiche, geradezu ätherische Hände und eine dünne Strähne kastanienbraunen Haares, die auf eine seiner Augenbrauen herabfiel. Er glich eher einem Dichter als einem Bühnenmagier und führte seine Kunst mit einer Art zärtlicher und graziöser Melancholie und ohne das umständliche Gerede vor, das so charakteristisch ist für seinen Beruf. Erheiternd assistierte ihm der Kartoffelelf und tauchte am Ende der Nummer mit einem gurrenden Freudenruf auf der Galerie auf, wo doch vor einer Minute noch jeder gesehen hatte, wie Shock ihn in einen schwarzen Kasten genau in der Mitte der Bühne gesperrt hatte.

All dies trug sich in einem dieser Londoner Theater zu, wo es Akrobaten gibt, die im Klirren und Beben der Trapeze dahinschießen, und einen ausländischen Tenor (ohne jeden Erfolg in der Heimat), der Barkarolen singt, einen Bauchredner in Marineuniform und Kunstradfahrer und den unvermeidlichen Exzentrik-Clown, der in Minihütchen und einer bis zu seinen Knien hinabreichenden Weste einherschlurft.

2

In letzter Zeit war Fred recht schwermütig und nieste viel, geräuschlos und traurig wie ein japanischer Spaniel. Während er monatelang kein Verlangen nach einer Frau verspürte, wurde der jungfräuliche Zwerg doch dann und wann von scharfen Stichen einsamen Liebesverlangens heimgesucht, die so plötzlich nachließen, wie sie gekommen waren, und dann wieder nahm er eine Zeitlang die nackten Schultern nicht wahr, die weiß über der samtenen Brüstung der Logen aufschienen, ebensowenig wie die kleinmädchenhaften Akrobatinnen oder die spanische Tänzerin, deren schlanke Schenkel einen Augenblick lang zu sehen waren, wenn der orangenrot gekräuselte Flaum ihrer Volants im Verlauf einer wirbelnden Drehung hochschnellte.

«Was Sie brauchen, ist eine Zwergin», sagte Shock nachdenklich und holte mit einem vertrauten Schnipsen von Finger und Daumen eine Silbermünze aus dem Ohr des Zwerges, dessen Arm im Hochfahren eine Kurve beschrieb, als wolle er etwas wegwischen oder eine Fliege verjagen.

Am selben Abend, als Fred nach seiner Nummer in Bowler und winziger Frackjacke, schnüffelnd und brummelnd, eine halbbeleuchtete Passage in den Garderoben entlangwatschelte, öffnete sich mit einem plötzlichen Guß fröhlichen Lichts eine Tür, und zwei Stimmen riefen ihn herein. Es waren Zita und Arabella, Akrobatinnen, Schwestern, beide halbnackt, sonnengebräunt, schwarzhaarig, mit langgezogenen blauen Augen. Ein Schimmern theatralischer Unordnung und der Duft von Schminke füllten den Raum. Der Toilettentisch war übersät mit Puderquasten, Kämmen, Kristallzerstäubern, Haarnadeln in einer Ex-Pralinenschachtel und Rougestiften.

Die beiden Mädchen machten Fred mit ihrem Geschnatter sofort ganz taub. Sie kitzelten und zwickten den Zwerg, der, glühend und purpurn vor Erregung, wie ein Ball in der Umarmung der bararmigen Schäkerinnen herumrollte. Als schließlich die ausgelassene Arabella ihn an sich zog und sich rückwärts auf die Couch fallen ließ, verlor Fred seinen Kopf und preßte sich schlängelnd an sie, schnaubend und ihren Hals umschlingend. Beim Versuch, ihn zurückzustoßen, hob sie ihren Arm, und er schlüpfte darunter, schnellte vor und heftete seine Lippen in die heiße stopplige Höhlung ihrer rasierten Achsel. Das andere Mädchen, das vor Lachen kaum noch konnte, versuchte vergebens, ihn an seinen Beinen herunterzuziehen. In diesem Augenblick flog die Tür mit einem Knall auf, und der französische Partner der beiden Trapezkünstlerinnen trat in marmorweißem Trikot ins Zimmer. Wortlos, ohne jeden Groll, schnappte er sich den Zwerg am Genick (zu hören war einzig, wie Freds Eckenkragen aufplatzte, als eine Seite sich vom Kragenknopf losriß), hob ihn hoch in die Luft und warf ihn wie einen Affen hinaus. Die Tür schlug zu. Shock, der zufällig vorbeiwanderte, kriegte gerade noch den marmorweißen Arm und die kleine schwarze Gestalt zu sehen, die im Flug die Füße angezogen hatte.

Fred tat sich bei dem Fall weh und lag bewegungslos im Korridor. Er war nicht eigentlich bewußtlos, nur ganz ohne Kraft, hatte seine Augen starr auf einen Punkt gerichtet und klapperte mit den Zähnen.

«Pech gehabt, alter Junge», seufzte der Zauberer und hob ihn vom Boden auf. Er tastete mit durchsichtigen Fingern die runde Stirn des Zwergs ab und fügte hinzu: «Ich habe Ihnen gesagt, daß Sie nicht so rangehen sollen. Jetzt haben Sie die Quittung. Eine Zwergenfrau ist's, was Sie brauchen.»

Fred, dessen Augen hervortraten, sagte nichts.

«Sie übernachten heute bei mir», entschied Shock und trug den Zwerg zum Ausgang.

3

Es gab auch eine Mrs. Shock.

Sie war eine Dame von ungewissem Alter mit dunklen Augen, die um die Iris gelblich gefärbt waren. Ihre knochige Figur, ihr pergamentener Teint, ihr lebloses schwarzes Haar, die Angewohnheit, Tabakrauch kräftig durch die Nasenlöcher auszustoßen, die gesuchte Schlampigkeit in Kleidung und Frisur – all dies konnte wohl kaum viele Männer anlocken, war aber ohne Zweifel nach Mr. Shocks Geschmack, obwohl dieser im Grunde seine Frau gar nicht zu bemerken schien, da er ständig damit beschäftigt war, Zaubertricks für seine Show auszuhecken, immer unwirklich und unfaßbar schien und an etwas anderes dachte, wenn er von Alltäglichkeiten sprach, der aber alles um sich herum scharf beobachtete, wenn er in Sternenträume versunken war. Nora mußte ständig auf der Hut sein, da er keine Gelegenheit ausließ, irgendein kleines, nutzloses, doch raffiniert kunstvolles Täuschungsmanöver zu inszenieren. Es hatte zum Beispiel eine Zeit gegeben, da er sie durch seinen ungewöhnlichen Appetit in Erstaunen versetzte: Er schmatzte mit soßigen Lippen, lutschte Hühnchenknochen bis auf das letzte Fäserchen ab und häufte wieder und wieder Essen auf seinen Teller; dann ging er, nicht ohne seiner Frau einen kummervollen Blick zugeworfen zu haben; und kurz darauf ließ das in seine Schürze kichernde Dienstmädchen Nora wissen, daß Mr. Shock sein Essen nicht angerührt und alles in drei nagelneuen Schüsseln unter dem Tisch zurückgelassen habe.

Sie war die Tochter eines allseits respektierten Künstlers, der nur Pferde, gescheckte Hunde und Jägersleute in rosaroten Röcken malte. Vor ihrer Heirat hatte sie in Chelsea gelebt, hatte die verhangenen Sonnenuntergänge über der Themse bewundert, Zeichenstunden genommen und war zu den lächerlichen Zusammenkünften gegangen, die die lokale Boheme abhielt – und dort hatten die gespenstergrauen Augen eines ruhigen schlanken Mannes sie ausgesondert. Er redete wenig von sich selber und war noch unbekannt. Ein paar Leute hielten ihn für einen Lyriker. Sie verliebte sich bis über beide Ohren in ihn. Geistesabwesend verlobte sich der Dichter mit ihr und machte ihr am ersten Tage ihres Ehestandes mit einem traurigen Lächeln klar, daß er vom Dichten nichts verstünde, und mitten in diesem Gespräch verwandelte er einen alten Wecker in einen vernickelten Chronometer und den Chronometer in ein goldenes Ührchen, das Nora seither stets an ihrem

Handgelenk trug. Sie hatte begriffen, daß Shock, der Zauberer, gleichwohl auf seine Art ein Poet war; sie konnte sich nur nicht daran gewöhnen, daß er seine Kunst zu jeder Tages- und Nachtzeit, bei jeder Gelegenheit demonstrierte. Es ist schwer, glücklich zu sein, wenn der Ehemann ein Trugbild ist, ein wandelnder Taschenspielertrick von einem Mann, eine Täuschung aller fünf Sinne.

4

Sie klopfte träge mit dem Fingernagel gegen das Glas einer Schale, in der mehrere Goldfische, die so aussahen, als seien sie aus Orangenschale geschnitten, atmeten und ihre Flossen blitzen ließen, als sich die Tür geräuschlos öffnete und Shock (Zylinder schräg auf dem Kopf, Strähne braunen Haares auf seiner Braue) mit einem kleinen Geschöpf erschien, das ganz zusammengeknäuelt in seinen Armen lag.

«Hab ihn mitgebracht», sagte der Zauberer mit einem Seufzer.

Nora dachte flüchtig: Kind. Verloren. Gefunden. Ihre dunklen Augen wurden feucht.

«Muß aufgenommen werden», fügte Shock sanft hinzu und stand zaudernd auf der Schwelle.

Das kleine Ding erwachte plötzlich zum Leben, murmelte etwas und krallte sich scheu an die gestärkte Hemdbrust des Zauberers. Nora sah die winzigen Stiefelchen in Wildledergamaschen, den kleinen Bowlerhut.

«Mich führst du nicht so leicht hinters Licht», spöttelte sie.

Der Zauberer sah sie vorwurfsvoll an. Dann legte er Fred auf ein Plüschsofa und deckte ihn mit einem Plaid zu.

«Blondinet hat ihm eine Abreibung gegeben», erklärte Shock und konnte es nicht lassen, hinzuzufügen: «Hat ihm mit der Hantel eine verpaßt. Genau in den Bauch.»

Und Nora, warmherzig, wie es kinderlose Frauen häufig sind, fühlte ein so eigenartiges Mitleid, daß sie beinahe in Tränen ausgebrochen wäre. Sie bemutterte denn auch gleich den Zwerg, fütterte ihn, gab ihm ein Glas Portwein, rieb seine Stirn mit Eau de Cologne, befeuchtete damit seine Schläfen und die kindlichen Grübchen hinter den Ohren.

Am nächsten Morgen wachte Fred früh auf, sah sich in dem fremden Zimmer um, redete mit den Goldfischen und setzte sich nach einem lautlosen Nieser (oder zweien) wie ein kleiner Junge auf den Sims des Eckfensters.

Ein schmelzender, zauberhafter Dunst wusch Londons graue Dächer. Irgendwo in der Ferne wurde ein Dachfenster aufgestoßen, und seine Scheibe erhaschte einen Strahl des Sonnenlichts. Die Hupe eines Automobils ertönte in der Frische und Zärtlichkeit des Morgengrauens.

Fred ging in Gedanken noch einmal durch den gestrigen Tag. Das Lachen der beiden Akrobatinnen vermischte sich seltsam mit der Berührung von Mrs. Shocks kalten und duftenden Händen. Zuerst war ihm übel mitgespielt worden, dann hatte man ihn liebkost; und er war ja ein sehr liebebedürftiger, ein leicht entflammbarer Zwerg. In seiner Vorstellung verweilte er bei der Möglichkeit, Nora eines Tages vor einem starken, brutalen Mann zu retten, der jenem Franzosen im weißen Trikot glich. Ohne Zusammenhang damit kam ihm die Erinnerung an ein fünfzehnjähriges Zwergenmädchen, mit dem er einmal gemeinsam aufgetreten war. Sie war ein übellauniges, kränkliches und scharfnasiges kleines Ding. Die beiden wurden dem Publikum als Verlobte vorgestellt, und schaudernd vor Widerwillen mußte er mit ihr einen Tango tanzen.

Wieder ertönte eine einsame Hupe und wischte vorbei. Sonnenlicht durchströmte langsam den Dunst über Londons sanfter Wildnis.

Gegen halb acht erwachte die Wohnung zum Leben. Mit abwesendem Lächeln machte Mr. Shock sich mit unbekanntem Ziel auf. Vom Eßzimmer kam der köstliche Geruch von Rühreiern mit Speck. Mrs. Shock, die ihr Haar eher schlecht als recht frisiert hatte, erschien in einem sonnenblumenbestickten Kimono.

Nach dem Frühstück bot sie Fred eine parfümierte Zigarette mit rotem, blumenblattähnlichem Mundstück an und ließ sich mit halbgeschlossenen Augen aus seinem Leben berichten. In solchen Augenblicken des Erzählens wurde Freds Stimme geringfügig tiefer: Er sprach langsam, wählte seine Worte, und seltsamerweise stand ihm diese unerwartete Würde des Vortrags. Mit gesenktem Kopf, feierlich und elastisch gespannt, saß er seitwärts zu Noras Füßen. Sie hatte sich auf dem Plüschsofa zurückgelehnt, mit den Händen hinter dem

Kopf, und zeigte ihre spitzen, nackten Ellbogen. Der Zwerg verfiel, nachdem er seine Geschichte geendet hatte, in Schweigen, wandte aber noch immer die Fläche seiner winzigen Hände da- und dorthin, als ob er weitererzähle. Sein schwarzes Jackett, sein geneigtes Gesicht, die fleischige, kleine Nase, das lohfarbene Haar und der Mittelscheitel, der bis zum Hinterkopf reichte, rührten Noras Herz auf unbestimmte Weise. Als sie ihn durch ihre Wimpern ansah, versuchte sie sich vorzustellen, daß das kein erwachsener Zwerg war, der da saß, sondern ihr nichtexistierender Sohn, der ihr gerade berichtete, wie seine Schulkameraden ihn drangsalierten. Nora streckte ihre Hand aus und streichelte sanft über seinen Kopf – und in diesem Augenblick löste sie durch eine rätselhafte Assoziation der Gedanken etwas anderes aus, eine anstößige, rachsüchtige Vision.

Als er diese sanften Finger in seinem Haar spürte, saß Fred zuerst bewegungslos da und begann dann, in fieberhaftem Schweigen seine Lippen zu lecken. Seine seitlich verdrehten Augen konnten ihren Blick nicht von dem grünen Pompon auf Mrs. Shocks Hausschuh wenden. Und ganz plötzlich, auf irgendwie absurde und berauschende Art, geriet alles in Bewegung.

5

An jenem rauchblauen Tag, in der Augustsonne, war London besonders schön. Der zarte und festliche Himmel spiegelte sich im glatten Band des Asphalts, der Lack der Briefkästen glühte karmesinrot an den Straßenecken, durch das Gobelingrün des Parks kam das Funkeln der Autos, die mit einem tiefen Brummen dahinrollten – die ganze Stadt schimmerte und atmete in der weichen Wärme, und nur unter der Erde, in den U-Bahnstationen, fand man Zonen, wo es kühl war.

Jeder einzelne Tag des Jahres ist ein Geschenk, das lediglich einem einzigen Menschen gemacht wird – dem glücklichsten; alle anderen Leute benutzen diesen Tag, um sich am Sonnenschein zu erfreuen oder über den Regen zu schimpfen, und wissen doch nie, wem dieser Tag in Wirklichkeit gehört; und sein glücklicher Besitzer erfreut und ergötzt sich an ihrer Unwissenheit. Niemand kann vorherwissen, welcher Tag genau ihm zufallen, welche Kleinigkeit er nie vergessen wird: das Flirren gespiegelten Sonnenlichts auf einer Mauer, die am Wasser hinläuft, oder den kreiselnden Fall eines Ahornblattes; und oft ist es so, daß er sich *seines* Tags nur in der Erinnerung bewußt wird, lange nachdem er das Kalenderblatt mit der vergessenen Zahl abgerissen, zerknüllt und unter seinen Schreibtisch geworfen hat.

Von der Vorsehung bekam Fred Dobson, ein Zwerg in mausgrauen Gamaschen, den fröhlichen Augusttag im Jahre 1920 verliehen, der mit dem melodischen Tuten einer Hupe und dem Aufblitzen eines Dachfensters, das in der Ferne aufgestoßen wurde, begonnen hatte. Kinder, die vom Spaziergang zurückkamen, erzählten ihren Eltern, wenn das Wunder sie zu Atem kommen ließ, daß sie einem Zwerg im Bowlerhut und in gestreiften Hosen und mit einem Stöckchen in der einen und einem Paar lohfarbener Handschuhe in der anderen Hand begegnet seien.

Nachdem er Nora zum Abschied heiß geküßt hatte (sie erwartete Besuch), trat der Kartoffelelf auf die breite, glatte, vom Sonnenlicht überflutete Straße und wußte auf der Stelle, daß die ganze Stadt für ihn und nur für ihn gemacht war. Ein fideler Taxifahrer legte mit hallendem Schlag das eiserne Freisignal seines Taxameters um; die Straße begann vorbeizufließen, und Fred rutschte dauernd von seinem Ledersitz, während er weiter vor sich hin kicherte und gurrte.

Er stieg am Eingang zum Hyde Park aus und trippelte los, ohne sich um die neugierigen Blicke zu scheren, an den grünen Faltstühlen, am Teich, an den großen Rhododendren vorbei, die unter dem Schirm von Ulmen und Linden dunkelten, auf einem Rasen so hell und glatt wie Billardtuch. Reiter flogen vorbei, hoben und senkten sich leicht in den Sätteln, das gelbe Leder an ihren Beinkleidern knarrte, die schlanken Köpfe ihrer Rösser fuhren hoch, das Zaumzeug klirrte; und teure schwarze Automobile bewegten sich mit einem blendenden Glitzern ihrer Speichen würdevoll über das weitläufige Spitzenwerk violetten Schattens.

Der Zwerg ging, atmete den warmen Duft von Benzin, den Geruch des Laubes ein, das durch die Überfülle grünen Saftes zu kompostieren schien, ließ sein Stöckchen wirbeln und spitzte die Lippen, als wolle er pfeifen, so groß war das Gefühl von Befreiung und Leichtigkeit, das ihn in Beschlag nahm. Seine Geliebte hatte ihn mit solch eiliger Zärtlichkeit verabschiedet, hatte so nervös gelacht, daß ihm klar wurde, wie sehr sie in Sorge war, daß ihr alter Vater, der wie jeden Tag zum Mittagessen kam, Verdacht schöpfe, wenn er einen fremden Herrn im Hause vorfände.

An diesem Tag war er überall zu sehen: im Park, wo eine rosige Nurse mit gestärktem Häubchen ihm aus irgendeinem Grund eine Fahrt in dem Kinderwagen anbot, den sie schob; und in den Sälen eines berühmten Museums; und in dem Aufzug, der langsam aus den rumpelnden Tiefen kroch, wo zwischen grellbunten Anschlägen elektrische Winde wehten; und in dem eleganten Geschäft, wo man nur Herrentaschentücher verkaufte; und auf der oberen Plattform eines Busses, wohinauf ihn hilfreiche Hände gehievt hatten.

Und nach einer Weile wurde er müde – all diese Bewegung und all dieses Glitzern betäubten ihn, die lachenden Augen, die ihn anstarrten, gingen ihm auf die Nerven, und er hatte das Gefühl, er habe diese reiche Empfindung von Freiheit, Stolz und Glück, die ihn ständig begleitete, sorgfältig zu überdenken.

Als schließlich ein hungriger Fred das Stammlokal betrat, in dem das ganze Artistenvölkchen zusammenkam und wo seine Anwesenheit niemanden überraschen konnte, und als er sich diese Leute ringsum ansah, den alten, stumpfsinnigen Clown, der schon betrunken war, den Franzosen, seinen Feind von ehedem, der ihm jetzt freundlich zunickte, da erkannte Mr. Dobson mit äußerster Klarheit, daß er nie mehr auftreten würde.

Das Lokal war recht dunkel, es brannten nicht genug Lampen, und von draußen drang nicht genug Tag herein. Der stumpfsinnige Clown, der aussah wie ein ruinierter Bankier, und der Akrobat, der sich in Zivil ziemlich linkisch ausnahm, saßen schweigsam über einem Spiel Domino. Die spanische Tänzerin, die einen Hut trug, der so groß war wie ein Wagenrad und einen blauen Schatten über ihre Augen warf, saß mit übereinandergeschlagenen Beinen ganz allein an einem Ecktisch. Es gab ein halbes Dutzend Leute, die Fred nicht kannte; er musterte ihre Gesichtszüge, die Jahre des Schminkens ausgelaugt hatten; inzwischen legte ihm der Kellner ein Kissen unter, wechselte das Tischtuch, legte flink das Gedeck auf.

Mit einemmal erkannte Fred in den dunklen Tiefen des Restaurants das feine Profil des Zauberers, der halblaut mit einem dicken alten Mann sprach, welcher wie ein Amerikaner aussah. Fred hatte nicht erwartet, hier auf Shock zu stoßen, der keine Kneipen mochte, und hatte gar nicht mehr daran gedacht, daß es ihn überhaupt gab. Jetzt tat ihm der arme Magier so leid, daß er sich entschloß, ihm alles zu verheimlichen; dann aber fiel ihm ein, daß Nora ja nicht schwindeln könne und ihrem Mann wahrscheinlich noch an diesem Abend alles erzählen würde («Ich habe mich in Mr. Dobson verliebt... Ich werde dich verlassen») – und daß ihr ein schwieriges, unangenehmes Geständnis erspart werden sollte; denn war er nicht ihr Ritter, machte ihn ihre Liebe nicht stolz, war er nicht darum auch im Recht, wenn er ihrem Mann Schmerz bereitete – was immer sein Mitleid sagte?

Der Kellner brachte ihm ein Stück Nieren-Pie und eine Flasche Ingwerbier. Er machte auch mehr Licht. Hier und da glühten über dem staubigen Plüsch Kristallblüten auf, und der Zwerg sah aus der Ferne, wie ein goldener Schein die braune Stirnlocke des Zauberers nachzeichnete und Licht und Schatten über seine durchsichtigen Finger huschten. Sein Gesprächspartner erhob sich, zurrte an seinem Gürtel, grinste unterwürfig, und Shock begleitete ihn zur Garderobe. Der dicke Amerikaner setzte sich einen breitkrempigen Hut auf, schüttelte Shocks ätherische Hand und ging, immer noch seine Hosen hochziehend, zum Ausgang. Einen Augenblick lang war ein Schlitz zaudernden Tageslichts zu sehen, während die Restaurantlampen gelber glühten. Die Tür fiel mit einem dumpfen Geräusch zu.

«Shock!» rief der Kartoffelelf und zappelte mit seinen kurzen Beinen unter dem Tisch.

Shock kam zu ihm herüber. Auf dem Weg nahm er nachdenklich eine angezündete Zigarre aus seiner Brusttasche, sog daran, stieß ein Rauchwölkchen aus und steckte die Zigarre wieder ein. Niemand wußte, wie er's machte.

«Shock», sagte der Zwerg, dessen Nase sich vom Ingwerbier gerötet hatte, «ich muß mit Ihnen sprechen. Es ist sehr wichtig.»

Der Zauberer setzte sich an Freds Tisch und stützte seine Ellbogen auf.

«Was macht Ihr Kopf – noch Schmerzen?» erkundigte er sich teilnahmslos.

Fred wischte sich die Lippen mit der Serviette ab; er

wußte nicht, wie er anfangen sollte, fürchtete er doch noch immer, seinem Freund allzu großen Kummer zu bereiten.

«Übrigens», sagte Shock, «heute abend trete ich das letzte Mal mit Ihnen auf. Dieser Bursche nimmt mich mit nach Amerika. Läßt sich alles ganz gut an.»

«Was Sie nicht sagen, Shock...», und der Zwerg zerkrümelte Brot und rang nach passenden Worten. «Tatsache ist... Seien Sie tapfer, Shock. Ich liebe Ihre Frau. Heute morgen, nachdem Sie weg waren, haben sie und ich, wie beide, ich meine, sie...»

«Ich bin nur alles andere als ein Seefahrer», sinnierte der Zauberer, «und es dauert eine Woche bis Boston. Ich bin mal nach Indien geschippert. Hinterher habe ich mich so gefühlt wie ein eingeschlafenes Bein.»

Fred, der dunkelrot anlief, rubbelte das Tischtuch mit seiner winzigen Faust. Der Zauberer kicherte leise über seine eigenen Gedanken und fragte dann: «Sie wollten mir gerade was erzählen, mein kleiner Freund?»

Der Zwerg sah in seine geisterhaften Augen und schüttelte voll Ratlosigkeit seinen Kopf.

«Nein, nein, nichts... Mit Ihnen kann man nicht reden.»

Shock streckte seine Hand aus – zweifellos in der Absicht, eine Münze aus Freds Ohr herauszuschnipsen –, aber zum erstenmal in all den Jahren, in denen er seine Zauberei mit Meisterschaft betrieb, fiel ihm die Münze, die die Muskeln der Handfläche nicht fest genug eingeklemmt hatten, herunter. Er las sie auf und erhob sich.

«Ich esse nicht hier», sagte er und betrachtete prüfend den Wirbel auf Freds Kopf. «Ich mag diesen Laden nicht.»

Mürrisch und schweigsam aß Fred einen Bratapfel.

Der Zauberer ging, ohne ein Geräusch zu machen. Das Restaurant leerte sich. Die schmachtende spanische Tänzerin in dem ausladenden Hut wurde von einem scheuen, exquisit gekleideten jungen Herrn mit blauen Augen fortgeführt.

«Nun, wenn er nicht zuhören will, ist die Sache erledigt», überlegte der Zwerg; er seufzte erleichtert auf und kam zum Schluß, daß Nora alles besser erklären werde. Dann bat er um Papier und schrieb einen Brief. Er schloß mit folgenden Worten:

«Nun wirst Du verstehen, warum ich nicht so weiterleben kann wie bislang. Welche Gefühle bereitete Dir das Wissen, daß sich Abend für Abend die gemeine Meute vor Lachen ausschüttet beim Anblick Deines Erwählten? Ich steige aus meinem Vertrag aus und reise morgen ab. Du wirst einen anderen Brief von mir erhalten, sobald ich einen ruhigen Schlupfwinkel gefunden habe, wo wir uns nach Deiner Scheidung werden lieben können, meine Nora.»

So endete der eilige Tag, der einem Zwerg in mausgrauen Gamaschen zum Geschenk gemacht worden war.

6

Über London senkte sich behutsam die Dunkelheit. Die Straßengeräusche verschmolzen in einen weichen hohlen Ton, als ob jemand nach beendetem Spiel den Fuß weiter auf dem Pedal ließe. Die schwarzen Blätter der Linden formten Muster vor dem durchsichtigen Himmel, die Pik-Assen glichen. An dieser oder jener Straßenecke oder zwischen den dicken Silhouetten von Zwillingstürmen lohte ein Sonnenuntergang wie ein Traumbild.

Shock ging gewöhnlich zum Abendessen nach Hause und zog dort den Frack an, den sein Metier erforderte, so daß er hinterher geradewegs ins Theater fahren konnte. An diesem Abend erwartete ihn Nora in höchster Ungeduld, bebend vor böser Schadenfreude. Wie froh sie war, nun ihr eigenes privates Geheimnis zu haben! Das Bild des Zwerges selbst verbannte sie aus ihren Gedanken. Der Zwerg war ein übler kleiner Wurm.

Sie hörte, wie die Eingangstür ihr feines Klick abgab. Wie es der Fall ist, wenn man jemand betrogen hat, kam ihr Shocks Gesicht neu vor, fast wie das Gesicht eines Fremden.

Er nickte ihr zu und senkte voll Scham und Trauer seine langwimprigen Augenlider. Wortlos nahm er Platz ihr gegenüber. Nora betrachtete seinen hellgrauen Anzug, der ihn noch schlanker, noch ungreifbarer erscheinen ließ. Ihre Augen leuchteten auf in warmem Triumph; ein Winkel ihres Mundes zuckte bösartig.

«Wie geht es deinem Zwerg?» erkundigte sie sich

und genoß die Beiläufigkeit ihrer Frage. «Ich dachte, du bringst ihn mit.»

«Hab ihn heute nicht gesehen», antwortete Shock und machte sich ans Essen. Mit einmal jedoch besann er sich eines besseren – zog eine Phiole hervor, entkorkte sie mit einem vorsichtigen Quietschen und schüttete den Inhalt in ein Glas Wein.

Nora erwartete voll Irritation, daß der Wein sich in ein helles Blau verfärben oder so durchsichtig würde wie Wasser, aber der Rote änderte seine Farbe nicht. Shock fing den Blick seiner Frau auf und lächelte finster.

«Für die Verdauung – nur Tropfen», murmelte er. Ein Schatten lief wie eine Welle über sein Gesicht.

«Die übliche Lügerei», sagte Nora. «Du hast einen ausgezeichneten Magen.»

Der Zauberer lachte leise. Dann räusperte er sich beziehungsvoll und leerte sein Glas in einem Zug.

«Nun iß schon», sagte Nora. «Es wird ja kalt.» Mit grimmem Vergnügen dachte sie: «Ach, wenn du wüßtest. Das kriegst du nie heraus. Das ist meine Macht!»

Der Zauberer aß schweigend. Plötzlich verzog er das Gesicht, stieß seinen Teller zurück und begann zu sprechen. Wie gewöhnlich sah er sie dabei nicht direkt an, sondern über sie hinweg, und seine Stimme war melodisch und weich. Er beschrieb seinen Tag, erzählte ihr, daß er beim König war in Windsor, wohin er geladen worden war, um den kleinen Herzögen, die Samtjacken mit Spitzenkragen trugen, die Zeit zu vertreiben. Er gab dies alles in leichter, lebhafter Manier wieder, machte die Leute nach, die er gesehen hatte, strahlte und legte seinen Kopf vielsagend schief.

«Ich habe eine ganze Schar weißer Tauben aus meinem Klapphut hervorgeholt», sagte Shock.

«Und die Handflächen des Zwergs waren feuchtkalt, und alles, was du sagst, ist geflunkert», dachte Nora in Klammern.

«Diese Tauben, weißt du, flogen die ganze Zeit um die Königin herum. Sie verscheuchte sie, lächelte aber aus Höflichkeit weiter.»

Shock stand auf, schwankte, lehnte sich mit zwei Fingern leicht auf die Tischkante und sagte, als wolle er seine Geschichte abschließen: «Ich fühle mich nicht wohl, Nora. Was ich getrunken habe, war Gift. Du hättest mir nicht untreu sein sollen.»

Sein Hals schwoll krampfartig an, er preßte sein Taschentuch an seine Lippen und verließ das Eßzimmer. Nora sprang auf; die Bernsteinperlen ihrer langen Halskette verhakten sich an einem Obstmesser auf ihrem Teller und fegten es herunter.

«Das ist alles nur Theater», dachte sie bitter. «Will mir Angst einjagen, mich quälen. Nein, mein Guter, das bringt dir nichts. Du wirst schon sehen!»

Wie ärgerlich, daß Shock ihr Geheimnis entdeckt hatte. Aber zumindest hätte sie nun die Gelegenheit, ihm all ihre Gefühle zu zeigen, hinauszuschreien, daß sie ihn hasse, daß sie ihn hemmungslos verachte, daß er ein Niemand sei, ein Gummiphantom, daß sie es nicht ertragen könne, weiter mit ihm zu leben, daß...

Der Zauberer saß ganz zusammengekrümmt auf seinem Bett und knirschte vor Schmerzen mit den Zähnen, aber er brachte die Andeutung eines Lächelns zustande, als Nora ins Schlafzimmer gestürmt kam.

«Du hast also gedacht, ich würde dir glauben», sagte sie nach Atem ringend. «O nein, jetzt ist Schluß! Ich weiß auch, wie man betrügt. Du bist mir zuwider, oh, du bist eine Witzfigur mit deinen erfolglosen Tricks...»

Shock, der noch immer hilflos lächelte, versuchte, vom Bett aufzustehen. Sein Fuß scheuerte über den Teppich. Nora, die nach weiteren Beleidigungen suchte, welche sie ihm ins Gesicht schleudern könnte, hielt inne.

«Nicht», stieß Shock unter Schwierigkeit hervor. «Wenn es etwas gab, was ich... bitte, vergib...»

Die Ader auf seiner Stirn spannte sich. Er krümmte sich noch mehr, seine Kehle rasselte, die feuchte Locke auf seiner Stirn zitterte, und das Taschentuch vor seinem Mund tränkte sich mit Galle und Blut.

«Hör auf herumzualbern!» schrie Nora und stampfte mit dem Fuß auf.

Es gelang ihm, sich aufzurichten. Sein Gesicht war wachsbleich. Er warf das zusammengeknüllte Tuch in eine Ecke.

«Warte, Nora... Du verstehst nicht... Dies ist mein allerletztes Kunststückchen... Ich werde kein anderes mehr machen...»

Wieder verzerrte ein Krampf sein schreckliches, glänzendes Gesicht. Er strauchelte, fiel aufs Bett, warf seinen Kopf zurück aufs Kissen.

Sie trat näher, sie schaute und runzelte die Stirn. Shock lag da mit geschlossenen Augen, und seine zusammengebissenen Zähne knirschten. Als sie sich über ihn beugte, bebten seine Lider, er blickte sie verschwommen an und erkannte seine Frau nicht, plötzlich aber erkannte er sie doch, und voll vom feuchten Licht der Zärtlichkeit und des Schmerzes flackerten seine Augen.

In diesem Augenblick wußte Nora, daß sie ihn mehr liebte als alles auf der Welt. Schreck und Mitleid überwältigten sie. Sie schoß im Zimmer umher, goß Wasser ein, ließ das Glas auf dem Waschtisch stehen, flog zurück zu ihrem Mann, der seinen Kopf gehoben hatte, eine Ecke des Leintuches an seine Lippen drückte, am ganzen Körper schlotterte, heftig würgte, und dessen Augen, die nicht sahen und die der Tod schon verschleiert hatte, starr blickten. Da rannte Nora mit wilder Gebärde ins Nachbarzimmer, wo ein Telephon stand, und dort rüttelte sie lange an der Gabel, wiederholte die falsche Nummer, rief nochmals an, rang schluchzend nach Atem und hämmerte mit ihrer Faust auf das Telephontischchen; und als sich die Stimme des Doktors meldete, schrie Nora, daß ihr Mann sich vergiftet habe, daß er im Sterben liege; worauf sie den Hörer mit einem Schwall von Tränen überflutete, ihn schief auflegte und ins Schlafzimmer zurückrannte.

Der Zauberer stand strahlend und schlank in weißer Weste und tadellos gebügelter Hose vor dem Pfeilerspiegel und war mit gespreizten Ellbogen und penibelster Sorgfalt dabei, seine Schleife zu binden. Er sah Nora im Spiegel und zwinkerte ihr, ohne sich umzudrehen, geistesabwesend zu, während er leise vor sich hin pfiff und mit durchsichtigen Fingern weiter die schwarzen Enden seiner Fliege bearbeitete.

Drowse, ein winziges Städtchen im Norden Englands, sah wirklich so verschlafen aus, daß man auf die Vermutung kommen konnte, es sei irrtümlich zwischen diese nebligen, sanft geneigten Felder geraten, wo es dann in ewigen Schlaf versunken war. Es hatte ein Postamt, ein Fahrradgeschäft, zwei oder drei Tabakläden mit roten und blauen Schildern, eine alte, graue Kirche, die von Grabsteinen umgeben war, über die sich schläfrig der Schatten einer riesigen Kastanie breitete. Die Hauptstraße wurde von Hecken, Gärtchen und Ziegelhäuschen gesäumt, über die schräg der Efeu wuchs. Eins von ihnen war vermietet an einen gewissen F. R. Dobson, den niemand außer seiner Haushälterin und dem Arzt des Örtchens kannte, und der plauderte nicht. Mr. Dobson, schien es, ging niemals aus. Die Haushälterin, eine große, strenge Frau, die vorher in einer Irrenanstalt gearbeitet hatte, antwortete auf die beiläufigen Fragen der Nachbarn mit der Erklärung, Mr. Dobson sei ein gelähmter älterer Herr, dazu verurteilt, hinter zugezogenen Vorhängen schweigend dahinzudämmern. Kein Wunder, daß die Einwohner ihn noch im gleichen Jahr, in dem er nach Drowse gekommen war, vergaßen: Seine Anwesenheit wurde nicht mehr wahrgenommen, sie war so selbstverständlich wie die des unbekannten Bischofs, dessen steinernes Abbild seit Urzeiten in seiner Nische über dem Kirchenportal stand. Man glaubte, der geheimnisvolle alte Mann habe einen Enkel – einen stillen, blonden Jungen, der bisweilen in der Abenddämmerung mit kleinen, furchtsamen

Schritten aus dem Dobson-Cottage kam. Dies jedoch geschah so selten, daß niemand mit Bestimmtheit sagen konnte, ob es sich um das gleiche Kind handle, und – natürlich – war das Zwielicht in Drowse besonders verschwommen und blau und verwischte jeden Umriß. So entging den wenig neugierigen, trägen Drowsianern, daß der vermutliche Enkel eines vermutlichen Paralytikers in all den Jahren, die dahingingen, nicht wuchs und daß sein flachsblondes Haar nichts war als eine hervorragend gearbeitete Perücke; denn der Kartoffelelf wurde schon gleich zu Beginn seiner neuen Existenz kahl, und sein Kopf war bald so glatt und glänzend, daß Ann, seine Haushälterin, bisweilen dachte, welch ein Spaß es doch wäre, die Hand über diese Kugel zu legen. Ansonsten hatte er sich nicht verändert: Um sein Bäuchlein war er vielleicht etwas fülliger geworden, und violette Äderchen waren auf seiner noch unappetitlicheren und fleischigeren Nase zu sehen, die er puderte, wenn er sich als kleiner Junge verkleidete. Weiterhin wußten Ann und der Arzt, daß die Herzanfälle, unter denen der Zwerg litt, zu keinem guten Ende führen würden.

Er lebte ruhig und unauffällig in seinen drei Zimmern, war Stammkunde einer mobilen Bibliothek, von der er drei oder vier Bücher (meistens Romane) pro Woche bezog, legte sich eine schwarze, gelbäugige Katze zu, weil er eine Todesangst vor Mäusen hatte (die irgendwo hinter dem Kleiderschrank herumpolterten, als ob sie winzige Holzbälle hin- und herrollten), aß viel, besonders Süßigkeiten (manchmal sprang er mitten in der Nacht auf und trippelte, schmerzhaft klein und zerbrechlich in seinem langen Nachthemd, den eisigen Fußboden entlang, um sich wie ein kleiner Junge über die Schokoladenkekse im Vorratsraum herzumachen) und erinnerte sich immer weniger an seine Liebesaffaire und die ersten fürchterlichen Tage in Drowse.

Nichtsdestoweniger bewahrte er in seinem Schreibtisch unter hauchdünnen, säuberlich gefalteten Theaterzetteln einen Bogen pfirsichfarbenen Briefpapiers mit drachenförmigem Wasserzeichen auf, das mit einer eckigen, kaum leserlichen Schrift bedeckt war. Darauf stand:

«Lieber Mr. Dobson,
ich habe Ihren ersten, wie auch Ihren zweiten Brief, in denen Sie mich bitten, nach D. zu kommen, erhalten. Ich fürchte, es handelt sich hier um ein schreckliches Mißverständnis. Versuchen Sie bitte, mich zu vergessen und mir zu verzeihen. Morgen reisen mein Mann und ich in die Staaten und werden dort voraussichtlich einige Zeit bleiben. Ich weiß einfach nicht, was ich Ihnen sonst noch schreiben könnte, mein armer Fred.»

Damals hatte er seinen ersten Anfall von Angina pectoris. Ein milder Blick des Erstaunens war seitdem in seinen Augen. Und noch Tage danach wanderte er von Zimmer zu Zimmer, schluckte an seinen Tränen und gestikulierte mit einer zitternden winzigen Hand vor seinem Gesicht herum.

Doch dann begann Fred zu vergessen. Er lernte eine Behaglichkeit lieben, die er niemals zuvor gekannt hatte, den blauen Flammenschleier über der Kohle im

Kamin, die staubigen Väschen auf den für sie vorgesehenen runden Konsolen, den Stich, der zwischen zwei Fenstern hing: ein Bernhardiner, dem sein Fäßchen nicht fehlte und der einen Bergsteiger auf seinem kahlen Felsen wieder zum Leben erweckte. Kaum je dachte er an sein vergangenes Leben zurück. Nur im Traum sah er bisweilen einen Sternenhimmel, in dem es vor Trapezen nur so schwirrte, während er in eine schwarze Truhe gesperrt wurde: Durch ihre Wände erkannte er den einschmeichelnden Singsang von Shocks Stimme, konnte aber die Falltür im Bühnenboden nicht finden und rang in der stickigen Dunkelheit nach Luft, während die Stimme des Zauberers trauriger und ferner klang und verhallte, und Fred wachte dann ächzend auf in seinem übergroßen Bett in dem behaglichen dunklen Zimmer mit seinem schwachen Lavendelgeruch, schnappte lange Zeit nach Luft, preßte die Kinderfaust aufs Herz und starrte auf das verschwommene Fahlgrau der Jalousie.

Die Jahre gingen dahin, und immer seltener seufzte in ihm das Verlangen nach der Liebe einer Frau, gerade, als ob Nora all die Begierde, die ihn einmal gequält hatte, endgültig gestillt hätte. Sicherlich gab es Zeiten, gewisse ahnungsvolle Frühlingsabende, an denen der Zwerg, der sich scheu kurze Hosen und die Perücke angezogen hatte, das Haus verließ, um in das Dunkel der Dämmerung zu tauchen; und da kam es dann vor, daß er auf seinem verstohlenen Pfad durch die Felder plötzlich innehielt und ihn ein Schmerz durchlief, wenn er undeutlich ein Liebespaar sah, das sich bei einer Hecke unter dem Schutze blühender Brombeerranken in den Armen hielt. Doch dann ging auch das vorbei, und er hatte überhaupt keine Verbindung mehr zur Außenwelt. Gelegentlich nur kam der Doktor, ein weißhaariger Mann mit schwarzen durchdringenden Augen, auf eine Partie Schach vorbei und beobachtete mit wissenschaftlichem Vergnügen diese winzigen, weichen Hände, dieses bulldoggenhafte Gesichtchen, dessen gewölbte Stirn sich in Falten legte, wenn der Zwerg einen Zug überdachte.

8

Acht Jahre vergingen. Es war Sonntag morgen. Eine Kanne Kakao unter einem Wärmer in Form eines Papageienkopfes stand auf dem Tisch und erwartete Fred auf dem Frühstückstisch. Das sonnige Grün der Apfelbäume flutete durch das Fenster. Die stattliche Ann war dabei, das kleine Pianola abzustauben, auf dem der Zwerg bisweilen holprige Walzer spielte. Fliegen ließen sich auf einem Glas Orangenmarmelade nieder und rieben ihre Vorderbeine aneinander.

Fred trat leicht schlafverkrumpelt in Pantoffeln und einem kleinen schwarzen Morgenmantel mit gelben Fröschen ein. Er setzte sich, kniff die Augen zusammen und strich sich über die Glatze. Ann ging in die Kirche. Fred öffnete die illustrierte Beilage einer Sonntagszeitung und studierte ausgiebig, dabei die Lippen abwechselnd einziehend und aufstülpend, preisgekrönte Welpen, eine russische Ballerina, die sich im sehnsuchtsvollen Todeskampf eines Schwanes bog, Zylinder und Fratze eines Geschäftemachers, der alle ausgetrickst hatte... Unter dem Tisch rieb sich die Katze an seinen bloßen Fußgelenken und machte einen Buckel. Er beendete sein Frühstück; erhob sich gähnend: Er hatte eine üble Nacht hinter sich, noch nie zuvor hatte ihn sein Herz derartig geschmerzt, und jetzt fühlte er sich zu träge, um sich anzukleiden, obwohl seine Füße eiskalt waren. Er wechselte in den Sessel in der Fensternische hinüber und kauerte sich hinein. Er saß da ohne einen Gedanken in seinem Kopf, und nahe bei ihm streckte sich die schwarze Katze und öffnete dabei ihren winzigen rosigen Rachen.

Die Türglocke klingelte.

«Doktor Knight», dachte Fred gleichmütig und machte sich, als er sich erinnerte, daß Ann aus war, auf, um die Tür selber zu öffnen.

Sonnenlicht strömte herein. Eine großgewachsene Dame in Schwarz stand auf der Türschwelle. Fred fuhr stammelnd und an seinem Morgenmantel nestelnd zurück. Er rannte wieder ins Haus, verlor dabei einen Hausschuh, nahm aber keine Notiz davon, war doch seine einzige Sorge, daß, wer immer auch gekommen sein mochte, nicht merken sollte, daß er ein Zwerg war. Er hielt schwer schnaufend in der Mitte des Wohnzimmers an. Oh, warum hatte er denn nicht einfach die Haustür zugeschlagen? Und wer konnte ihn denn nur besuchen? Ein Irrtum zweifellos.

Und dann hörte er deutlich das Geräusch sich nähernder Schritte. Er zog sich ins Schlafzimmer zurück; wollte sich einschließen, aber der Schlüssel fehlte. Der zweite Hausschuh blieb auf dem Wohnzimmerteppich liegen.

«Grauenhaft», sagte Fred kaum hörbar und lauschte.

Die Schritte waren nun im Wohnzimmer. Der Zwerg gab ein leises Ächzen von sich und rannte auf der Suche nach einem Versteck zum Kleiderschrank.

Eine Stimme, von der er wußte, daß er sie kannte, sprach seinen Namen aus, und die Zimmertür öffnete sich:

«Fred, warum hast du Angst vor mir?»

Der Zwerg, barfüßig, schwarzbemantelt, die Glatze schweißbeperlt, stand am Kleiderschrank und hielt noch immer den Ring des Schlosses fest. Er erinnerte sich mit höchster Klarheit an die orangegoldenen Fische in ihrem Glasbassin.

Sie war ungesund gealtert. Unter ihren Augen waren olivbraune Schatten. Die dunklen Härchen auf ihrer Oberlippe waren deutlicher sichtbar als früher, und von ihrem schwarzen Hut, von den strengen Falten ihres schwarzen Kleides ging ein Hauch von Staub und Weh aus.

«Ich habe nie und nimmer erwartet...», begann Fred langsam und sah vorsichtig zu ihr auf.

Nora faßte ihn an den Schultern, drehte ihn dem Licht zu und musterte mit gierigen, traurigen Augen seine Züge. Der verlegene Zwerg blinzelte, bejammerte innerlich seine Perückenlosigkeit und wunderte sich über Noras Aufregung.

Er hatte vor so langer Zeit aufgehört, an sie zu denken, daß er nun außer Trauer und Überraschung nichts empfand. Nora, die ihn noch immer festhielt, schloß die Augen und wandte sich dann, den Zwerg sanft von sich stoßend, dem Fenster zu.

Fred räusperte sich und sagte:

«Ich habe dich völlig aus den Augen verloren. Sag mir, wie geht es Shock?»

«Macht noch immer seine Kunststückchen», sagte Nora abwesend. «Wir sind erst vor kurzem nach England zurückgekommen.»

Ohne ihren Hut abzunehmen, setzte sie sich ans Fenster und starrte ihn unaufhörlich mit seltsamer Intensität an.

«Das heißt, daß Shock...», fuhr der Zwerg, der sich unwohl fühlte unter ihrem Blick, hastig fort.

«...ganz der alte ist», sagte Nora, die noch immer ihre funkelnden Augen nicht von dem Zwerg nahm und schnell ihre glatten, schwarzen und innen weißen Handschuhe abpellte und zusammenknüllte.

«Ist es möglich, daß sie wieder...?» fragte sich abrupt der Zwerg. Durch sein Gedächtnis jagten die Schale mit den Fischen, der Geruch von Eau de Cologne, die grünen Pompons ihrer Hausschuhe.

Nora stand auf. Die schwarzen Bälle ihrer Handschuhe rollten auf den Boden.

«Der Garten ist nicht groß, aber es sind Apfelbäume drin», sagte Fred und fragte sich innerlich: Hat es wirklich einen Augenblick gegeben, wo ich...? Ihre Haut ist ja ganz fahl. Sie hat einen Schnurrbart. Und warum ist sie so schweigsam?

«Ich gehe allerdings selten aus», sagte er, schaukelte leicht vor und zurück auf seinem Stuhl und massierte seine Knie.

«Fred, weißt du, warum ich hier bin?» fragte Nora.

Sie stand auf und trat ganz nahe an ihn heran. Fred

versuchte mit einem entschuldigenden Lächeln zu entkommen und rutschte von seinem Stuhl.

Und da sagte sie ihm mit sehr leiser Stimme:

«Ich hatte nämlich einen Sohn von dir.»

Der Zwerg erstarrte, und sein Blick konnte sich nicht von einem Miniaturfensterchen lösen, das auf der Seite einer dunkelblauen Tasse glühte. Ein ängstliches Lächeln der Verwunderung blitzte in seinen Mundwinkeln auf, verbreitete sich dann und überzog seine Wangen mit violetter Glut.

«Mein... Sohn...»

Und mit einmal verstand er alles, den ganzen Sinn des Lebens, seines langen Leidens, des hellen Fensterchens auf der Tasse.

Er hob langsam die Augen. Nora saß seitlich auf einem Stuhl und wurde von heftigem Schluchzen geschüttelt. Der Glaskopf ihrer Hutnadel glitzerte wie eine Träne. Die Katze rieb sich zärtlich schnurrend an ihren Beinen.

Er stürzte hinüber zu ihr, er erinnerte sich an einen Roman, den er vor kurzem gelesen hatte: «Du hast keinen Grund», sagte Mr. Dobson, «nein, du hast nicht den geringsten Grund zu befürchten, daß ich ihn dir wegnehme. Ich bin so glücklich!»

Sie warf ihm durch den Dunst der Tränen einen Blick zu. Sie setzte zu einer Erklärung an, schluckte sie jedoch hinunter – sah das zärtliche und freudige Strahlen, das vom Gesicht des Zwergs ausging – und sagte nichts.

Sie hob in Eile ihre zerknüllten Handschuhe auf.

«Nun, jetzt weißt du's. Alles weitere ist überflüssig. Ich muß gehen.»

Ein plötzlicher Gedanke durchfuhr Fred. Eine scharfe Scham vereinte sich mit bebender Freude. Er fummelte mit der Quaste seines Morgenmantels, als er fragte:

«Und... wie ist er? Er ist doch nicht...»

«Oh, im Gegenteil», erwiderte Nora eilig. «Ein großer Junge, wie alle anderen auch.» Und wieder brach sie in Tränen aus.

Fred senkte die Augen.

«Ich würde ihn gerne sehen.»

Freudig korrigierte er sich:

«Ach, ich weiß! Er darf nicht wissen, daß ich so bin. Aber vielleicht könntest du es einrichten...»

«Ja, unter allen Umständen», sagte Nora hastig und beinahe scharf, als sie durch das Vestibül schritt. «Ja, wir werden etwas arrangieren. Ich muß los. Es sind zwanzig Fußminuten zum Bahnhof.»

Im Eingang wandte sie den Kopf und musterte zum letzten Mal voll Gier und Trauer Freds Züge. Sonnenlicht zitterte auf seinem kahlen Kopf, seine Ohren waren von durchsichtigem Rosa. In seiner Verwunderung und Seligkeit verstand er nichts. Und nachdem sie gegangen war, blieb Fred lange im Vestibül stehen, als ob er fürchte, er könne sein volles Herz durch eine unvorsichtige Bewegung zum Überlaufen bringen. Er versuchte, sich seinen Sohn vorzustellen, und alles, was er sich vorstellen konnte, war sein eigenes Selbst in der Kleidung eines Schuljungen und mit einer kleinen blonden Perücke. Und indem er sein Bild auf seinen Jungen übertrug, fühlte er sich nicht länger als Zwerg.

Er sah sich ein Haus betreten, ein Hotel, ein Restaurant, wo er seinen Sohn treffen sollte. In seiner Vorstellung strich er mit durchdringendem väterlichem Stolz über den blonden Schopf des Jungen... Und dann sah er sich mit seinem Sohn und Nora (alberne Gans, zu fürchten, er würde ihn ihr wegnehmen!) eine Straße hinuntergehen, und dort...

Fred schlug sich auf die Schenkel. Er hatte vergessen, Nora zu fragen, wo und wie er sie erreichen könne!

Hier begann nun eine verrückte und absurde Phase. Er stürmte in sein Schlafzimmer, begann sich in wilder Eile anzukleiden. Er zog das Beste an, das er hatte, ein teures gestärktes Hemd, das praktisch neu war, gestreifte Hosen, ein Jackett, vor Jahren von Resartre in Paris geschneidert – und während er sich anzog, kicherte er die ganze Zeit, brach sich die Fingernägel in den Spalten verklemmter Kommodenschubladen und mußte sich ein- oder zweimal hinsetzen, um sein schwellendes und pochendes Herz zu beruhigen; und wieder hopste er auf der Suche nach dem Bowler, den er jahrelang nicht getragen hatte, im Zimmer herum, und zu guter Letzt, als er im Vorbeigehen einen Spiegel zu Rate zog, erblickte er das Bild eines vornehmen älteren Herrn im kleidsamen Abendanzug, und er rannte, geblendet von einer neuen Idee, die Verandatreppe hinunter: der nämlich, mit Nora zurückzufahren – die er sicherlich würde einholen können –, um seinen Sohn noch am heutigen Abend zu sehen!

Eine breite, staubige Straße führte geradewegs zum Bahnhof. Sie war mehr oder weniger menschenleer an Sonntagen – aber unerwarteterweise tauchte an einer Ecke ein Junge mit einem Cricketschläger auf. Er sah den Zwerg als erster. In feixender Überraschung schlug er sich auf seine leuchtend-bunte Kappe, als er Freds sich entfernenden Rücken und die ruckartigen Bewegungen seiner mausgrauen Gamaschen sah.

Und schon erschienen, der Himmel mochte wissen, woher, weitere Jungen und rannten glotzend und unbemerkt hinter dem Zwerg her. Der ging schneller und schneller, schaute hin und wieder auf seine Uhr und kicherte aufgeregt. Er fühlte sich ein wenig unwohl in der Sonne. Inzwischen hatte sich die Zahl der Jungen erhöht, und zufällig Vorbeikommende blieben stehen und guckten verwundert. Irgendwo in der Ferne begannen Kirchenglocken zu läuten: Die verschlafene Stadt erwachte zum Leben – und brach auf einmal in ein unbezähmbares, lang unterdrücktes Lachen aus.

Der Kartoffelelf, unfähig, seine Ungeduld zu zügeln, fiel in einen Laufschritt. Einer der Kerle rannte um ihn herum, um sein Gesicht sehen zu können; ein anderer schrie etwas mit gemeiner heiserer Stimme. Fred, der wegen des Staubes Gesichter schnitt, rannte immer weiter, und mit einem Mal schien es ihm, als ob all diese Jungen, die in seinem Sog hinter ihm herliefen, seine Söhne seien – und er lächelte ein verblüfftes Lächeln, als er schnaubend dahintrabte und sein Herz nicht zu beachten versuchte, das seine Brust mit einem brennenden Rammbock sprengte.

Ein Radfahrer, der auf glitzernden Rädern neben dem Zwerg herfuhr, preßte seine Faust wie ein Megaphon an seinen Mund und feuerte den Sprinter an, wie man es bei Rennen tut. Frauen traten auf ihre Veranden heraus, beschatteten sich die Augen und zeigten sich unter lautem Lachen den rennenden Zwerg. Alle Hunde der Stadt erwachten. Die Pfarrkinder in der stickigen Kirche mußten sich wohl oder übel das Gebell, die anspornenden Zurufe anhören. Und die Menge, die mit dem Zwerg mitlief, wurde immer größer. Man hielt das alles für ein Riesenspektakel, Zirkusreklame oder Dreharbeiten für einen Film.

Fred begann zu taumeln, es war ein Singen in seinen Ohren, das Kragenknöpfchen bohrte sich in seinen Hals, er konnte nicht atmen. Die Ausbrüche von Heiterkeit, das Gejohle, das Trampeln der Füße machten ihn ganz taub. Dann endlich sah er durch den Nebel von Schweiß ihr schwarzes Kleid. Sie ging langsam in einem Sturzbach von Sonne eine Backsteinmauer entlang. Der Zwerg holte sie ein und klammerte sich an die Falten ihres Rocks.

Mit einem Lächeln des Glücks sah er auf zu ihr, versuchte zu sprechen, hob aber statt dessen voll Überraschung seine Augenbrauen und brach im Zeitlupentempo auf dem Gehsteig zusammen. Drumherum schwärmten laut die Leute. Irgend jemand, dem klar wurde, daß dies kein Scherz war, beugte sich über den Zwerg, stieß einen leisen Pfiff aus und entblößte seinen Kopf. Nora sah teilnahmslos auf Freds winzigen Körper hinunter, der einem zerknüllten schwarzen Handschuh glich. Man rempelte sie an. Eine Hand faßte sie am Ellbogen.

«Lassen Sie mich in Ruhe», sagte Nora mit tonloser Stimme. «Ich weiß von nichts. Mein Sohn ist vor ein paar Tagen gestorben.»

Zufall

Er arbeitete als Kellner im internationalen Speisewagen eines deutschen Schnellzuges. Sein Name war Alexej Lwowitsch Lushin.

Er hatte Rußland vor fünf Jahren verlassen, 1919, und sich seither auf seiner Reise von Stadt zu Stadt in einer Vielzahl von Tätigkeiten und Beschäftigungen versucht: Er hatte als Bauernknecht in der Türkei, als Botengänger in Wien, als Anstreicher, Verkäufer und so weiter gearbeitet. Nun flogen auf beiden Seiten des Speisewagens die Wiesen, die heidekrautüberwachsenen Hügel und die Kiefernwälder vorbei, und die Bouillon dampfte und schwappte in den dicken Tassen auf dem Tablett, das er behende den schmalen Gang zwischen den Tischen an den Fenstern entlang trug. Er servierte mit dem Geschick des Könners, gabelte von der Platte in seiner Hand Scheiben von Rinderbraten oder Schinken auf und legte sie vor, und sein kurzgeschorener Kopf mit der gespannten Stirn und den schwarzen, buschigen Augenbrauen hob und senkte sich dazu in rascher Folge.

Der Wagen würde um fünf Uhr nachmittags in Berlin eintreffen und die Stadt um sieben Uhr in entgegengesetzter Richtung, Richtung französische Grenze, wieder verlassen. Lushin lebte auf einer Art stählerner

Schaukel: Zeit zum Nachdenken und für seine Erinnerungen hatte er nur nachts, in einem engen Verschlag, wo es nach Fisch und schmutzigen Socken stank. Die Erinnerungen, die ihm am häufigsten kamen, waren die an ein Haus in St. Petersburg und an sein Arbeitszimmer mit den Lederknöpfen auf den Rundungen praller Polstermöbel und an seine Frau Lena, von der er seit fünf Jahren nichts gehört hatte. Zeitweilig hatte er das Gefühl, daß er sein Leben vergeude. Das zu häufige Kokainschnupfen hatte seinen Geist verwüstet; kleine Wundstellen im Innern seiner Nasenlöcher fraßen sich in die Scheidewand.

Wenn er lächelte, blitzten und strahlten seine großen Zähne vor Sauberkeit, und dieses russische Elfenbeinlächeln gewann ihm die Zuneigung der anderen Kellner – von Hugo, einem untersetzten, blonden Berliner, der die Rechnungen ausstellte, und von dem flinken, rothaarigen, spitznasigen Max, der einem Fuchs glich und dessen Aufgabe es war, Kaffee und Bier in den Abteilen anzubieten. In letzter Zeit jedoch lächelte Lushin nicht mehr so oft.

Am Feierabend, wenn die kristallklaren Wellen der Droge gegen ihn anbrandeten, seine Gedanken mit ihrem Leuchten durchdrangen und die letzte Bagatelle in ein ätherisches Wunder verwandelten, notierte er auf einem Bogen Papier gewissenhaft die verschiedenen Schritte, die er unternehmen wollte, um seine Frau wiederzufinden. Solange er am Kritzeln war und alle seine Empfindungen noch wonnig gespannt waren, schienen ihm diese hingeworfenen Notizen überaus wichtig und richtig zu sein. Am nächsten Morgen jedoch, wenn ihm der Kopf wehtat und sein Hemd sich klamm und feucht anfühlte, sah er mit gelangweiltem Widerwillen auf die holprigen und verschmierten Zeilen. In letzter Zeit nahm indessen eine neue Idee alle seine Gedanken ein. Mit der ihm eigenen Gewissenhaftigkeit plante er seinen Tod; er fertigte eine Art Diagramm an, aus dem das Auf und Ab seiner Angstgefühle ersichtlich wurde; und schließlich setzte er sich, um die Geschichte voranzubringen, ein Datum – die Nacht vom ersten auf den zweiten August. Was ihn beschäftigte, war weniger der Tod selber als vielmehr all die Kleinigkeiten, die ihm vorangingen, und diese Details nahmen ihn derart in Anspruch, daß er den Tod darüber vergaß. Sobald er jedoch wieder nüchtern wurde, verblich die malerische Szenerie dieser oder jener phantasievollen Methode der Selbstzerstörung, und nur etwas blieb klar: Sein Leben war sinnlos geworden, und es hatte keinen Zweck, es weiterzuführen.

Der erste Tag des August ging dahin. Abends um sechs Uhr dreißig saß im großen, trübe beleuchteten Bahnhofsrestaurant in Berlin die alte Fürstin Maria Uchtomskij an einem abgeräumten Tisch, dickleibig, ganz in Schwarz, mit dem talgigen Gesicht eines Eunuchen. Das Restaurant war nur spärlich besucht. Die bronzenen Gegengewichte der Hängelampen schimmerten unter der hohen, dunstigen Decke. Hin und wieder wurde mit hohlem Geräusch ein Stuhl zurückgeschoben.

Fürstin Uchtomskij warf einen strengen Blick auf die vergoldeten Zeiger der Wanduhr. Der Zeiger ruckte vor. Eine Minute später durchlief ihn erneut ein Schauder. Die alte Dame erhob sich, nahm ihren lackglänzenden schwarzen *sac de voyage* und schlurfte auf einen großknaufigen Männerstock gestützt zum Ausgang.

An der Sperre wartete ein Gepäckträger auf sie. Der Zug lief rückwärts in den Bahnhof ein. Die schäbigen, eisenfarbenen deutschen Waggons rollten, einer nach dem anderen, vorbei. Das lackierte braune Teak eines Schlafwagens hatte unter dem Mittelfenster ein Schild mit der Aufschrift BERLIN – PARIS; dieser internationale Waggon, wie auch der teakverkleidete Speisewagen, in dessen Fenster sie flüchtig die vorstehenden Ellenbogen und den Kopf eines Kellners mit karottenfarbenem Haar sah, waren die einzigen Erinnerungen an den strengeleganten Nord-Express zu Vorkriegszeiten.

Der Zug kam unter dem Tackern der Puffer und einem langen zischenden Seufzen der Bremsen zum Stehen.

Der Gepäckträger brachte Fürstin Uchtomskij in einem Zweiter-Klasse-Abteil eines Schnellzugwaggons unter – einem Raucherabteil, wie sie es verlangt hatte. In einer Ecke am Fenster beschnitt ein Herr in beigem Anzug mit unverschämtem Gesicht und olivfarbenem Teint schon eine Zigarre.

Die alte Prinzessin ließ sich ihm gegenüber nieder. Mit langsamem, wägendem Blick versicherte sie sich, daß all ihre Sachen im Gepäcknetz untergebracht waren. Zwei Koffer und ein Korb. Alles da. Und der lackglänzende *sac de voyage* in ihrem Schoß. Ihre Lippen machten eine strenge Kaubewegung.

Ein deutsches Paar polterte schwer atmend in das Abteil.

Dann eine Minute vor Abfahrt des Zuges kam eine

junge Frau mit einem großen geschminkten Mund und einer schwarzen Toque, die ihre Stirn bedeckte, herein. Sie verstaute ihren Besitz und trat hinaus in den Korridor. Der Herr im beigen Anzug folgte ihr mit den Blicken. Sie stieß mit unerfahrenem Rucken das Fenster hoch und lehnte sich hinaus, um sich von jemand zu verabschieden. Die Fürstin erhaschte das Geplätscher russischer Sprache.

Der Zug fuhr an. Die junge Frau kehrte ins Abteil zurück. Das Lächeln, das noch auf ihrem Gesicht lag, erstarb und machte einem Ausdruck der Müdigkeit Platz. Die Ziegelmauern von Hinterhäusern glitten vorbei; auf eine war ein Reklamebild gemalt, eine kolossale Zigarette, deren Füllung aussah wie goldenes Stroh. Die Dächer, die nach einem Schauer naß waren, glitzerten in den Strahlen einer niedrigstehenden Sonne.

Die alte Fürstin Uchtomskij konnte nicht länger an sich halten. Sanft fragte sie auf russisch:

«Haben Sie etwas dagegen, wenn ich meine Tasche hierher stelle?»

Die junge Frau fuhr zusammen und erwiderte: «Aber ganz und gar nicht, bitte sehr.»

Der olivfarbene und beige Herr in der Ecke starrte sie über seine Zeitung hinweg an.

«Tja, ich bin unterwegs nach Paris», machte mit leichtem Seufzen die Fürstin als Angebot. «Ich habe dort einen Sohn. Wissen Sie, ich habe Angst, weiter in Deutschland zu bleiben.»

Sie förderte aus ihrem *sac de voyage* ein großes Taschentuch hervor und schneuzte sich kräftig die Nase, links, rechts und retour.

«Ja, Angst. Es heißt, es gäbe bald eine kommunistische Revolution in Berlin. Haben Sie etwas davon gehört?»

Die junge Frau schüttelte den Kopf. Argwöhnisch blickte sie auf den Herrn mit der Zeitung und das deutsche Paar.

«Ich weiß von nichts. Ich bin erst vorgestern aus Rußland, aus Petersburg gekommen.»

Fürstin Uchtomskijs plumpes fahles Gesicht drückte höchste Neugier aus. Ihre winzigen Augenbrauen krochen nach oben.

«Was Sie nicht sagen!»

Die Frau sagte schnell und leise, wobei sie starr auf die Spitze ihres grauen Schuhes sah:

«Ja, ein hilfsbereiter Mensch hat mir geholfen rauszukommen. Ich fahre jetzt auch nach Paris. Ich habe Verwandte dort.»

Sie begann sich die Handschuhe auszuziehen. Ein goldener Ehering schlüpfte ihr vom Finger. Flink fing sie ihn auf.

«Ich verliere dauernd meinen Ring. Ich muß wohl abgenommen haben.»

Sie schwieg, ihre Wimpern zuckten. Durch das Fenster jenseits der Glastür des Abteils konnte man sehen, wie eine gleichmäßige Reihe von Telegraphendrähten aufwärts schwirrte.

Fürstin Uchtomskij rückte näher an ihre Nachbarin heran.

«Sagen Sie», erkundigte sie sich in einem lauten Flüstern, «diese Sowjettschiks sind in Schwierigkeiten, oder?»

Ein Telegraphenmast, schwarz vor dem Sonnenuntergang, flog vorbei und unterbrach den glatten Aufstieg der Drähte. Sie fielen, wie eine Fahne in sich zusammenfällt, wenn kein Wind mehr weht. Dann begannen sie verstohlen wieder aufzusteigen. Der Express fuhr eilig zwischen den luftigen Wällen eines weiträumigen feuerhellen Abends hindurch. Von irgendwo in der Decke der Abteile kam ständig ein leichtes Prasseln, als ob Regen auf die Dächer fiele. Die deutschen Waggons rüttelten gewaltig. Der internationale, dessen Inneres mit blauem Tuch gepolstert war, rollte glatter und ruhiger als die anderen. Drei Kellner deckten die Tische im Speisewagen. Einer von ihnen, der mit dem kurzgeschnittenen Haar und den buschig vorstehenden Augenbrauen, dachte an die kleine Phiole in seiner Brusttasche. Er leckte sich unablässig die Lippen und schnüffelte. Die Phiole enthielt ein kristallines Pulver und trug den Firmennamen Kramm. Er verteilte Messer und Gabeln und steckte versiegelte Flaschen in die Halterungsringe auf den Tischen, als er es plötzlich nicht mehr aushalten konnte. Er warf Max Fuchs, der die dicken Rollos herabließ, ein nervöses Lächeln zu und eilte über die schwankende Verbindungsplattform hinüber in den Nachbarwagen. Er schloß sich in der Toilette ein. Vorsichtig das Rütteln des Zuges einkalkulierend, schüttete er sich einen kleinen Kegel des Pulvers auf seinen Daumennagel, führte ihn gierig an ein Nasenloch, dann ans andere, schnupfte, leckte den glitzernden Staub von seinem Nagel, blinzelte ein paarmal heftig, so gummiartig bitter war das Zeug, verließ benommenen Kopfes und beflügelten Mutes die Toilette, und sein Hirn füllte sich mit eisiger köstlicher Luft. Als er auf seinem Weg zurück in den Speisewagen den Faltenbalg durchschritt, dachte er: Wie einfach wäre es doch, jetzt zu sterben! Er lächelte. Er wartete lieber bis zum Einbruch der Nacht. Es wäre doch schade, die Wirkung des bezauberndes Giftes zu verkürzen.

«Gib mir die Reservierungscoupons, Hugo. Ich gehe sie verteilen.»

«Nein, laß Max gehen. Max ist schneller. Hier, Max!»

Der rothaarige Kellner knüllte den Couponblock in seiner sommersprossigen Faust. Er spurte wie ein Fuchs zwischen den Tischen hindurch und hinaus in den blauen Korridor des Schlafwagens. Fünf deutlich erkennbare Harfensaiten schwirrten verzweifelt an den Fenstern entlang aufwärts. Der Himmel verdunkelte sich. Im Zweiter-Klasse-Abteil eines deutschen Zugwaggons hörte sich eine alte Dame in Schwarz, die einem Eunuchen glich, unter verhaltenen «Ochs» die Geschichte eines fernen, öden Lebens an.

«Und Ihr Mann – ist er dort geblieben?»

Die Augen der jungen Frau öffneten sich weit, und sie schüttelte den Kopf.

«Nein. Er ist schon seit einiger Zeit im Ausland. Das ergab sich einfach so. Ganz zu Beginn der Revolution fuhr er in den Süden, nach Odessa. Sie waren hinter ihm her. Ich hätte mich ihm dort anschließen sollen, kam aber nicht rechtzeitig raus.»

«Schrecklich, schrecklich. Und Sie haben keine Nachricht von ihm?»

«Nichts. Ich erinnere mich, wie mir mit einmal klar

wurde, daß er tot ist. Trug dann meinen Ring an der Kette meines Brustkreuzes – ich hatte Angst, daß sie mir den auch noch abnehmen. Dann, in Berlin, haben mir Freunde berichtet, daß er lebt. Irgend jemand hat ihn gesehen. Erst gestern habe ich eine Anzeige in einer Emigrantenzeitung aufgegeben.»

Sie holte hastig eine gefaltete Seite des *Rul* aus ihrem mitgenommenen seidenen Schminktäschchen.

«Hier, sehen Sie!»

Fürstin Uchtomskij setzte sich die Brille auf und las: «Jelena Nikolajewna Lushin sucht ihren Mann Alexej Lwowitsch Lushin.»

«Lushin?» fragte sie und nahm die Brille ab. «Sollte das Lew Sergeitschs Sohn sein? Er hatte zwei Buben. An ihre Namen kann ich mich nicht erinnern...»

Jelena lächelte strahlend. «O wie schön! Ist das eine Überraschung! Sie wollen doch nicht sagen, daß Sie seinen Vater kannten!»

«Doch, doch», begann die Fürstin liebenswürdig und entgegenkommend. «Ljowuschka Lushin, ehemaliger Ulan. Unsere Güter grenzten aneinander. Er pflegte uns zu besuchen.»

«Er ist tot», warf Jelena ein.

«Ja, ja, ich hab's gehört. Friede seiner Asche. Er kam immer mit seinem Borsoi. An seine Buben erinnere ich mich nicht so gut. Ich bin seit 1917 im Ausland. Der jüngere hatte helles Haar, glaube ich. Und er stotterte.»

Jelena lächelte wieder.

«Nein, nein, das war sein älterer Bruder.»

«Nun ja, dann hab ich sie verwechselt, meine Liebe», sagte die Fürstin umgänglich. «Mein Gedächtnis ist

nicht so gut. Ich hätte mich auch nicht an Ljowuschka erinnert, wenn Sie ihn nicht erwähnt hätten. Aber jetzt fällt mir alles wieder ein. Er kam oft zum Abendtee herübergeritten und... oh, das muß ich Ihnen erzählen...»
Die Fürstin rückte etwas näher, und als sie fortfuhr, sprach sie mit klarer, leicht singender Stimme, die frei war von Trauer, denn sie wußte, daß man von glücklichen Dingen nur in glücklichem Ton sprechen kann und ohne Gram, daß sie vorbei sind.

«Das muß ich Ihnen erzählen», fuhr sie also fort. «Wir hatten ein recht lustiges Gedeck – um den Teller lief ein Goldrand, und genau in der Mitte saß eine Mücke, die so echt aussah, daß jeder, der es nicht wußte, versuchte, sie zu verscheuchen.»

Die Tür des Abteils öffnete sich. Ein rothaariger Kellner gab Reservationscoupons für das Abendessen aus. Jelena nahm einen. Und der Herr in der Ecke, der schon die ganze Zeit versucht hatte, ihre Aufmerksamkeit auf sich zu lenken, ebenfalls.

«Ich habe mir etwas zum Essen mitgenommen», sagte die Fürstin, «Schinkenbrötchen.»

Max ging durch alle Waggons und trabte zum Speisewagen zurück. Im Vorbeigehen gab er seinem russischen Kollegen, der mit einer Serviette unterm Arm im Vorraum stand, einen Schubs. Lushin sah mit funkelnden, ängstlichen Augen hinter Max her. Er hatte das Gefühl, als ob ein kühles, prickelndes Vakuum den Platz seiner Knochen und seiner Organe einnähme, als ob sein ganzer Körper im nächsten Augenblick losniesen und seine Seele von sich geben wolle. Zum hundertsten Mal erwog er in seinen Gedanken, wie er seinen Tod bewerkstelligen würde. Er überdachte jede Kleinigkeit, als ob er ein Schachproblem entwürfe. Er wollte in der Nacht an einer bestimmten Station aussteigen, um den haltenden Wagen herumgehen und seinen Kopf gegen das schildgleiche Ende des Puffers legen, wenn ein anderer Waggon, der an den wartenden angekuppelt werden sollte, sich näherte. Die Puffer würden aufeinanderprallen. Zwischen den aufeinandertreffenden Flächen befände sich sein gebeugter Kopf. Er würde platzen wie eine Seifenblase und zu regenbogenfarbener Luft werden. Es kam darauf an, daß er guten Halt fand auf der Bahnschwelle und seine Schläfe fest gegen das kalte Metall des Puffers preßte.

«Hörst du denn nicht? Zeit, das Abendessen auszurufen!»

Das war Hugo. Lushin antwortete mit eingeschüchtertem Lächeln und tat, was man ihm sagte: Er öffnete eine nach der anderen die Abteiltüren und verkündete laut und in Eile: «Erster Aufruf zum Abendessen!»

In einem Abteil fiel sein Blick flüchtig auf das gelbliche, plumpe Gesicht einer alten Frau, die ein belegtes Brot auspackte. Irgend etwas in diesem Gesicht kam ihm sehr bekannt vor. Als er durch die Wagen zurückhastete, dachte er die ganze Zeit darüber nach, wer sie wohl sein möge. Es war ihm, als hätte er sie schon im Traum gesehen. Das Gefühl, sein Körper werde nun jeden Augenblick seine Seele ausniesen, wurde deutlicher – gleich werde ich mich daran erinnern, wem diese alte Frau ähnlich sieht. Je mehr er sich jedoch den Kopf zerbrach, desto endgültiger und irritierender entglitt ihm die Erinnerung. Er war mißmutig, als er mit weit geblähten Nasenlöchern und einem Krampf im Hals, der ihn nicht schlucken ließ, in den Speisewagen zurückkehrte.

«Zum Teufel mit ihr – was soll der Blödsinn!»

Mit unsicherem Schritt und an den Wänden Halt suchend, bewegten sich die Reisenden in Richtung Speisewagen. Schon schimmerten Spiegelungen auf den dunklen Fenstern, obwohl noch immer ein letzter gelber Streifen vom Sonnenuntergang zu sehen war. Jelena Lushin bemerkte zu ihrem Schrecken, daß der Mann im beigen Anzug nur darauf gewartet hatte aufzustehen, wenn sie es täte. Er hatte unangenehme, glasige, vorstehende Augen, die mit dunklem Jod gefüllt schienen. Er ging so durch den Gang, als wolle er in sie hineinlaufen, und als ein Schlingern sie schwanken ließ (die Waggons rüttelten heftig), räusperte er sich anzüglich. Aus irgendeinem Grunde dachte sie plötzlich, daß er ein Spion sei, ein Zuträger, obschon sie wußte, daß es albern war, so etwas zu denken – sie war ja nicht mehr in Rußland –, aber gleichwohl konnte sie den Gedanken nicht loswerden.

Als sie durch den Korridor des Schlafwagens gingen, sagte er etwas. Sie beschleunigte den Schritt. Sie überquerte die schaukelnden Verbindungsplatten zum Speisewagen, der auf den Schlafwagen folgte. Und hier im Vorraum des Schlafwagens packte sie der Mann plötzlich mit einer Art rauher Zärtlichkeit am Oberarm. Sie hielt mit Mühe einen Schrei zurück und riß ihren Arm so heftig los, daß sie beinahe ihren Halt verlor.

Der Mann sagte auf deutsch mit ausländischem Akzent: «Meine Allerliebste!»

Jelena machte jäh auf dem Absatz kehrt. Sie ging zurück, über die Verbindungsplattform, durch den Schlafwagen, über eine andere Plattform. Sie fühlte sich maßlos beleidigt. Eher äße sie gar nicht zu Abend, als diesem ungeschlachten Scheusal gegenüberzusitzen. «Gott weiß, für was für eine der mich hielt», überlegte sie. «Und alles nur wegen meinem Lippenstift.»

»Was ist, meine Liebe? Wollen Sie nicht essen?»

Fürstin Uchtomskij hatte ein Schinkenbrot in der Hand.

«Nein, mir ist der Appetit vergangen. Entschuldigen Sie, ich möchte ein wenig schlafen.»

Die alte Frau zog vor Überraschung ihre dünnen Brauen in die Höhe und machte sich wieder an ihr Brot.

Jelena ihrerseits lehnte den Kopf zurück und tat, als schliefe sie. Bald schlummerte sie tatsächlich ein. In ihrem bleichen, müden Gesicht zuckte es bisweilen. An den Stellen, wo der Puder abgegangen war, glänzte ihre Nase. Fürstin Uchtomskij zündete sich eine Zigarette mit langem Pappmundstück an.

Eine halbe Stunde später kehrte der Mann zurück, setzte sich, als sei nichts gewesen, in seine Ecke und bearbeitete eine Zeitlang seine Backenzähne mit einem Zahnstocher. Dann schloß er die Augen, rutschte ein wenig herum und zog eine Seite seines Mantels, der an einem Haken am Fenster hing, wie einen Vorhang über seine Augen. Noch eine halbe Stunde, und der Zug verlangsamte seine Fahrt. Bahnsteiglichter glitten geisterhaft an den beschlagenen Fenstern vorbei. Der Wagen kam mit einem anhaltenden Seufzer der Erleichterung zum Stehen. Man vernahm Geräusche: Jemand hustete im Nachbarabteil, Fußtritte rannten den Bahnsteig entlang. Der Zug hielt lange, während nächtliche Pfeifen einander antworteten. Dann ruckte er an und setzte sich in Bewegung.

Jelena erwachte. Die Fürstin döste, ihr offener Mund war eine schwarze Höhle. Das deutsche Paar war weg. Der Mann, der sein Gesicht mit der Mantelseite bedeckt hatte, schlief auch und hatte seine Beine grotesk gespreizt.

Jelena leckte sich die trockenen Lippen und strich sich müde über die Stirn. Plötzlich fuhr sie zusammen: Ihr Ring war weg.

Einen Augenblick starrte sie regungslos auf ihre nackte Hand. Dann suchte sie mit hämmerndem Herzen hastig auf dem Sitz, auf dem Boden. Sie sah das spitze Knie des Mannes in der Ecke.

«O mein Gott, natürlich – er muß auf dem Weg zum Speisewagen abgegangen sein, als ich mich losriß...»

Sie rannte aus dem Abteil; mit ausgestreckten Armen, von einer Seite auf die andere schwankend, die Tränen zurückhaltend, durchquerte sie einen Waggon, dann noch einen. Sie erreichte das Ende des Schlafwagens und sah durch die hintere Tür – Luft, Leere, den Nachthimmel, den dunklen Keil des Bahnkörpers, der in der Ferne verschwand.

Sie dachte, sie hätte sich in der Richtung geirrt. Sie schluchzte auf und machte sich auf den Weg zurück.

Ganz in ihrer Nähe, an der Toilettentür, stand eine alte kleine Frau mit einer grauen Schürze und einer Armbinde, die wie eine Nachtschwester aussah. Sie hatte ein Eimerchen in der Hand, in dem eine Bürste stak.

»Den Speisewagen haben sie abgekoppelt», sagte die kleine alte Frau und seufzte aus irgendeinem Grund. «Erst hinter Köln gibt es wieder einen.»

In dem Speisewagen, der unter der Kuppel eines Bahnhofs zurückgeblieben war und der erst am nächsten Morgen nach Frankreich weiterfahren sollte, waren die Kellner am Aufräumen und falteten die Tischdecken zusammen. Lushin, der fertig war, stand in der offenen Tür des Vorraums. Der Bahnhof war dunkel und leer. In einiger Entfernung schien eine Lampe wie ein feuchter Stern durch eine graue Wolke von Rauch. Der Schwall der Geleise schimmerte schwach. Er begriff noch immer nicht, warum das Gesicht der alten Dame mit dem Sandwich ihn so sehr aus der Fassung gebracht hatte. Alles andere war klar, nur dieser blinde Fleck blieb.

Rothaarig und spitznasig kam auch Max heraus in den Vorraum. Er fegte den Boden. In einer Ecke bemerkte er etwas, das golden glitzerte. Er bückte sich. Es war ein Ring. Er versteckte ihn in der Westentasche und schaute sich schnell um, um zu sehen, ob jemand etwas bemerkt hatte. Lushins Rücken in der Türöffnung rührte sich nicht. Max holte den Ring vorsichtig hervor; in dem trüben Licht konnte er Schriftzeichen und ein paar Zahlen erkennen, die in die Innenseite eingraviert waren. «Muß Chinesisch sein», dachte er. In Wahrheit lautete die Inschrift: «1 – VIII – 1915. Alexej.» Er steckte den Ring wieder in die Tasche.

Lushins Rücken bewegte sich. Ruhig stieg er aus dem Wagen aus. Er ging schräg hinüber zum nächsten Geleis, mit ruhigem, lockerem Gang, als mache er einen Bummel.

Ein Schnellzug, der hier nicht hielt, donnerte in den Bahnhof. Lushin ging zur Kante des Bahnsteigs und sprang hinunter. Die Schlacke knirschte unter seinen Füßen.

In diesem Augenblick sprang ihn die Lokomotive mit einem hungrigen Satz an. Max, der nicht im geringsten merkte, was vorfiel, sah von fern, wie die beleuchteten Fenster in einem ununterbrochenen Band vorbeiflogen.

*Einzelheiten
eines Sonnenuntergangs*

Die letzte Straßenbahn verschwand in der spiegelnden Düsternis der Straße, und den Fahrdraht über ihr entlang lief knisternd und stiebend ein bengalischer Feuerfunken wie ein blauer Stern in die Ferne.

«Tja, ebenso gut könnte ich einfach so weitergehen, aber du bist ziemlich blau, Mark, ziemlich blau...»

Der Funken ging aus. Die Dächer glänzten im Mondschein, silberne Winkel mit schrägen, schwarzen Spalten dazwischen.

Durch diese spiegelhafte Dunkelheit torkelte er nach Hause: Mark Standfuß, Verkäufer, Halbgott, der blonde Mark, ein glücklicher Bursche mit gestärktem Kragen. Im Nacken endete sein Haar über der weißen Linie jenes Kragens in einem neckischen, jungenhaften Zipfel, der der Schere des Friseurs entgangen war. Dieser Zipfel war es, um dessentwillen sich Klara in ihn verliebt hatte, und sie schwor, daß es wahre Liebe sei, daß sie sich den gutaussehenden ruinierten Ausländer, der im vorigen Jahr ein Zimmer bei ihrer Mutter, Frau Heise, gemietet hatte, völlig aus dem Kopf geschlagen habe.

«Und trotzdem bist du betrunken, Mark...»

Am Abend hatte man in der Gesellschaft von Freunden Mark und die rötlichbraune, blasse Klara mit Bier und Gesang gefeiert, und in einer Woche sollte die Hochzeit sein; dann würde ein ganzes Leben in Glück und Frieden anheben, das rote Feuer ihres Haars würde sich über das Kissen breiten, und am Morgen wäre da wieder ihr stilles Lachen, das grüne Kleid, die Kühle ihrer bloßen Arme.

Mitten auf einem Platz stand ein schwarzer Wigwam: Die Straßenbahnschienen wurden repariert. Er mußte daran denken, wie er heute unter ihren kurzen Ärmel gelangt war und ihre rührende Pockennarbe geküßt hatte. Und jetzt ging er nach Hause, von zuviel Glück und zuviel Alkohol unsicher auf den Beinen, schwang seinen schlanken Stock, und zwischen den dunklen Häusern drüben auf der anderen Seite der leeren Straße trappelte im Rhythmus seiner Schritte ein Nachtecho, verstummte jedoch, als er um die Ecke bog, wo derselbe Mann wie immer mit Schürze und hoher Mütze neben seinem Öfchen stand und zart und traurig wie ein Vogel «Würstchen, Würstchen» zwitscherte.

Mark empfand eine köstliche Art von Mitleid mit den Würsten, dem Mond, dem blauen Funken, der am Draht entlang davongeglitten war, und als er seinen Körper an einen entgegenkommenden Zaun lehnte, mußte er lachen, und er beugte sich hinab und hauchte in ein kleines rundes Loch in den Brettern die Worte «Klara, Klara, meine Liebste!»

Hinter dem Zaun lag in einer Baulücke ein rechteckiges leeres Grundstück. Dort standen wie gewaltige Särge mehrere Möbelwagen. Sie waren aufgeschwollen von ihrer Fracht. Weiß der Himmel, was drinnen gestapelt war. Eichentruhen wahrscheinlich und Kronleuchter wie eiserne Spinnen und das schwere Skelett eines Doppelbetts. Der Mond warf ein grelles Licht auf die Möbelwagen. Links des Grundstücks waren riesige schwarze Herzen an eine Brandmauer gepreßt – die um ein Vielfaches vergrößerten Schatten der Blätter einer Linde, die neben einer Straßenlaterne am Rande des Bürgersteigs stand.

Mark lachte immer noch, als er die dunkle Treppe zu seiner Etage hinaufstieg. Er erreichte die letzte Stufe, hob seinen Fuß jedoch irrtümlich noch einmal, und ungeschickt stampfte der laut auf. Während er auf der Suche nach dem Schlüsselloch im Dunkeln umhertastete, entglitt ihm sein Rohrstock unter dem Arm und rutschte mit gedämpftem Poltern die Treppe hinab. Mark hielt den Atem an. Er meinte, der Stock würde den Kehren der Treppe folgen und bis ganz nach unten hinabklappern. Doch das hohe hölzerne Klippklapp hörte abrupt auf. Muß liegen geblieben sein. Er grinste erleichtert, und ans Geländer geklammert machte er sich wieder auf den Weg abwärts (das Singen des Biers im hohlen Kopf). Fast stürzte er, und schwer setzte er sich auf eine Stufe und tastete mit den Händen umher.

Oben ging die Wohnungstür auf. Eine Petroleumlampe in der Hand, halb angezogen, mit blinzelnden Augen und einem unter der Nachthaube hervortretenden Dunst von Haaren kam Frau Standfuß heraus und rief: «Bist du das, Mark?»

Ein gelber Lichtkeil traf Geländer, Treppe und Stock, keuchend und zufrieden stieg Mark wieder nach oben, und sein schwarzer, buckliger Schatten folgte ihm den Weg hinauf.

Im trübe erleuchteten Zimmer, das von einer roten Stellwand geteilt wurde, fand sodann dieses Gespräch statt:

«Du hast zuviel getrunken, Mark.»

«Nein, nein, Mutter... Ich bin so glücklich...»

«Du hast dich ganz schmutzig gemacht, Mark. Deine Hand ist schwarz...»

«...so überglücklich... Ah, das tut gut... Wasser ist angenehm und kalt. Gieß mir welches über den Kopf... mehr... Alle haben sie mir gratuliert, und dazu hatten sie auch Grund... Gieß noch etwas nach.»

«Aber es heißt, sie war erst vor so kurzer Zeit in jemand anders verliebt – irgend so einen ausländischen Abenteurer. Hat sich aus dem Staub gemacht, ohne die fünf Mark zu bezahlen, die er Frau Heise noch schuldete...»

«Ach, hör auf – du verstehst das nicht... Wir haben heute soviel gesungen... Guck mal, hier ist ein Knopf ab... Ich glaube, sie verdoppeln mir meinen Lohn, wenn ich heirate...»

«Nun mach schon, geh zu Bett... Du bist ja ganz schmutzig und deine neue Hose auch.»

In dieser Nacht hatte Mark einen unerfreulichen Traum. Er sah seinen verstorbenen Vater. Der trat an ihn heran, und mit einem seltsamen Lächeln auf seinem bleichen, schwitzenden Gesicht griff er ihm unter die Arme und begann ihn lautlos, heftig und unerbittlich zu kitzeln.

Dieser Traum fiel ihm erst in dem Laden wieder ein, wo er arbeitete, und er fiel ihm nur ein, weil ein

Freund, der lustige Adolf, ihm einen Rippenstoß versetzte. Im Nu ging etwas in seiner Seele auf, erstarrte vor Überraschung einen Augenblick und schlug dann wieder zu. Dann wurde alles leicht und durchsichtig, und die Krawatten, die er seinen Kunden offerierte, lächelten im Einklang mit seinem Glück freudig. Er wußte, am Abend würde er Klara treffen – er würde nur zum Abendessen kurz nach Hause laufen und dann direkt zu ihr gehen... Neulich, als er ihr erzählt hatte, wie gemütlich und zärtlich ihr Leben würde, war sie plötzlich in Tränen ausgebrochen. Natürlich hatte Mark verstanden, daß es Freudentränen waren (wie sie erklärt hatte); sie begann im Zimmer umherzuwirbeln, der Rock ein grünes Segel, und dann glättete sie vor dem Spiegel rasch ihr glänzendes, aprikosenmarmeladenfarbenes Haar. Und ihr Gesicht war blaß und verwirrt, auch das natürlich vor lauter Glück. Es war schließlich alles so selbstverständlich...

«Eine gestreifte? Aber ja doch.»

Er band auf seiner Hand einen Knoten, wendete die Krawatte hin und her, machte den Kunden kauflüstern. Behende öffnete er die flachen Pappschachteln...

Unterdessen hatte seine Mutter Besuch: Frau Heise. Sie war unangekündigt gekommen, und ihr Gesicht war tränenverschmiert. Behutsam, fast als fürchtete sie, entzwei zu brechen, ließ sie sich auf einen Hocker in der winzigen, makellosen Küche nieder, wo Frau Standfuß das Geschirr wusch. An der Wand hing ein zweidimensionales Holzschwein, und auf dem Herd lag eine Streichholzschachtel mit einem abgebrannten Streichholz.

«Ich bringe eine schlechte Nachricht, Frau Standfuß.»

Die andere erstarrte und preßte einen Teller an die Brust.

«Es geht um Klara. Ja. Sie hat den Verstand verloren. Dieser Untermieter ist gestern zurückgekommen – Sie wissen, der, von dem ich Ihnen erzählt hatte. Und Klara ist verrückt geworden. Ja, das ist alles heute früh passiert... Sie will Ihren Sohn nie wiedersehen... Sie haben ihr Stoff für ein neues Kleid gegeben; den kriegen Sie zurück. Und hier ist ein Brief an Mark. Klara ist verrückt geworden. Ich weiß nicht, wo mir der Kopf steht...»

Unterdessen war Mark mit der Arbeit fertig geworden und befand sich bereits auf dem Nachhauseweg. Adolf mit dem Bürstenschnitt begleitete ihn bis zu seinem Haus. Sie blieben beide stehen, gaben sich die Hand, und mit der Schulter versetzte Mark der Tür einen Schubs, die in die kühle Leere hinein aufging.

«Warum denn schon nach Hause? Nun sei doch kein Frosch. Wir könnten doch noch irgendwo was essen gehen.»

Adolf stützte sich auf seinen Stock, als wäre es ein Schwanz.

«Sei doch kein Frosch.»

Mark rieb sich unentschlossen die Wange und lachte dann.

«Na gut. Aber ich lade dich ein.»

Als er eine halbe Stunde später aus der Kneipe kam und sich von seinem Freund verabschiedete, füllte die Röte eines feurigen Sonnenuntergangs den Ausblick über dem Kanal, und eine regengestreifte Brücke in der Ferne war von einem schmalen Goldrand gesäumt, über den winzige schwarze Figuren zogen.

Er warf einen Blick auf die Uhr und beschloß, geradewegs zu seiner Verlobten zu gehen, ohne erst noch bei seiner Mutter vorbeizuschauen. Das Glück und die Durchsichtigkeit der Abendluft ließen seinen Kopf ein wenig schwirren. Ein heller Kupferpfeil traf den Lackschuh eines Gecken, der aus einem Wagen sprang. Die Pfützen, die noch nicht getrocknet und von der Prellung dunkler Feuchtigkeit umgeben waren (die lebendigen Augen des Asphalts), spiegelten die sanfte Glut des Abends. Die Häuser waren so grau wie immer; doch die Dächer, die Formen über den oberen Geschossen, die goldgesäumten Blitzableiter, die Steinkuppeln, die Säulchen – die am Tage niemand bemerkt, denn Tagmenschen blicken selten in die Höhe – waren jetzt von einem tiefen Ockerton überzogen, der luftigen Wärme des Sonnenuntergangs, und wirkten darum unerwartet und magisch, jene Vorsprünge dort droben, jene Balkons, Simse, Säulen, die in ihrem lohfarbenen Glanz zu den düsteren Fassaden darunter in krassem Kontrast standen.

«Wie glücklich ich doch bin», sagte sich Mark immer wieder, «wie alles um mich her mein Glück feiert.»

Als er in der Straßenbahn saß, nahm er zart, ja liebevoll die anderen Fahrgäste in Augenschein. Er hatte ein so junges Gesicht, nicht wahr, mit rosa Pickeln am Kinn, frohen leuchtenden Augen, einem unabgeschnittenen Preisschild in der Kuhle seines Nackens... Man könnte meinen, das Schicksal hätte ihn verschonen können.

«Noch ein paar Minuten, und ich bin bei Klara», dachte er. «Sie kommt mir an der Tür entgegen. Sie sagt, daß sie es kaum ausgehalten hat bis zum Abend.»

Er schreckte auf. Die Haltestelle, wo er hätte aussteigen müssen, hatte er verpaßt. Auf dem Weg zum Ausgang stolperte er über die Füße eines dicken Herrn, der eine medizinische Zeitschrift las; Mark wollte den Hut lüften, fiel jedoch fast um: Die Straßenbahn fuhr kreischend um eine Kurve. Er faßte nach einem Haltegriff an der Decke und konnte sein Gleichgewicht wahren. Der Mann zog die kurzen Beine mit einem phlegmatischen und verdrossenen Knurren ein. Er hatte einen grauen Schnurrbart, der sich streitsüchtig nach oben zwirbelte. Mark lächelte ihm schuldbewußt zu und erreichte das Vorderende des Wagens. Er packte die eisernen Haltestangen mit beiden Händen, lehnte sich nach vorne, berechnete den Sprung. Unten strömte glatt und glänzend der Asphalt vorüber. Mark sprang. An den Sohlen spürte er die Hitze der Reibung, seine Beine begannen von allein zu laufen, und seine Füße traten mit ungewolltem Widerhall auf. Mehrere sonderbare Dinge geschahen gleichzeitig: Während die Straßenbahn von Mark fortschlingerte, stieß der Schaffner auf der Vorderplattform einen wütenden Ruf aus; der schimmernde Asphalt schwang wie ein Schaukelbrett in die Höhe; eine brüllende Masse traf Mark von hinten. Es kam ihm vor, als habe ihn ein dicker Blitzstrahl von Kopf bis Fuß durchschlagen, und dann nichts. Er stand allein auf dem glänzenden Asphalt. Er blickte sich um. In der Ferne sah er die eigene Gestalt, den schmalen Rücken von Mark Standfuß, der schräg über die Straße ging, als sei nichts geschehen. Verwundert holte er sich selber mit einem einzigen leichten Schwung ein, und jetzt war er es, der sich dem Gehsteig näherte, den ganzen Körper gefüllt von einem langsam nachlassenden Vibrieren.

«Das war dumm von mir. Wäre fast von einem Bus überfahren worden...»

Die Straße war breit und fröhlich. Die Farben des Sonnenuntergangs hatten den halben Himmel erobert. Die oberen Stockwerke und die Dächer waren in prächtiges Licht getaucht. Dort oben konnte Mark durchscheinende Säulengänge ausmachen, Friese und Fresken, mit orangefarbenen Rosen bedeckte Gitter, geflügelte Statuen, die goldene, unerträglich glänzende Lyren gen Himmel hoben. Ätherisch und festlich zogen sich in hellen Wellenlinien diese architektonischen Zauberwerke in die himmlische Ferne dahin, und Mark konnte nicht begreifen, warum er diese da droben schwebenden Galerien und Tempel nie bemerkt hatte.

Er stieß sich schmerzhaft das Knie. Wieder dieser schwarze Zaun. Er konnte sich das Lachen nicht verkneifen, als er die Möbelwagen dahinter erkannte. Da standen sie wie gewaltige Särge. Was sie wohl enthalten mochten? Schätze? Riesenskelette? Oder staubige Berge üppiger Möbel?

«Ich muß nachsehen. Sonst fragt Klara, und ich weiß es nicht.»

Er versetzte der Tür eines der Wagen einen leichten Stoß und ging hinein. Leer. Leer, abgesehen von einem kleinen Korbstuhl in der Mitte, der komisch schief auf drei Beinen stand.

Mark zuckte die Achseln und trat auf der entgegengesetzten Seite wieder ins Freie. Wieder sprudelte ihm die heiße Abendglut in die Augen. Und jetzt befand sich vor ihm die vertraute Schmiedeeisenpforte und weiter hinten Klaras Fenster mit dem Querstrich eines grünen Zweigs davor. Klara selber öffnete ihm die Gartentür und blieb abwartend stehen, hob ihre entblößten Ellbogen, nestelte an ihrem Haar. In den sonnenhellen Öffnungen ihrer kurzen Ärmel waren die rötlichen Büschel ihrer Achselhöhlen zu sehen.

Mit lautlosem Lachen stürzte Mark auf sie zu, um sie zu umarmen. Er preßte die Wange an die warme grüne Seide ihres Kleides.

Ihre Hände kamen auf seinem Kopf zur Ruhe.

«Ich war den ganzen Tag so einsam, Mark. Aber jetzt bist du ja da.»

Sie öffnete die Tür, und sogleich befand Mark sich im Speisezimmer, das ihm ungewöhnlich geräumig und hell vorkam.

«Wenn man so glücklich ist wie wir jetzt», sagte sie, «kommt man ohne Diele aus.» Klara sprach in einem leidenschaftlichen Flüsterton, und er hatte das Gefühl, ihre Worte hätten eine ganz besondere, wundersame Bedeutung.

Und um das schneeweiße Oval des Tischtuchs saßen im Eßzimmer eine Reihe von Leuten, von denen Mark im Haus seiner Verlobten noch keinen gesehen hatte. Unter ihnen war Adolf mit seiner dunklen Haut und seinem Quadratschädel; dort saß auch jener kurzbeinige, dickbäuchige Alte, der in der Straßenbahn eine medizinische Zeitschrift gelesen hatte und immer noch brummig war.

Mark grüßte die Gesellschaft mit einem schüchternen Kopfnicken und setzte sich neben Klara, und wie kurz zuvor fühlte er einen Blitz fürchterlichen Schmerzes durch seinen ganzen Körper fahren. Er zuckte zusammen, und Klaras grünes Kleid entschwebte und verwandelte sich in einen grünen Lampenschirm. Die Lampe schwang an ihrer Schnur hin und her. Mark lag unter ihr, dieser unfaßliche Schmerz zerdrückte ihm den Leib, und nichts war erkennbar außer dieser hin und her schwingenden Lampe, und seine Rippen preßten sich an sein Herz, machten das Atmen unmöglich, und jemand bog an seinem Bein, strengte sich an, es zu brechen, und gleich würde es knacken. Irgendwie befreite er sich, wieder leuchtete grün die Lampe, und Mark sah sich ein Stück weiter weg neben Klara sitzen, und kaum hatte er es erblickt, da war er auch schon dabei, sein Knie an ihren warmen Seidenrock zu drücken. Und Klara lachte mit zurückgeworfenem Kopf.

Er spürte ein Verlangen, zu erzählen, was ihm eben zugestoßen war, und an alle Versammelten gewandt – den lustigen Adolf, den reizbaren Dicken –, sprach er mit Mühe die Worte:

«Der Ausländer bringt die vorerwähnten Gebete am Fluß dar...»

Es kam ihm vor, als habe er damit alles klar gemacht, und offenbar hatten sie alle verstanden... Klara zog einen kleinen Flunsch und kniff ihm in die Wange:

«Mein armer Liebster. Es wird schon gut werden...»

Er begann, sich müde und schläfrig zu fühlen. Er

faßte mit dem Arm um Klaras Hals, zog sie an sich heran und legte sich zurück. Und dann sprang ihn der Schmerz wieder an, und alles wurde klar.

Mark lag auf dem Rücken, er war verstümmelt und bandagiert, und die Lampe schwang nicht mehr hin und her. Der vertraute Dicke, jetzt ein Arzt in weißem Kittel, grummelte besorgt vor sich hin, während er Mark in die Pupillen spähte. Und welcher Schmerz!... Mein Gott, gleich würde sein Herz von einer Rippe gepfählt und platzen... Das ist albern. Warum ist denn Klara nicht da...

Der Arzt runzelte die Stirn und schnalzte mit der Zunge.

Mark atmete nicht mehr, Mark war abgereist – wohin, in welche anderen Träume weiß niemand.

Das Gewitter

An der Ecke einer ansonsten gewöhnlichen Straße im Berliner Westen, unter dem Baldachin einer Linde in voller Blüte, wurde ich von heftigem Duft eingehüllt. Dunstmassen stiegen auf in den Nachthimmel, und als die letzte sterngefüllte Öffnung verschlungen war, fegte der Wind, ein blinder Geist, der sein Gesicht mit dem Ärmel bedeckte, über die leere Straße hin. In glanzloser Dunkelheit schwang über dem eisernen Gitter eines Friseurgeschäfts ein Schild – ein goldenes Rasierbecken – wie ein Pendel hin und her.

Ich kam nach Hause und traf im Zimmer auf den Wind, der auf mich gewartet hatte: Er knallte das Fenster zu – und bewirkte prompt einen Rückstrom, als ich die Tür hinter mir schloß. Unter meinem Fenster befand sich ein tiefer Hinterhof, wo tagsüber Hemden, die an sonnenhellen Wäscheleinen gekreuzigt hingen, durch die Fliederbüsche schienen. Aus diesem Hof drangen bisweilen Stimmen herauf: das trübsinnige Gebelfer der Lumpensammler und Altwarenhändler, manchmal die Klagelaute einer krüppligen Geige, und einmal stellte sich eine dicke blonde Frau mitten in den Hof und begann so lieblich zu singen, daß sich die Dienstmädchen aus den Fenstern lehnten und ihre bloßen Nacken beugten. Als sie geendet hatte, war es einen

Augenblick ungewöhnlich still; zu hören war nur meine Wirtin, eine schlampige Witwe, die schluchzte und sich die Nase putzte.

In diesem Hof schwoll nun eine drückende Finsternis an, aber dann begann der blinde Wind, der hilflos in die Tiefe geschlittert war, sich hoch aufzurecken, und mit einmal gewann er seine Sehkraft wieder, fegte aufwärts, und in den bernsteingelben Öffnungen der schwarzen Mauer gegenüber schossen Silhouetten von Armen und zerzausten Köpfen hin und her, wildgewordene Fenster wurden gebändigt und Flügel geräuschvoll und sicher geschlossen. Die Lichter verlöschten. Im nächsten Augenblick löste sich eine Lawine dumpfen Lärms, das Geräusch fernen Donners, und wälzte sich durch den dunkelvioletten Himmel. Und dann war es wieder ganz still, wie damals, als die Bettlerin, die Hände an ihren großen Busen gepreßt, ihr Lied beendet hatte.

In dieser Stille schlief ich ein, erschöpft vom Glück, das mir der Tag gebracht hatte, einem Glück, das ich nicht beschreiben kann, und mein Traum war voll von dir.

Ich wachte auf, weil die Nacht in Stücke zerschmettert wurde. Ein wildes, fahles Glitzern flog über den ganzen Himmel wie der eilige Widerschein riesiger Speichen. Ein Krachen nach dem anderen zerriß den Himmel. Üppig und geräuschvoll strömte der Regen.

Ich war hingerissen von diesen bläulichen Zuckungen, von dem heftigen, flüchtigen Schauder. Ich trat an die nasse Fensterbrüstung und atmete die unirdische Luft, die mein Herz klingen ließ wie Glas.

Immer näher, immer grandioser kam der Wagen des

Propheten durch die Wolken gerumpelt. Das Licht des Wahnsinns, durchdringender Visionen erleuchtete die nächtliche Welt, die metallenen Schrägen der Dächer, die fliehenden Fliederbüsche. Der Donnergott, ein weißhaariger Riese mit wütendem Bart, den ihm der Wind über die Schulter blies, gehüllt in die flatternden Falten eines strahlenden Gewandes, stand rückwärts gelehnt in seinem feurigen Gefährt und zügelte mit nervigen Armen seine riesigen, pechschwarzen Rösser, deren Mähne eine violette Lohe war. Sie waren ihm durchgegangen und sprühten Funken knisternden Schaums, der Wagen schleuderte, und der verwirrte Prophet riß vergeblich an den Zügeln. Sein Gesicht war verzerrt vom Wind und der Anstrengung: Der Sturm, der die Falten seines Gewandes zurückblies, entblößte ein mächtiges Knie; die Pferde schüttelten ihre flammenden Mähnen und rasten immer wilder abwärts, abwärts durch finstere Wolken. Dann polterten sie mit donnernden Hufen über ein leuchtendes Hausdach, der Wagen schlingerte, Elias wankte, und die Pferde, vollends toll geworden durch die Berührung mit irdischem Metall, jagten wieder himmelwärts. Der Prophet wurde aus dem Wagen geschleudert. Ein Rad löste sich. Von meinem Fenster sah ich, wie der riesige Feuerreif das Dach hinunterrollte, an der Traufe ins Taumeln geriet und in die Dunkelheit hineinsprang, während die Pferde, die den umgekippten Wagen hinter sich herzogen, schon durch die höchsten Wolken dahinflogen; das Grollen erstarb, und die gewittrige Lohe verlor sich in bleigrauen Klüften.

Der Donnergott, der aufs Dach gefallen war, erhob

sich schwerfällig. Seine Sandalen begannen abzurutschen, er zerbrach mit einem Fuß ein Giebelfenster, murrte und faßte mit einer weitausholenden Bewegung seines Armes nach einem Schornstein, um Halt zu finden. Sein finster blickendes Gesicht wandte sich hier- und dorthin, seine Augen waren auf der Suche nach etwas – wahrscheinlich nach dem Rad, das von seiner goldenen Achse gesprungen war. Dann blickte er, die Hände in seinem zerzausten Bart verwühlt, nach oben, schüttelte verärgert den Kopf – wahrscheinlich war es nicht das erste Mal, daß ihm dergleichen passierte – und machte sich leicht humpelnd an einen vorsichtigen Abstieg.

Ich riß mich in großer Aufregung vom Fenster los, zog in Eile meinen Morgenmantel an und rannte die steile Treppe hinunter geradewegs in den Hof. Der Sturm hatte sich gelegt, aber eine Andeutung von Regen hing noch in der Luft. Im Osten überzog eine exquisite Blässe den Himmel.

Der Hof, der von oben gesehen von dichtem Dunkel überzuquellen schien, war in Wirklichkeit von nichts als einem feinen schmelzenden Dunst gefüllt. Auf dem von der Nässe dunkel gewordenen Rasenfleck in der Mitte stand ein dürrer alter Mann mit hängenden Schultern in einem durchweichten Gewand, grummelte und blickte um sich her. Als er mich sah, blinzelte er ärgerlich und sagte:

«Bist du's, Elischa?»

Ich verbeugte mich. Der Prophet schnalzte mit der Zunge und kratzte sich seine gebräunte Glatze.

«Hab ein Rad verloren. Hilf mir suchen, ja?»

Der Regen hatte aufgehört. Riesige flammenfarbene

Wolken zogen sich über den Dächern zusammen. Die Büsche, der Zaun, die glitzernde Hundehütte schwammen in der bläulichen, schlaftrunkenen Luft, die uns umgab. Wir stocherten lange in verschiedenen Ecken herum. Der Alte brummelte ununterbrochen, lüpfte den schweren Mantelsaum, platschte mit seinen vorne runden Sandalen durch die Pfützen, und ein heller Tropfen hing an der Spitze seiner großen, knochigen Nase. Als ich einen tiefhängenden Fliederzweig beiseite schob, fiel mir auf einem Haufen Gerümpel unter Glasscherben ein schmalfelgiges eisernes Rad auf, das zu einem Kinderwagen gehört haben muß. Der alte Mann machte dicht über meinem Ohr einen Schnaufer warmer Erleichterung. Hastig, sogar ein wenig brüsk, stieß er mich beiseite und schnappte sich den rostigen Reif. Mit freudigem Zwinkern sagte er:

«Hierher ist es also gerollt.»

Dann starrte er mich an, runzelte seine Stirn, daß seine weißen Augenbrauen aneinanderstießen und sagte, als ob er sich an etwas erinnere, mit eindrucksvoller Stimme:

«Wende dich ab, Elischa!»

Ich gehorchte und schloß sogar meine Augen. Eine Minute oder länger stand ich so und konnte dann meine Neugier nicht länger zügeln.

Abgesehen von dem alten, zotteligen Hund mit seiner grauwerdenden Schnauze, der seinen Kopf aus der Hütte streckte und wie ein Mensch mit furchtsamen Haselaugen aufsah, war der Hof leer. Auch ich sah auf. Elias war auf das Dach gekraxelt, der Eisenreif blitzte hinter seinem Rücken auf. Über den schwarzen

Schornsteinen ragte eine kräuslige, morgenrote Wolke wie ein orangefarbener Berg auf und weiter oben eine zweite und dritte. Der ruhiger gewordene Hund und ich sahen gemeinsam zu, wie der Prophet, der den Dachfirst erreicht hatte, ruhig und gemessen auf die Wolke trat und mit schwerem Schritt über Massen weichen Feuers höherstieg...

Sonnenlicht schoß durch sein Rad hindurch, worauf es auf einmal riesig und golden wurde, und Elias selber schien nun in Flammen gekleidet, die sich vereinten mit der Paradieswolke, die er höher und höher stieg, bis er in einer grandiosen Himmelsschlucht verschwand.

Da erst brach der altersschwache Hund in ein heiseres Morgengebell aus. Über die helle Oberfläche einer Pfütze lief ein Schauer. Die leichte Brise regte die Geranien auf den Balkonen. Zwei oder drei Fenster erwachten. Ich rannte in meinen durchgeweichten Hausschuhen und meinem abgetragenen Morgenmantel auf die Straße hinaus, um die erste verschlafene Straßenbahn zu überholen, und während ich die Säume meines Mantels raffte und im Laufen vor mich hin lachte, stellte ich mir vor, wie ich in wenigen Augenblicken bei dir wäre und dir erzählen würde vom nächtlichen Unfall hoch in den Lüften und vom mürrischen alten Propheten, der in meinen Hof gefallen war.

Die Venezianerin

1

Vor einem roten Schloß grünte eine von prächtigen Ulmen umstandene junge Rasenfläche. Am frühen Morgen glättete sie der Gärtner mit einer steinernen Walze, rupfte zwei, drei Gänseblümchen aus, zog mit flüssiger Kreide die Linien nach und spannte zwischen zwei Pfosten ein neues, elastisches Netz. Aus dem nahen Städtchen brachte der Majordomus einen Pappkarton, in dem ein Dutzend schneeweißer, sich stumpf anfühlender, noch leichter, noch jungfräulicher Bälle ruhte, die – kostbaren Früchten gleich – einzeln in Seidenpapier gewickelt waren.

Es war gegen fünf Uhr nachmittags; das reife Sonnenlicht träumte hier und da auf Gräsern und Baumstämmen, sickerte durch das Laubwerk und ergoß sich wohlwollend über den inzwischen belebten Platz. Es waren vier Spieler: der Oberst selber (der Schloßherr), Frau Magor, Frank (der Sohn des Hauses) und dessen Studienfreund Simpson.

Die Bewegungen eines Menschen beim Spiel sagen, ebenso wie seine Handschrift beim ruhigen Schreiben, einiges über ihn aus. Die stumpfsinnigen, verkrampften Schläge des Obersten, der angespannte Ausdruck seines fleischigen Gesichts, das aussah, als hätte es jene schweren, grauen Schnurrbarthaare, die sich über seiner Oberlippe bauschten, eben erst ausgespuckt; die Tatsache, daß er trotz der Hitze seinen Hemdkragen nicht aufknöpfte und daß er beim Aufschlag die steifen weißen Säulen seiner Beine kaum spreizte – aus all dem konnte man schließen, daß er erstens noch nie gut gespielt hatte und zweitens ein gesetzter, altmodischer, starrköpfiger Mensch war, der gelegentlich zu überschäumendem Jähzorn neigte: So zischte er einen kurzen Fluch durch die Zähne, wenn er den Ball wieder einmal in den Rhododendron gedroschen hatte, oder er funkelte mit seinen Fischaugen den Schläger an, als könne er ihm eine derart kompromittierende Fehlleistung nie und nimmer verzeihen.

Sein Zufallspartner Simpson, ein hagerer, rotblonder Jüngling mit sanftmütigen, aber etwas irren Augen, die wie ermattete, himmelblaue Schmetterlinge hinter den Gläsern seines Kneifers blinkten und blinzelten, gab sich alle Mühe, möglichst gut zu spielen, auch wenn der Oberst, versteht sich, seinem Ärger über einen von seinem Partner verschuldeten Punktverlust niemals Ausdruck gab. Doch so sehr sich Simpson auch mühte, so sehr er umhersprang, es wollte ihm einfach nichts gelingen: Er fühlte, daß er langsam an den Nähten ausfranste, daß ihm seine Schüchternheit beim gezielten Schlagen im Weg war und daß das, was er in den Händen hatte, kein Spielgerät war, raffiniert und bedacht aus bernsteinfarbenen, tönenden Sehnen gefertigt, die in einen vortrefflich berechneten Rahmen gespannt waren, sondern ein ungefüges, trockenes Holzscheit, von dem der

Ball gewöhnlich mit einem schmerzhaften Knall abprallte, um bald im Netz, bald im Gebüsch zu landen oder aus purer Bosheit sogar den Strohhut von Herrn Magors runder Glatze zu fegen, der am Spielfeldrand stand und ohne großes Interesse zusah, wie seine junge Frau Maureen und der geschmeidige und geschickte Frank ihre schweißtriefenden Gegner über den Platz hetzten.

Wäre Magor – ein Kunstkenner, Parqueteur und Rentoileur, ein alter Restaurator noch älterer Gemälde, dem die Welt als reichlich garstige, mit unbeständigen Farben auf eine vergängliche Leinwand gemalte Studie erschien – jener wißbegierige und unvoreingenommene Betrachter gewesen, den heranzuziehen bisweilen so gelegen kommt, so hätte er natürlich zu dem Schluß gelangen können, daß die hochgewachsene, dunkelhaarige, fröhliche Maureen genau so unbekümmert lebte, wie sie spielte, und daß Frank ihr Leben mit seiner Fähigkeit bereicherte, noch den schwierigsten Ball mit geschmeidiger Leichtigkeit zurückzugeben. Doch wie eine Handschrift den Graphologen oft durch oberflächliche Einfachheit täuschen kann, so enthüllte jetzt auch das Spiel dieses weißen Paares in Wahrheit nichts anderes, als daß Maureen eben wie eine Frau spielte, ohne besonderen Ehrgeiz, schwach und sanft, während Frank sich Mühe gab, nicht zu hart zu schmettern, dessen eingedenk, daß er sich nicht auf einem Turnier der Universität, sondern im väterlichen Garten befand. Er lief dem Ball federnd entgegen, und das weite Ausholen bereitete ihm physischen Genuß: Jede Bewegung strebt zum vollkommenen Kreis, und obwohl sie sich auf halbem Wege in den Geradeausflug des Balls verwandelt, spürt man diese unsichtbare Fortsetzung doch augenblicklich im ganzen Arm, sie läuft über die Muskeln bis zur Schulter – und genau in diesem langen, inneren Funken liegt der eigentliche Genuß eines Schlages. Mit einem gelassenen Lächeln auf seinem glattrasierten, braungebrannten Gesicht, das eine dichte Reihe blendendweißer Zähne zeigte, erhob sich Frank auf die Zehenspitzen und bewegte ohne sichtbare Anstrengung den bis zum Ellbogen entblößten Arm: In diesem ausholenden Schwung lag eine elektrische Kraft, und mit einem ausgesprochen präzisen und straffen Klang sprang der Ball von den Saiten des Schlägers ab.

Am Morgen war er mit seinem Freund hier eingetroffen, um die Ferien bei seinem Vater zu verbringen, und fand den ihm schon bekannten Herrn Magor mit Frau vor, die bereits über einen Monat im Schloß zu Gast waren; denn der Oberst war in erhabener Leidenschaft zu Bildern entbrannt und sah Magor gerne seine fremdländische Herkunft, seine Ungeselligkeit und Humorlosigkeit nach um jener Hilfe willen, die ihm der berühmte Gemäldekenner erwies, um jener bezaubernden, unschätzbaren Bilder willen, die er ihm immer wieder besorgte. Von ganz besonderem Reiz war die letzte Erwerbung des Obersten, ein Frauenportrait von der Hand Lucianis, das ihm Magor für eine recht erkleckliche Summe verkauft hatte.

Heute trug Magor – auf Drängen seiner Frau und wegen der Pedanterie des Obersten – einen hellen Sommeranzug anstelle des schwarzen Gehrocks, den er gewöhnlich anhatte. Doch dem Hausherrn konnte er es trotzdem nicht recht machen: Sein Hemd war gestärkt und hatte Perlenknöpfe, und das war natürlich unpassend. Besonders schicklich waren auch die rot-gelben Stiefeletten nicht oder das Fehlen des Aufschlags an den Hosenbeinen, den der verstorbene König prompt zur Mode gemacht hatte, als er einmal einen Weg voller Pfützen überqueren mußte – und auch der alte, angeknabbert aussehende Strohhut, unter dem Magors graue Locken hervorquollen, wirkte nicht besonders ästhetisch. Sein Gesicht hatte etwas von einem Affen, mit dem übergroßen Mund, der langen Oberlippe und dem komplizierten System von Falten und Runzeln, aus dem man hätte lesen können wie aus einer Hand. Während er den Flug des Balls verfolgte, rannten seine kleinen, grünlichen Augen von rechts nach links und dann von links nach rechts – und hielten an, um träge zu blinzeln, wenn der Flug des Balls unterbrochen wurde. Im strahlenden Sonnenlicht wirkte das leuchtende Weiß von drei Paar Flanellhosen und einem lustigen, kurzen Röckchen auf der apfelgrünen Rasenfläche bezaubernd schön – doch, wie gesagt, Herr Magor hielt den Schöpfer allen Lebens lediglich für einen mittelmäßigen Epigonen jener Meister, die er jetzt vierzig Jahre lang studiert hatte.

Inzwischen waren Frank und Maureen, die schon fünf Spiele hintereinander gewonnen hatten, auf dem besten Wege, auch das sechste für sich zu entscheiden. Frank, der den Aufschlag hatte, warf den Ball mit der linken Hand hoch in die Luft, bog sich dabei weit zurück, als fiele er rücklings zu Boden, schnellte in einer großen Bogenbewegung wieder nach vorne und streifte mit dem aufblinkenden Schläger den Ball. Der schoß über das Netz, sprang hoch und pfiff wie ein weißer Blitz an Simpson vorbei, so daß der ihm nur noch hilflos nachsehen konnte.

«Das war's», sagte der Oberst.

Simpson empfand eine ungeheure Erleichterung. Er schämte sich seiner ungeschickten Schläge zu sehr, um am Spiel Vergnügen finden zu können, und diese Scham wurde noch dadurch gesteigert, daß ihm Maureen ganz außerordentlich gefiel. Wie es sich gehört, verneigten sich die Spieler voreinander – und Maureen lächelte ihren Partnern von der Seite zu, während sie ihren von der bloßen Schulter gerutschten Träger zurechtschob. Ihr Mann klatschte mit unbewegtem Gesicht Beifall.

«Wir beide müssen einmal ein Einzel miteinander spielen», bemerkte der Oberst mit einem gönnerhaften Klaps auf den Rücken seines Sohnes, der grinsend seine Clubjacke anzog, weiß mit himbeerroten Streifen und einem violetten Wappen auf der Seite.

«Tee!» rief Maureen. «Hab' ich einen Durst.»

Alle strebten in den Schatten einer riesigen Ulme, wo der Majordomus und ein schwarz-weißes Stubenmädchen einen Gartentisch gedeckt hatten. Es gab schwarzen Tee, dunkel wie Münchner Bier, Sandwiches aus rechteckig geschnittenem Weißbrot ohne Kruste und mit Gurkenscheiben, sonnenbraunen Kuchen mit schwarzen Rosinen-Blattern und dicke Erdbeeren mit Schlagsahne. Einige Steingutflaschen mit Ginger-Ale standen ebenfalls auf dem Tisch.

«Zu meiner Zeit», begann der Oberst und ließ sich

wuchtig-genüßlich auf einen Klappstuhl aus Segeltuch nieder, «zogen wir noch den echten englischen Vollblut-Sport vor – Rugby, Cricket, die Jagd. Diese neumodischen Spiele haben etwas Fremdländisches, irgendwie Dünnbeiniges an sich. Ich jedenfalls bin ein standfester Anhänger mannhafter Kämpfe, saftigen Fleisches und meiner allabendlichen Flasche Portwein. Was mich nicht hindert», fuhr der Oberst fort und strich mit einer kleinen Bürste seinen mächtigen Schnurrbart zurecht, «ein Faible für handfeste alte Bilder zu hegen, auf denen ein Abglanz jenes edlen Weines liegt.»

«Ach übrigens, Oberst, die Venezianerin ist aufgehängt», sagte Magor mit gelangweilter Stimme, legte den Hut neben seinen Stuhl auf den Rasen und strich sich mit der flachen Hand über den nackten Scheitel, der wie ein Knie aussah und um den sich noch ein dichter Kranz schmutzig-grauer Locken kräuselte. «Ich habe den Platz mit dem besten Licht in der Galerie gewählt. Die Lampe darüber ist auch schon angebracht. Ich möchte, daß Sie es sich einmal ansehen.»

Der Oberst fixierte mit glänzenden Augen der Reihe nach seinen Sohn, den verlegenen Simpson und Maureen, die gerade lachte und das Gesicht verzog, weil der Tee zu heiß war.

«Mein lieber Simpson», überfiel er mit kräftiger Stimme sein auserwähltes Opfer, «so etwas haben Sie noch nicht gesehen! Vergeben Sie mir, mein Freund, daß ich Sie von den Sandwiches losreiße, aber ich muß Ihnen unbedingt mein neues Bild zeigen. Es wird die Experten noch um den Verstand bringen. Ich wage selbstverständlich nicht, Frank vorzuschlagen...»

Frank verneigte sich gutgelaunt:

«Du hast recht, Vater. Malerei ist mir ein Greuel.»

«Wir sind gleich wieder zurück, Frau Magor», sagte der Oberst und erhob sich. «Vorsicht, treten Sie nicht auf die Flasche», wandte er sich an Simpson, der ebenfalls aufstand. «Machen Sie sich lieber darauf gefaßt, in Schönheit zu baden.»

Zu dritt gingen sie über den sanft beleuchteten Rasen dem Haus zu. Frank schaute ihnen mit zusammengekniffenen Augen nach, sah hinunter auf Magors Strohhut, den dieser neben dem Stuhl auf dem Grase liegen gelassen hatte (er zeigte dem lieben Gott, dem blauen Himmel, der Sonne seine weißliche Innenseite mit dem dunklen Fettfleck in der Mitte, auf dem Firmenzeichen eines Wiener Hutmachers), und wandte sich mit einigen Worten an Maureen, die den nichtsahnenden Leser gewiß in Erstaunen versetzen werden. Maureen saß in einem niedrigen Stuhl, ganz mit Kringeln zitternden Sonnenlichts übersät, preßte das goldschimmernde Geflecht ihres Tennisschlägers gegen die Stirn, und ihr Gesicht wurde mit einem Male älter und härter, als Frank sagte:

«Nun, was ist, Maureen? Jetzt müssen wir uns entscheiden...»

2

Wie zwei Wächter führten Magor und der Oberst Simpson in den weitläufigen, kühlen Saal, an dessen Wänden überall Bilder glänzten und in dem keine Möbel standen, abgesehen von einem ovalen Tisch aus schimmerndem Ebenholz in der Mitte des Raumes, der sich mit allen vier Beinen im blanken Nußbaum-Gelb des Parketts widerspiegelte. Vor einer großen Leinwand in einem mattgoldenen Rahmen blieben sie mit ihrem Gefangenen stehen – der Oberst vergrub dabei die Hände in den Taschen, Magor bohrte sich gedankenverloren ein trockenes, graues Stäubchen aus der Nase und zerrieb es mit einer leichten Drehbewegung zwischen den Fingern.

Das Bild war in der Tat wunderschön. Luciani hatte eine venezianische Schönheit portraitiert, die im Halbprofil vor einem warmen, schwarzen Hintergrund stand. Der zartrosa Stoff ihres Gewands gab einen sonnengebräunten, kräftigen Hals frei mit außergewöhnlich liebreizenden Fältchen unter dem Ohr, und von der linken Schulter ein grauer Luchspelz glitt, mit dem der kirschrote Umhang besetzt war. Mit zwei ausgestreckten gespreizten Fingern der rechten Hand schien sie den rutschenden Pelz gerade zurechtrücken zu wollen, war aber in der Bewegung erstarrt und blickte nun mit braunen, gänzlich undurchdringlichen Augen unverwandt und traumverloren von der Leinwand herab. Weißer Batist umkräuselte das Gelenk der linken Hand, in der sie ein Körbchen mit gelben Früchten hielt; ein Häubchen leuchtete wie ein schmaler Brautkranz auf dem dunkel-kastanienfarbenen Haar. Links neben ihr wurde der schwarze Hintergrund von einer großen, rechteckigen Öffnung durchbrochen, die unmittelbar ins Freie, in die dämmrige, bläulich-grüne Unendlichkeit eines bewölkten Abends führte.

Doch nicht die Details der wunderschönen Schattenkomposition, nicht die dunkle Wärme, die das Bild als Ganzes ausstrahlte, erschütterten Simpson. Es war etwas anderes. Mit leicht geneigtem Kopf stieß er, plötzlich errötend, hervor:

«Mein Gott, welche Ähnlichkeit...»

«... mit meiner Frau», ergänzte Magor gelangweilt und zerrieb sein trockenes Stäubchen.

«Ungewöhnlich gut gelungen», flüsterte Simpson und neigte den Kopf zur anderen Seite, «ungewöhnlich...»

«Sebastiano Luciani», dozierte der Oberst und legte sein Gesicht in selbstgefällige Falten, «wurde gegen Ende des fünfzehnten Jahrhunderts in Venedig geboren und starb Mitte des sechzehnten in Rom. Seine Lehrer waren Bellini und Giorgione, seine Rivalen Michelangelo und Raffael. Wie Sie sehen, verstand er es, die Kraft des einen mit dem Liebreiz des anderen zu verbinden. Santi mochte er übrigens nicht – und das lag nicht nur an seiner Hoffart: Es geht die Legende, daß unserem Künstler die Römerin Margarita, die später den Beinamen Fornarina erhielt, nicht gleichgültig war. Fünfzehn Jahre vor seinem Tode legte er das Mönchsgelübde ab, als ihm Clemens VII. ein leichtes und einträgliches Amt übertrug. Seitdem nannte er sich Fra Bastiano del Piombo. ‹Il Piombo› bedeutet ‹Blei›, denn es war seines Amtes, den flammenden

Bullen des Papstes das gewaltige bleierne Siegel aufzudrücken. Als Mönch führte er ein ausschweifendes Leben, zechte und schlemmte mit Genuß und schrieb mittelmäßige Sonette. Doch welch ein Meister!»

Mit einem flüchtigen Blick auf Simpson stellte der Oberst befriedigt fest, welch großen Eindruck das Gemälde auf seinen stillen Gast machte.

Wir wollen aber noch einmal festhalten: Simpson, an das Betrachten von Malerei nicht gewöhnt, war natürlich nicht in der Lage, die Meisterschaft eines Sebastiano del Piombo zu beurteilen – und was ihn in seinen Bann schlug (abgesehen natürlich von der rein physiologischen Wirkung der wunderbaren Farben auf seine Sehnerven) war allein die Ähnlichkeit, die ihm sofort aufgefallen war – obwohl er Maureen heute zum allerersten Mal gesehen hatte. Und wie sonderbar doch, daß ihm das Gesicht der Venezianerin mit ihrer glatten, vom geheimnisvollen Widerschein eines olivgelben Mondes übergossenen Stirn, mit ihren undurchdringlichen, dunklen Augen und dem ruhig abwartenden Ausdruck ihrer sanft geschlossenen Lippen die wahre Schönheit jener Maureen offenbarte, die ständig lachte, das Gesicht verzog und mit den Augen rollte – in beständigem Kampf mit der Sonne, die in hellen Flecken über ihr weißes Kleid huschte, wenn sie auf der Suche nach einem verschlagenen Ball mit ihrem Schläger das raschelnde Laub zerteilte.

Simpson nutzte die Freiheit, die ein englischer Gastgeber seinen Gästen gewährt, und kehrte nicht zum Teetisch zurück, sondern ging um die sternförmigen Blumenbeete herum durch den Garten und hatte sich schon bald im schattigen Schachbrettmuster der Parkbäume verlaufen, wo es nach Farnkraut und vermoderndem Laub roch. Die riesigen Bäume waren so alt, daß ihre Zweige mit rostigen Streben abgestützt werden mußten, so daß sie sich wie mächtige, altersschwache Giganten auf eisernen Krücken krümmten.

«Ach, was für ein erstaunliches Bild», wiederholte Simpson flüsternd. Er ging langsam, gebeugt, schwenkte den Schläger und schlurfte mit seinen Gummisohlen. Man muß sich ihn genau vorstellen – hager, rotblond, in weichen, weißen Hosen und einem grauen, sackartigen Jackett mit Rückengürtel, nicht zu vergessen den leichten, randlosen Kneifer auf seiner pockennarbigen Stupsnase und die kurzsichtigen, etwas unsteten Augen, die Sommersprossen auf seiner runden Stirn, auf den Wangenknochen und dem von der Sommerhitze geröteten Hals.

Er studierte im vierten Semester, lebte bescheiden und besuchte emsig seine Theologie-Vorlesungen. Mit Frank hatte er sich nicht nur deshalb angefreundet, weil das Schicksal sie in einer Wohnung zusammengeführt hatte, die aus zwei Schlafräumen und einem gemeinsamen Wohnzimmer bestand, sondern in erster Linie, weil er sich – wie die meisten schüchternen, willensschwachen, insgeheim exaltierten Menschen – unwillkürlich von jemandem angezogen fühlte, an dem alles eindrucksvoll und kräftig war – sowohl die Zähne und die Muskeln wie auch die physische Kraft der Seele, der Wille. Frank seinerseits, der Stolz des College – er ruderte Regatten, jagte mit der ledernen Melone unterm Arm über das Spielfeld und konnte einen Schlag mit der Faust genau auf jene Stelle am Kinn plazieren, wo – ähnlich wie am Ellbogen – der Musikantenknochen sitzt, und seinen Gegner damit augenblicklich k. o. schlagen –, dieser außergewöhnliche, allseits beliebte Frank fühlte sich durch die Freundschaft des linkischen, schwachen Simpson in seiner Eigenliebe ganz besonders geschmeichelt. Simpson kannte übrigens jene seltsame Angewohnheit, die Frank vor den übrigen Freunden verbarg, welche ihn nur als prächtigen Sportsfreund und fröhlichen Jungen kannten und den unklaren Gerüchten, daß Frank ausnehmend gut zeichne, seine Bilder aber niemandem zeige, weiter keine Beachtung schenkten. Er sprach nie über Kunst, liebte Wein und Gesang und schlug über die Stränge, doch von Zeit zu Zeit überkam ihn ein plötzlicher Anfall von Trübsinn; dann verließ er sein Zimmer nicht und ließ auch keinen hinein – und nur sein Zimmergenosse, der sanfte Simpson, sah, womit er sich beschäftigte. Was Frank in diesen zwei, drei Tagen mutwilliger Abgeschiedenheit jeweils zustande brachte, verbarg oder vernichtete er und war danach, als hätte er einem quälenden Laster Tribut gezollt, wieder lustig und unkompliziert wie immer. Nur einmal hatte er mit Simpson darüber gesprochen.

«Weißt du», hatte er gesagt, seine klare Stirn kraus gezogen und seine Pfeife ausgeklopft, «ich glaube, die Kunst, besonders die Malerei, hat etwas Weibisches an sich, etwas Krankhaftes, eines starken Menschen Unwürdiges. Ich bemühe mich, diesen Dämon zu bekämpfen, zumal ich weiß, wie er die Leute ins Verderben führt. Sollte ich mich ihm gänzlich überlassen, erwartete mich kein ruhiges, geregeltes Leben mit einem gewissen Maß an Freuden und Leiden, mit festen Regeln, ohne die jedes Spiel seinen Reiz verliert, sondern das reinste Chaos oder sonstwas. Bis zum Grabe würde ich mich quälen, ich gliche jenen Unglücklichen, die ich in Chelsea getroffen habe, jenen langhaarigen, ehrgeizigen Idioten in Samtjoppen, die, nervös und schwächlich, einzig und allein ihrer verschmierten Palette ergeben sind...»

Doch der Dämon war offenbar sehr stark. Am Ende des Wintersemesters setzte sich Frank – ohne vorher seinem Vater etwas zu sagen, was diesen tief verletzte – dritter Klasse nach Italien ab und kehrte einen Monat später geradewegs an die Universität zurück, braungebrannt und ausgelassen, als hätte er das finstere Schaffensfieber ein für allemal überwunden.

Als dann die Sommerferien begannen, lud er Simpson auf den Landsitz seines Vaters ein, und Simpson sagte dankbar errötend zu, denn er dachte mit Grausen an seine wieder bevorstehende Rückkehr in das stille Städtchen im Norden, in dem jeden Monat irgendein abscheuliches Verbrechen verübt wurde, an die Heimkehr zu seinem Vater, dem Pfarrer, einem sanften, harmlosen, doch völlig unzurechnungsfähigen Menschen, der sich mehr dem Harfenspiel und seiner Stuben-Metaphysik widmete als seiner Gemeinde.

Die Betrachtung von Schönheit – sei es nun ein besonders farbenprächtiger Sonnenuntergang, ein strahlendes Antlitz oder ein Kunstwerk – konfrontiert uns unbewußt mit der eigenen Vergangenheit, zwingt uns, uns selbst, die eigene Seele mit der unerreichbaren

Vollkommenheit der geschauten Schönheit zu vergleichen. Deshalb dachte jetzt auch Simpson, vor dem gerade eine längst verstorbene Venezianerin in Samt und Seide auferstanden war, dachte, während er langsam den violetten Weg der zu dieser Vorabendstunde stillen Allee entlangging, sowohl an seine Freundschaft mit Frank als auch an die Harfe des Vaters und seine freudlose, beengte Jugend. Von Zeit zu Zeit machte das Knistern eines von unsichtbaren Füßen berührten Astes die klangvolle Stille des Waldes vollständig. Ein rostbraunes Eichhörnchen kletterte einen Baumstamm hinunter, rannte mit aufgestelltem buschigem Schwanz zum Nachbarstamm und huschte an ihm hinauf. In der gedämpften Sonnenflut zwischen zwei Gängen aus Laubwerk tanzten im Goldstaub die Mücken ihren Reigen, und schon abendlich verhalten summte eine Hummel, die sich in den schweren Klöppelspitzen des Farnkrauts verfangen hatte.

Simpson setzte sich auf eine Bank voller weißer Kleckse – es war angetrockneter Vogelmist – und stützte seine eckigen Ellbogen auf die Knie. Er fühlte jene akustische Sinnestäuschung wiederkommen, der er seit seiner Kindheit immer wieder erlegen war. Wenn er sich auf freiem Felde oder – wie gerade eben – im tiefen, dämmernden Wald befand, kam ihm stets unwillkürlich der Gedanke, daß er in dieser Stille wahrscheinlich hören konnte, wie die ganze weite Welt lieblich durch den Raum rauscht, den Lärm ferner Städte, das Brausen der Meereswellen und den Gesang der Telegraphenleitungen über den Wüsten. Und allmählich begann sein bewußtes Gehör diese Geräusche auch tatsächlich wahrzunehmen. Er hörte einen Zug herankeuchen, obwohl der Bahndamm wohl ein gutes Dutzend Meilen entfernt lag, dann das Rattern und Rasseln der Räder und – je mehr sich sein geheimes inneres Gehör schärfte – die Stimmen der Passagiere, Gelächter und Husten, das Rascheln der Zeitungen in ihren Händen und schließlich – hinabtauchend auf den Grund seiner akustischen Fata Morgana – ganz deutlich ihren Herzschlag, und dieses Schlagen, Schwirren, Rattern schwoll an zu einem kreisenden, ohrenbetäubenden Dröhnen; Simpson zuckte zusammen, schlug die Augen auf und begriff, daß es sein eigenes Herz war, das da so laut schlug.

«Lugano, Como, Venedig...», murmelte er auf der Bank unter dem geräuschlosen Nußstrauch, und schon vernahm er das leise Plätschern südlicher Sonnenstädte und dann – schon näher – Schellengeklingel, das Pfeifen von Taubenflügeln, ein hohes Lachen wie das von Maureen und das Scharren und Schlurfen unsichtbarer Passanten. Er wollte hier anhalten und weiterhorchen, doch sein inneres Gehör stürzte wie ein reißender Fluß immer weiter in die Tiefe, einen Augenblick noch, und er hörte – unfähig, diesen sonderbaren Fall aufzuhalten – nicht nur die Schritte der Passanten, sondern auch ihren Herzschlag, Millionen Herzen blähten sich auf und dröhnten, bis Simpson zu sich kam und begriff, daß all dies Pochen, alle Herzen sich im wahnsinnigen Klopfen seines eigenen Herzens zusammenfanden.

Er hob den Kopf. Ein Windhauch zog wie eine Seidenschleppe die Allee entlang. Sanft gelb schimmerten die Sonnenstrahlen.

Mit einem leisen Lächeln stand er auf, vergaß den Tennisschläger auf der Bank und wandte sich dem Haus zu. Es war Zeit, sich zum Abendessen umzuziehen.

3

«Ach, mir ist zu warm in diesem Pelz! Nein, Oberst, dies ist ganz gewöhnliche Katze. Meine Nebenbuhlerin, die Venezianerin, trug sicher etwas Kostbareres. Aber die Farbe ist die gleiche, finden Sie nicht? Sozusagen der gleiche Gesamteindruck.»

«Hätte ich den Schneid, ich würde Sie mit Lack überziehen und Lucianis Gemälde in die Rumpelkammer verbannen», fiel der Oberst liebenswürdig ein; trotz seiner strengen Prinzipien war er einem galanten Wortgeplänkel mit einer so attraktiven Frau wie Maureen nicht abgeneigt.

«Ich würde alles verwackeln», widersprach sie, «vor Lachen...»

«Ich fürchte, Frau Magor, wir geben für Sie einen gräßlich unpassenden Hintergrund ab», sagte Frank mit einem breiten, jungenhaften Lächeln. «Wir sind ungehobelte, selbstherrliche Anachronismen. Wenn aber Ihr Mann einen Harnisch anlegte...»

«Unsinn», lachte Magor trocken auf. «Der Eindruck des Altertümlichen ist genau so leicht zu erzeugen wie der Eindruck farbiger Lichter durch Druck auf das obere Lid. Ich leiste mir bisweilen den Luxus, mir unsere moderne Welt, unsere Autos, unsere Moden so vorzustellen, wie sie unseren Nachfahren in vierhundert, fünfhundert Jahren erscheinen werden; ich versichere Ihnen, dann komme ich mir richtig antik vor, wie ein Mönch der Renaissance.»

«Noch etwas Wein, mein lieber Simpson», offerierte der Oberst.

Der schüchterne, stille Simpson, der zwischen Magor und dessen Frau plaziert war, hatte zu früh zu der großen statt zur kleinen Gabel gegriffen, nämlich schon beim zweiten Gang, so daß ihm für das Hauptgericht nur die kleine Gabel und das große Messer blieben, und diese gebrauchte er jetzt, als ob er auf einer Hand hinkte. Als der Braten zum zweiten Mal gereicht wurde, legte er sich aus reiner Nervosität nach und merkte erst dann, daß er als einziger noch aß und daß ihm alle anderen ungeduldig zusahen. Dies verwirrte ihn so sehr, daß er den noch vollen Teller wegschob, um ein Haar sein Weinglas umwarf und langsam errötete. Er war während des Essens schon mehrmals rot geworden, nicht weil etwas Peinliches passiert wäre, sondern weil er dachte, er könne grundlos erröten, und schon übergossen sich seine Wangen, seine Stirn, ja selbst der Hals mit dem schönsten Rosenrot – und diese spontane, quälend heiße Röte ließ sich ebenso wenig aufhalten wie die Sonne, wenn sie hinter einer Regenwolke hervorschwimmen will. Beim ersten dieser Ausbrüche ließ er absichtlich seine Serviette fallen, doch als er den Kopf wieder hob, war er entsetzlich anzusehen – als würde sein Hemdkragen sogleich Feuer fangen. Beim zweiten Mal versuchte er, die verstohlen aufkommende Hitzewallung dadurch zu unterbinden, daß er sich mit einer Frage an Maureen wandte – ob sie denn gerne Lawn-Tennis spiele –, doch unglücklicherweise hatte ihn Maureen nicht verstanden und fragte nach. Als er dann seinen albernen Satz wiederholte, wurde Simpson mit einem Male so rot, daß ihm fast die Tränen kamen und Maureen sich barmherzig abwandte und das Thema wechselte.

Daß er neben ihr saß, daß er die Wärme ihrer Wange, ihrer Schulter spürte, von der – wie auf dem Bild – der graue Pelz herabrutschte, und daß sie sich gerade anschickte, den Pelz mit zwei ausgestreckten langen Fingern festzuhalten, bei Simpsons Frage aber innehielt – all dies peinigte ihn derart, daß ihm vom kristallenen Feuer der Weingläser ein feuchter Glanz in die Augen trat und ihm schien, daß der runde Tisch, eine beleuchtete Insel, sich im Kreise drehte, kreisend davonschwamm und die um ihn Herumsitzenden lautlos mit sich nahm. Durch die geöffneten Flügel der Glastür waren im Hintergrund die schwarzen Kegel der Balkonbrüstung zu sehen, und schwül wehte die blaue Nachtluft herein. Diese Luft sog Maureen durch ihre Nasenflügel ein, ihre sanften, undurchdringlich dunklen Augen glitten von einem zum anderen und lachten nicht mit, wenn ein Lächeln den Winkel ihrer zarten, ungeschminkten Lippen leicht hob. Ihr Gesicht blieb im braunen Schatten, nur ihre Stirn war von fließendem Licht übergossen. Sie machte banale, witzige Bemerkungen, worüber alle lachten, und der Oberst war vom Wein angenehm errötet. Magor schälte sich einen Apfel und hielt ihn dabei wie ein Affe mit der ganzen Hand, sein kleines, von grauen Locken umkränztes Gesicht verzog sich vor Anstrengung – und das silberne Messer, das er fest in der behaarten, dunklen

Faust hielt, löste endlose Spiralen roter und gelber Apfelschale ab. Franks Gesicht konnte Simpson nicht sehen, weil ein Strauß flammender, fleischiger Dahlien in einer schimmernden Vase zwischen ihnen stand.

Nachdem das Abendessen mit Portwein und Kaffee beendet war, setzten sich der Oberst, Maureen und Frank zum Bridge – sie spielten mit einem Strohmann, denn die beiden anderen verstanden sich nicht auf dieses Spiel.

Der alte Restaurator ging mit weit gespreizten Beinen auf den dunklen Balkon hinaus; Simpson folgte ihm und fühlte, wie hinter seinem Rücken Maureens Wärme zurückblieb.

Magor ließ sich in einen Korbsessel an der Balustrade nieder, räusperte sich und bot Simpson eine Zigarre an. Simpson setzte sich seitwärts aufs Geländer und begann mit zusammengekniffenen Augen und aufgeblasenen Backen unbeholfen zu rauchen.

«Die Venezianerin dieses alten Wüstlings del Piombo hat Ihnen augenscheinlich gefallen», sagte Magor und entließ rosige Rauchschwaden in die Dunkelheit.

«Sehr», antwortete Simpson und fügte hinzu: «Ich kenne mich mit Gemälden natürlich nicht aus...»

«Aber sie hat Ihnen trotzdem gefallen», nickte Magor. «Ausgezeichnet. Dies ist der erste Schritt zum Verständnis.»

«Sie ist so lebendig», sagte Simpson nachdenklich. «Man könnte fast an die mysteriösen Geschichten von den zum Leben erwachten Portraits glauben. Ich habe einmal irgendwo gelesen, daß ein König von der Leinwand gestiegen ist, und als...»

Magor wurde von einem leisen und schneidenden Lachen geschüttelt.

«Das ist natürlich Unsinn. Aber etwas anderes kommt vor – das Gegenteil, sozusagen.»

Simpson blickte ihn an. In der finstern Nacht wölbte sich seine gestärkte Hemdenbrust wie ein weißlicher Höcker, und von unten erhellte die rubinrote, zapfenförmige Glut seiner Zigarre sein kleines, zerfurchtes Gesicht. Er hatte dem Wein reichlich zugesprochen und war nun sichtlich zum Erzählen aufgelegt.

«Es kann folgendes passieren», fuhr er gemächlich fort. «Stellen Sie sich vor, es gelänge jemandem, statt eine gemalte Figur aus dem Rahmen herauszuholen, selber in das Bild hineinzusteigen. Das kommt Ihnen komisch vor, nicht wahr? Doch ich habe es schon mehrfach geschafft. Mir wurde das Glück zuteil, sämtliche Gemäldegalerien Europas zu besichtigen – von den Haag bis Petersburg und von London bis Madrid. Wenn mir ein Bild besonders gut gefiel, stellte ich mich direkt davor und konzentrierte all meinen Willen auf den einen Gedanken: in das Bild hineinzusteigen. Mir war natürlich unheimlich zumute. Ich kam mir vor wie der Apostel, der sich anschickt, aus dem Boot zu steigen und auf dem Wasser zu wandeln. Doch welche Wonnen erwarteten mich! Da hing vor mir also dieses Gemälde der flämischen Schule mit der Heiligen Familie im Vordergrund und einer reinen, ebenen Landschaft dahinter. Ein Weg wie eine weiße Schlange, wissen Sie, und grüne Hügel. Und da faßte ich mir ein Herz. Ich riß mich vom Leben los und trat in das Bild hinein. Ein wunderbares Gefühl! Kühle, stille, von Wachs und

Weihrauch durchtränkte Luft. Ich wurde zu einem lebendigen Teil des Bildes, und alles um mich herum belebte sich. Auf dem Weg bewegten sich die Silhouetten der Pilger. Die Jungfrau Maria murmelte etwas auf flämisch. Gemalte Blumen wiegten sich leise im Wind. Wolken zogen vorüber... Doch das Vergnügen währte nicht lange; ich spürte, wie ich allmählich erstarrte, an der Leinwand kleben blieb, mit der Ölfarbe verschwamm. Da kniff ich die Augen zusammen, riß mich mit aller Kraft los und sprang heraus. Das gab einen zarten, blubbernden Laut, wie wenn man seinen Fuß aus dem Schlamm zieht. Ich schlug die Augen auf – und fand mich auf dem Boden liegend, vor dem schönen, aber leblosen Bild...»

Simpson hörte aufmerksam und verwirrt zu. Als Magor geendet hatte, zuckte er kaum merklich zusammen und blickte sich um. Alles war noch wie vorher. Der Garten dort unten atmete Finsternis; durch die Glastür war das schwach beleuchtete Speisezimmer zu erkennen und ganz hinten, durch eine weitere geöffnete Tür, die helle Sitzecke des Salons mit drei Gestalten beim Kartenspiel. Welch seltsame Dinge Magor doch erzählte!

«Verstehen Sie», fuhr dieser fort und streifte die gebänderte Asche ab, «nur einen Augenblick länger, und das Bild hätte mich für immer in sich aufgesogen. Ich wäre in seinen Hintergrund gegangen und hätte in seiner Landschaft weitergelebt, oder ich wäre, vor Schreck gelähmt, weder imstande in die Welt zurückzukehren noch in einen neuen Bereich einzudringen, als gemalter Bestandteil des Bildes auf der Leinwand erstarrt, als ein Anachronismus, wie Frank es genannt hat. Doch trotz aller Gefahr bin ich der Versuchung wieder und wieder erlegen... Ach, mein Freund, ich bin in Madonnen verliebt! Ich erinnere mich an meine erste große Liebe – die Madonna mit der blauen Krone des feinsinnigen Raffael... Hinter ihr stehen in einiger Entfernung zwei Männer zwischen Säulen und reden friedlich miteinander. Ich habe ihr Gespräch belauscht. Es ging um den Preis eines Dolches... Aber die hinreißendste aller Madonnen entstammt dem Pinsel von Bernardino Luini. Alle seine Werke sind geprägt von der Stille und Sanftheit des Sees, an dessen Ufern er geboren wurde – des Lago Maggiore. Ein höchst einfühlsamer Meister... Aus seinem Namen hat man sogar ein neues Eigenschaftswort gebildet – *luinesco*. Seine schönste Madonna hat langgezogene, zärtlich halbgeschlossene Augen; ihre Kleidung ist in bläulich-roten und verschleierten Orange-Tönen gehalten. Um ihre Stirn schwebt ein leichter Hauch, ein welliger Dunst, und vom gleichen Dunst ist auch ihr rosiger Knabe umwoben. Er reicht ihr einen blassen Apfel, sie blickt ihn an und senkt dabei ihre sanften, langgezogenen Augen... Luineske Augen... Mein Gott, wie habe ich sie geküßt...»

Magor verstummte, und ein verträumtes Lächeln huschte über seine dünnen Lippen, die von der Glut der Zigarre beleuchtet wurden. Simpson hielt den Atem an, und ihm schien, daß er wie vorhin langsam in die Nacht hinausschwamm.

«Es hatte auch seine Nachteile», fuhr Magor nach einem Husten fort. «Ich bekam eine Nierenerkrankung nach einer Schale kräftigen Cidres, mit dem mich einmal eine üppige Bacchantin von Rubens bewirtet hatte, und auf der neblig gelben Schlittschuhbahn eines Holländers habe ich mich derart erkältet, daß ich einen ganzen Monat lang gehustet und gespuckt habe. Ja, so ist das, Herr Simpson.»

Magor knarrte mit seinem Sessel, stand auf und zog seine Weste zurecht. «Ich habe überm Erzählen die Zeit vergessen», bemerkte er trocken. «Es ist Schlafenszeit. Weiß der Himmel, wie lange die noch Karten klopfen wollen. Ich gehe jedenfalls. Gute Nacht.»

Er ging durch den Speisesaal in den Salon, nickte den Spielern im Vorübergehen zu und verschwand in den Schatten. Simpson blieb allein auf seiner Balustrade zurück. Noch hatte er Magors dünne Stimme im Ohr. Die großartige Sternennacht reichte bis an den Balkon heran, unbeweglich standen die samtschwarzen Baumriesen. Durch die Tür sah er hinter einem Streifen Dunkelheit die rosa Lampe im Salon, den Tisch und die vom Licht geröteten Gesichter der Spieler. Da stand der Oberst auf. Auch Frank erhob sich. Von ferne, wie durchs Telephon, drang die Stimme des Obersten:

«Ich bin ein alter Mann und gehe zeitig schlafen. Gute Nacht, Frau Magor...»

Und die lachende Stimme Maureens:

«Ich gehe auch gleich. Sonst wird mein Mann ärgerlich...»

Simpson hörte, wie am fernen Ende der Zimmerflucht hinter dem Obersten eine Tür ins Schloß fiel – und dann geschah etwas Unglaubliches. Aus seiner Dunkelheit heraus sah er, wie Maureen und Frank, die alleine zurückgeblieben waren – dort, weit weg, in dem Graben aus sanftem Licht –, zueinander rückten, wie Maureen ihren Kopf zurückwarf und ihn unter Franks heftigem und langem Kuß immer weiter nach hinten bog. Dann hob sie ihren heruntergefallenen Pelz auf, zerzauste Frank die Haare und verschwand mit einem leisen Klicken der Tür im Hintergrund. Frank strich sich lächelnd die Haare zurecht, steckte die Hände in die Taschen und ging leise pfeifend durch den Speisesaal zum Balkon. Simpson war so betroffen, daß er sich erstarrt am Geländer festkrallte und mit Entsetzen einen weißen Ausschnitt, eine schwarze Schulter durch den gläsernen Widerschein auf sich zukommen sah. Als Frank auf den Balkon hinaustrat und im Dunkeln die Umrisse des Freundes erkannte, zuckte er leicht zusammen und biß sich auf die Lippen.

Simpson rutschte linkisch vom Geländer herunter. Seine Knie zitterten. Er unternahm eine heldenhafte Anstrengung:

«Eine wunderbare Nacht. Ich habe mich gerade mit Magor unterhalten.»

Ruhig erwiderte Frank:

«Er gibt entsetzlich an, der Magor. Wenn er aber einmal aus sich herausgeht, kann man ihm ganz gut zuhören.»

«Ja, sehr interessant», bestätigte Simpson schwach.

«Da ist der Große Wagen», sagte Frank und gähnte mit geschlossenem Mund. Dann fügte er hinzu, ohne die Stimme zu heben:

«Natürlich weiß ich, daß du ein perfekter Gentleman bist, Simpson.»

4

Am Morgen fing es an zu nieseln und zu flimmern, und alsbald spannte ein feiner und warmer Regen seine bleichen Fäden vor den dunklen Hintergrund der belaubten Tiefen. Zum Frühstück erschienen nur drei: zuerst der Oberst und ein übernächtiger, blasser Simpson, danach Frank, strahlend, blitzsauber und glattrasiert, mit einem unschuldigen Lächeln auf den etwas schmalen Lippen.

Der Oberst war heftig verstimmt. Gestern abend beim Bridge war ihm nämlich etwas aufgefallen: Als er sich schnell nach einer heruntergefallenen Karte bückte, hatte er gesehen, wie Frank unter dem Tisch sein Knie gegen Maureens Knie preßte. Dies mußte augenblicklich unterbunden werden. Dem Oberst schwante schon seit einiger Zeit, daß da etwas nicht mit rechten Dingen zuging. Nicht von ungefähr war Frank nach Rom ausgerissen, wo die Magors immer das Frühjahr verbrachten. Sollte sein Sohn doch treiben, was er wollte – aber hier, im Hause, auf dem Stammsitz der Familie zuzulassen... Nein, da mußten sofort drakonische Maßnahmen ergriffen werden.

Das Unbehagen des Obersten übertrug sich auf Simpson. Er hatte den Eindruck, daß seine Anwesenheit den Hausherrn belästigte, und wußte nicht, worüber er reden sollte. Nur Frank war ausgeglichen und fröhlich wie immer und biß mit blitzenden Zähnen genüßlich in einen heißen Toast mit Orangenmarmelade.

Als sie ihren Kaffee ausgetrunken hatten, zündete sich der Oberst eine Pfeife an und stand auf.

«Du wolltest dir doch das neue Auto ansehen, Frank? Komm, wir gehen in die Garage. Bei diesem Regen kann man sowieso nichts Vernünftiges anfangen...»

Da er das Gefühl hatte, daß der arme Simpson moralisch in der Luft hängenblieb, fügte der Oberst hinzu:

«Hier habe ich ein paar gute Bücher, mein lieber Simpson. Bedienen Sie sich...»

Simpson fuhr zusammen und holte sich brav den erstbesten dicken, roten Band aus dem Regal: Es war der *Veterinär-Bote*, Jahrgang 1895.

«Ich habe ein Wörtchen mit dir zu reden», begann der Oberst, als er und Frank die knisternden Regenmäntel übergezogen hatten und in den Regennebel hinaustraten.

Frank warf seinem Vater einen schnellen Blick zu.

«Wie sag ich's ihm nur», dachte der Oberst und zog an seiner Pfeife. «Hör zu, Frank», sagte er entschlossen, und der nasse Kies knirschte heftiger unter seinen Sohlen, «mir ist zu Ohren gekommen, wie, spielt keine Rolle – oder, kurz gesagt, ich habe bemerkt – äh, zum Teufel! Also, Frank, was hast du mit Magors Frau?»

Frank antwortete ruhig und ungerührt:

«Darüber möchte ich mit dir lieber nicht sprechen, Vater.» Insgeheim dachte er böse: «Hat also dieser Mistkerl doch gepetzt!»

«Ich kann natürlich nicht verlangen...», versuchte es der Oberst noch einmal und stockte. Beim Tennis konnte er sich nach dem ersten mißglückten Schlag noch beherrschen.

«Dieser Steg müßte mal repariert werden», bemerkte Frank und klopfte mit dem Absatz auf einen morschen Balken.

«Zum Teufel mit dem Steg!» rief der Oberst. Dies war der zweite Fehlschlag, und auf seiner Stirn schwoll die Zornesader.

Der Chauffeur klapperte am Garagentor mit ein paar Eimern; als er den Hausherrn kommen sah, zog er die karierte Schirmmütze zum Gruß. Er war ein kleiner, stämmiger Mann mit gepflegtem Schnurrbart.

«Guten Morgen, Sir», grüßte er verbindlich und drückte mit der Schulter den Torflügel auf. Im Halbdunkel, dem ein Geruch von Benzin und Leder entströmte, funkelte ein riesiger, schwarzer, nagelneuer Rolls-Royce.

«Und jetzt gehen wir durch den Park», verfügte der Oberst dumpf, nachdem Frank alle Zylinder und Hebel zur Genüge betrachtet hatte.

Das erste, was dem Oberst im Park zustieß, war ein großer, kalter Tropfen, der von einem Zweig direkt in seinen Kragen fiel. Und dies war buchstäblich jener Tropfen, der das Faß zum Überlaufen brachte. Der Oberst bewegte stumm die Lippen, als wollte er seine Worte erst ausprobieren, und polterte dann los:

«Ich warne dich, Frank, ich dulde in meinem Hause keine Eskapaden wie in französischen Liebesromanen. Außerdem ist Magor mein Freund – hast du mich verstanden, oder nicht?»

Frank nahm von einer Bank den Tennisschläger auf, den Simpson am Vorabend dort vergessen hatte. Von der Feuchtigkeit hatte er sich zu einer Acht verformt. Gemeiner Schuft, dachte Frank voll Verachtung. Wie schwerer Geschützdonner tönten die Worte seines Vaters:

«Das lasse ich mir nicht bieten! Wenn du dich nicht benehmen kannst, dann geh. Ich bin unzufrieden mit dir, Frank, ich bin höchst unzufrieden mit dir. Du hast etwas an dir, was ich nicht verstehe. An der Universität hast du kaum etwas gelernt. In Italien hast du gottweißwas getrieben. Wie man hört, malst du. Ich bin es wohl nicht wert, daß du mir dein Geschmiere einmal zeigst. Jawohl, Geschmiere. Ich kann es mir vorstellen... Ein Genie willst du sein. Denn wahrscheinlich hältst du dich schon selber für ein Genie oder – noch besser – für einen Futuristen. Und dazu noch diese Liebschaften... Kurz und gut, wenn...»

Und da bemerkte der Oberst, wie Frank leise und unbekümmert durch die Zähne pfiff. Er blieb stehen und riß die Augen auf.

Frank schleuderte den hoffnungslos verzogenen Schläger wie einen Bumerang ins Gebüsch und sagte lächelnd:

«Das ist alles Unsinn, Vater. In einem Buch über den Krieg in Afghanistan habe ich gelesen, was du seinerzeit getan hast und wofür du das Kreuz bekommen hast. Das war eine Riesendummheit, ein Wahnwitz, ein Selbstmordunternehmen – aber es war eine Heldentat. Und das ist die Hauptsache. Aber dein Gerede ist einfach lächerlich. Gehab dich wohl.»

Und der Oberst blieb alleine mitten auf der Allee stehen, starr vor Staunen und Zorn.

5

Das gesamte Dasein ist geprägt von Monotonie. Wir nehmen zu bestimmten Zeiten Nahrung auf, weil die Planeten, sich niemals verspätenden Zügen gleich, in bestimmten Intervallen kommen und gehen. Ohne solch rigorosen Zeitplan kann sich der Durchschnittsmensch das Leben gar nicht vorstellen. Ein schalkhafter und lästerlicher Geist dagegen wird es recht amüsant finden, sich vorzustellen, wie es der Menschheit wohl erginge, wenn der Tag heute zehn Stunden, morgen fünfundachtzig und übermorgen nur wenige Minuten hätte. *A priori* läßt sich festhalten, daß eine solche Ungewißheit über die exakte Dauer des kommenden Tages in England vor allem zu einem ungeheuren Anstieg von Wetten und Glücksspielen aller Art führen würde. Es könnte jemand sein gesamtes Vermögen verlieren, weil der Tag ein paar Stunden länger währte, als er am Vorabend angenommen hatte. Die Planeten würden zu Rennpferden – und für welche Aufregung würde wohl ein Brauner namens Mars sorgen, wenn er das letzte himmlische Hindernis nimmt. Die Astronomen sähen sich plötzlich in der Position von Buchmachern, Apollo würde mit flammender Hockeymütze dargestellt – und die Welt würde fröhlich den Verstand verlieren.

Doch leider liegen die Dinge ganz anders. Pünktlichkeit stimmt in der Regel verdrießlich; so mahnen uns unsere Kalender, die den Lauf der Welt schon im voraus berechnet haben, an den Examenstermin, dem wir uns nicht entziehen können. Natürlich ist dieses kosmische Betriebssystem à la Taylor irgendwie einschläfernd und geistlos. Wie herrlich, wie strahlend wird dagegen das universale Einerlei gelegentlich durchbrochen durch das Buch eines Genies, einen Kometen, eine Freveltat oder einfach nur durch eine schlaflose Nacht. Aber unsere Gesetze, Puls und Verdauung sind mit dem harmonischen Lauf der Gestirne eng verknüpft, und jeglicher Versuch, dieses Gleichmaß zu stören, wird schlimmstenfalls mit dem Abschlagen des Kopfes, bestenfalls mit Kopfschmerzen bestraft. Im übrigen ist die Welt gewiß in der besten Absicht erschaffen worden, und es ist niemandes Schuld, wenn es auf ihr gelegentlich langweilig zugeht oder wenn Sphärenmusik manchen anmutet wie die endlosen Wiederholungen eines Leierkastens.

Diese Monotonie empfand Simpson besonders deutlich. Ihn quälte die Vorstellung, daß auch heute wieder mit unumstößlicher Regelmäßigkeit das Mittagessen auf das Frühstück folgen würde, das Abendessen auf den Nachmittagstee. Bei dem Gedanken, daß dies sein ganzes Leben so weitergehen würde, hätte er am liebsten geschrien und um sich geschlagen wie ein lebendig Begrabener. Vor dem Fenster flimmerte immer noch der Sprühregen – und weil er deshalb im Hause herumsitzen mußte, dröhnten seine Ohren wie im Fieber. Magor hockte den ganzen Tag in der Werkstatt, die man ihm im Schloßturm eingerichtet hatte. Er war dabei, die Lackschicht eines kleinen, dunklen, auf Holzgrund gemalten Bildes aufzufrischen. In der Werkstatt roch es nach Leim, Terpentin und Knoblauch, mit dem man Fettflecken von Bildern entfernt; auf dem kleinen Werktisch neben der Presse glänzten Glaskolben mit Salzsäure und Weingeist, lagen Flanellappen, poröse Schwämme und verschiedene Schabeisen herum. Magor hatte eine Brille aufgesetzt und trug einen alten Arbeitskittel, darunter ein kragenloses Hemd, dessen oberster Kragenknopf – wegen seiner Größe fast einem Türgriff gleichend – direkt unterm Adamsapfel hervorragte; sein Hals war dünn und grau und von Alterspickeln übersät, und seine Glatze deckte eine schwarze Kappe. Mit der dem Leser schon vertrauten leichten Drehbewegung seiner Finger streute er eine Prise zerstoßenen Harzes auf das Bild, rieb es vorsichtig ein, und die alte, vergilbte, von den Pulverpartikeln zerkratzte Lackschicht zerfiel ebenfalls zu trockenem Staub.

Die übrigen Bewohner des Schlosses saßen im Salon; der Oberst entfaltete wütend eine überdimensionale Zeitung und las einen besonders konservativen Artikel laut vor, wobei er sich langsam beruhigte. Dann kamen Maureen und Frank auf die Idee, Ping-Pong zu spielen: Mit einem hellen, kläglichen Knisterton flog der kleine Zelluloidball über das grüne Netz hin und her, das quer über den langen Tisch gespannt war – und Frank spielte natürlich wieder ausgezeichnet, nur aus dem Handgelenk drehte er ganz leicht den flachen Holzschläger von links nach rechts.

Simpson wanderte von Zimmer zu Zimmer, kaute auf den Lippen und rückte immer wieder seinen Kneifer zurecht. So gelangte er auch in die Galerie. Totenbleich machte er sorgfältig und leise die schwere Tür hinter sich zu und ging auf Zehenspitzen zu der Venezianerin des Fra Bastiano del Piombo. Sie begrüßte ihn mit dem bekannten mattierten Blick und den auf dem Wege zum Pelzbesatz und den herabfallenden kirschroten Falten erstarrten langen, schmalen Fingern. Honigsüße Finsternis wehte ihm entgegen – und er schaute in die Tiefe des den schwarzen Hintergrund durchbrechenden Fensters. Dort zogen auf grünlichem Himmelsblau sandfarbene Wolken dahin, zerklüftete, dunkle Felsen ragten zu ihnen auf, zwischen denen sich ein bleicher Pfad wand; weiter unten waren undeutliche Holzhütten zu erkennen – und Simpson schien es, als sei für einen Augenblick in einer von ihnen ein Lichtpunkt aufgeflammt. Während er durch dieses Luftfenster schaute, fühlte er, daß die Venezianerin lächelte, doch als er ihr schnell den Blick zuwandte, konnte er ihr Lächeln schon nicht mehr erhaschen: Nur ganz leicht war rechts der schattige Winkel ihrer sanft geschlossenen Lippen angehoben. Da zersprang etwas in ihm mit einem herrlichen Klang, und er gab sich ganz dem wohligen Zauber des Bildes hin. Man muß bedenken, daß er ein krankhaft exaltierter Mensch war, das Leben kaum kannte und daß Empfindsamkeit bei ihm den Verstand ersetzte. Ein kalter Schauer lief ihm wie eine schnelle, trockene Hand den Rücken hinunter – und sofort wurde ihm klar, was er zu tun hatte. Aber als er sich hastig umblickte und den Glanz des Parketts sah, den Tisch und den blindweißen Schimmer der Bilder dort, wo das durchs Fenster hereinströmende Regenlicht auf sie fiel, erschrak er und schämte sich. Und obwohl ihn der frühere Zauber sofort wieder überkam, wußte er doch, daß er kaum ausführen könnte, wozu er vor einer Minute noch ohne nachzudenken bereit gewesen war.

Er verschlang das Gesicht der Venezianerin mit seinen Blicken, wich vor ihr zurück und breitete plötzlich die Arme weit aus. Mit dem Steißbein stieß er dabei schmerzhaft gegen etwas Hartes, drehte sich um und sah den schwarzen Tisch hinter sich. Er gab sich Mühe, an nichts zu denken, kletterte auf den Tisch und richtete sich der Venezianerin gegenüber zu voller Größe auf – und von neuem machte er armeschlagend Anstalten, zu ihr hinüberzufliegen.

«Eine merkwürdige Art der Bildbetrachtung. Deine Idee?» Das war Frank. Er stand breitbeinig in der Tür und grinste Simpson kalt an.

Simpson blinkte scheu durch seine Brillengläser und geriet wie ein aufgescheuchter Schlafwandler ungeschickt ins Wanken. Dann krümmte er den Rücken, wurde feuerrot und kletterte mit unbeholfenen Bewegungen vom Tisch.

Frank verzog vor Abscheu das Gesicht und verließ schweigend den Saal. Simpson rannte ihm nach.

«O bitte, bitte, sag's keinem weiter...» Ohne sich umzudrehen, zuckte Frank im Gehen verächtlich die Schultern.

6

Gegen Abend hörte es unerwartet auf zu regnen. Jemand hatte sich plötzlich eines anderen besonnen und die Schleusen dichtgemacht. Ein feuchter, orangefarbener Sonnenuntergang bebte zwischen den Zweigen, dehnte sich aus und spiegelte sich in allen Pfützen zugleich. Mit Mühe wurde der kleine, sauertöpfische Magor aus seinem Turm geholt. Er roch nach Terpentin und hatte sich mit einem heißen Bügeleisen die Hand verbrannt. Widerstrebend zwängte er sich in den schwarzen Mantel, stellte den Kragen hoch und brach mit den anderen zu einem Spaziergang auf. Nur Simpson blieb im Haus zurück – unter dem Vorwand, er müsse einen Brief, der mit der Abendpost gekommen war, unverzüglich beantworten. In Wahrheit verlangte der Brief keine Antwort, denn er kam vom Milchmann der Universität, der um sofortige Begleichung seiner Rechnung über zwei Shilling und neun Pence bat.

Lange saß Simpson in der hereinbrechenden Dämmerung, gedankenleer in einen Ledersessel zurückgelehnt. Als er merkte, daß er einschlief, schrak er hoch und begann zu überlegen, wie er möglichst schnell vom Schloß wegkommen konnte. Das Einfachste wäre zu sagen, sein Vater sei krank geworden: Wie viele gehemmte Menschen konnte Simpson lügen, ohne mit der Wimper zu zucken. Aber abzureisen war schwierig. Etwas Dunkles, Verlockendes hielt ihn zurück. Wie schön waren doch die dunklen Felsen in der Fensteröffnung gewesen... Wie schön wäre es, den Arm um ihre Schulter zu legen, ihr den Korb mit den gelben Früchten aus der linken Hand zu nehmen und mit ihr auf jenem bleichen Pfad ruhig ins Dämmerlicht des venezianischen Abends hineinzugehen...

Wieder merkte er, daß er einschlief. Er stand auf und wusch sich die Hände. Von unten drang der runde, verhaltene Ruf des Gongs zum Abendessen herauf.

Von Sternbild zu Sternbild, von Dinner zu Dinner

bewegt sich die Welt vorwärts, so auch diese Erzählung. Doch ihre Eintönigkeit wird jetzt durch ein unglaubliches Wunder, durch einen unerhörten Vorfall unterbrochen. Natürlich konnten weder Magor (der schon wieder sorgfältig die glatte Blöße eines Apfels von rotglänzenden Bändern befreite) noch der Oberst (der nach vier Gläschen Portwein, die zwei Gläser weißen Burgunders nicht gerechnet, aufs neue angenehm purpurn angelaufen war) ahnen, welche Unannehmlichkeiten ihnen der morgige Tag bringen würde. Nach dem Essen kam das unvermeidliche Bridge, und der Oberst stellte zufrieden fest, daß Frank und Maureen sich nicht einmal ansahen. Magor ging wieder an seine Arbeit, und Simpson setzte sich in eine Ecke und schlug eine Mappe mit Lithographien auf – nur zwei-, dreimal schaute er aus seiner Ecke zu den Spielern hinüber und war leicht verwundert, daß Frank ihn so kühl behandelte und daß Maureen wie verwelkt schien, so als hätte sie ihren Platz einer anderen abgetreten... Wie nichtig waren doch diese Überlegungen, verglichen mit jener wundersamen Erwartung, mit jener ungeheuren Erregung, die er mit der Betrachtung unscharfer Gravüren zu kaschieren suchte.

Als man auseinanderging und Maureen ihm lächelnd zunickte und ihm eine gute Nacht wünschte, war er so geistesabwesend, daß er unbefangen zurücklächelte.

In dieser Nacht, zwischen ein und zwei Uhr, machte der alte Wächter, der seinerzeit schon beim Vater des Obersten als Pferdeknecht gedient hatte, wie gewöhnlich seinen kleinen Rundgang durch die Alleen des Parks. Er wußte wohl, daß sein Amt eine reine Formsache war, denn die Gegend war ausgesprochen friedlich. Der Wächter, ein hünenhafter Greis mit respektablem Backenbart, an dem übrigens die Gärtnerskinder gerne herumzupften, legte sich stets um acht Uhr abends ins Bett und schlief, bis um ein Uhr der Wecker rasselte, er mühelos wach wurde, sich eine Pfeife ansteckte und in die Nacht hinaus stieg. Nach einer Runde durch den stillen, dunklen Park kehrte er in seine Kammer zurück, legte sich, diesmal ausgezogen bis auf sein unverwüstliches Strickwams, das gut zu seinem Backenbart paßte, sogleich wieder hin und schlief durch bis zum Morgen.

In dieser Nacht jedoch bemerkte der alte Wächter etwas, das ihm gar nicht gefiel. Vom Park aus sah er, daß ein Fenster im Schloß schwach erleuchtet war. Er wußte ganz genau, daß dies ein Fenster jenes Saales war, in dem die teuren Bilder hingen. Da er ein außergewöhnlich feiger alter Mann war, versuchte er sich einzureden, daß er dieses seltsame Licht gar nicht gesehen habe. Doch seine Gewissenhaftigkeit behielt die Oberhand: Er sagte sich in aller Ruhe, daß es seine Aufgabe sei, nach Räubern im Park Ausschau zu halten, daß er aber nicht verpflichtet sei, im Haus nach Räubern zu jagen. So machte also der Alte ruhigen Gewissens kehrt und ging zurück – er wohnte in dem Ziegelhäuschen bei der Garage – und schlief auf der Stelle fest ein; selbst der Höllenlärm des neuen schwarzen Autos hätte ihn nicht aufwecken können, wenn sich jemand den Scherz erlaubt hätte, es absichtlich ohne Schalldämpfer anzulassen.

So geht der liebenswürdige, harmlose Greis wie ein Schutzengel für einen Augenblick durch diese Erzählung und verschwindet gleich wieder in jenes Nebelland, aus dem ihn eine Laune der Feder gerufen hatte.

8

Doch im Schloß war wirklich etwas vorgefallen.

Genau um Mitternacht wachte Simpson auf. Er war eben erst eingeschlafen und wachte, wie es gelegentlich vorkommt, genau davon auf, daß er eingeschlafen war. Auf Ellbogen und Hände gestützt, richtete er sich ein wenig auf und blickte in die Dunkelheit. Sein Herz klopfte heftig und schnell in der Gewißheit, daß Maureen ins Zimmer gekommen war. Gerade hatte er in seinem Sekundentraum noch mit ihr geredet, hatte ihr geholfen, den wächsernen Pfad zwischen den schwarzen, hie und da von öligem Glanz gespaltenen Felsen emporzusteigen. Das schmale, weiße Häubchen auf ihren dunklen Haaren zitterte wie ein dünnes Blatt Papier im zärtlich fächelnden Wind.

Leise stöhnend tastete Simpson nach dem Schalter. Licht flammte auf. Im Zimmer war niemand. Er empfand vor Enttäuschung einen stechenden Schmerz, besann sich kopfschüttelnd wie ein Betrunkener, stand auf und begann sich schlaftrunken und träge mit den Lippen schnalzend anzuziehen. Es leitete ihn das unbestimmte Gefühl, daß er ordentlich und festlich gekleidet sein müsse; deshalb knöpfte er sich mit geradezu schlafwandlerischer Sorgfalt die Leibweste überm Bauch zu, band den schwarzen Schlips und angelte lange mit zwei Fingern nach einem imaginären Fusselchen auf dem seidigen Aufschlag seines Jacketts. Er erinnerte sich undeutlich daran, daß man am einfachsten von der Straße her in die Galerie gelangen konnte, und schlüpfte wie ein leiser Wind durchs französische Fenster in den dunklen, feuchten Garten hinaus. Die schwarzen Sträucher glitzerten im Sternenlicht, als wären sie mit Quecksilber überzogen. Irgendwo rief dumpf eine Eule. Simpson ging leichtfüßig und schnell über den Rasen und zwischen den nassen Büschen hindurch um das Massiv des Hauses herum. Die frische Nachtluft und der klare Glanz der Sterne ernüchterten ihn für einen Augenblick. Er blieb stehen, knickte zusammen und sank wie ein leeres Gewand auf das schmale Rasenstück zwischen Blumenbeet und Schloßmauer. Schlummer wollte ihn übermannen; er versuchte, ihn mit einer schnellen Schulterbewegung abzuschütteln. Er mußte sich beeilen. Sie wartete. Ihm war, als höre er ihr inständiges Flüstern...

Er merkte nicht, wie er aufstand, wie er hineinging, wie er das Licht einschaltete, das Lucianis Gemälde in einen warmen Glanz tauchte. Die Venezianerin stand ihm halb zugewandt gegenüber, lebendig und plastisch. Ihre dunklen Augen schauten ihn glanzlos und unverwandt an, das zartrosa Gewebe ihrer Bluse ließ die Anmut des gebräunten Halses, die zarten Fältchen unterm Ohr besonders warm zur Geltung kommen. In ihrem rechten Mundwinkel war ein sanftes Lächeln der abwartend geschlossenen Lippen erstarrt; die beiden langen Finger streckten sich der Schulter entgegen, von der Pelz und Samt herunterrutschten.

Und Simpson ging mit einem tiefen Seufzer auf sie zu und stieg mühelos in das Bild hinein. Sogleich schwirrte ihm der Kopf von der wundersamen Kühle. Es roch nach Myrte und Wachs und ein klein wenig nach Zitrone. Er stand in einem leeren, schwarzen Raum am abendlich geöffneten Fenster, und ganz dicht neben ihm stand die echte venezianische Maureen, groß, anmutig, von innen heraus strahlend. Er begriff, daß ein Wunder geschehen war, und reckte sich ihr langsam entgegen. Die Venezianerin lächelte ihm von der Seite her zu, zog ruhig ihren Pelz zurecht, ließ ihre Hand in den Korb sinken und reichte ihm eine kleine Zitrone. Ohne den Blick von ihren lebhaften Augen zu wenden, nahm er aus ihrer Hand die gelbe Frucht entgegen – und sowie er deren genarbte, feste Kühle und die trockene Wärme ihrer langen Finger spürte, begann eine unwahrscheinliche Glückseligkeit lieblich in ihm zu sieden und zu brodeln. Erschauernd wandte er sich zum Fenster: Dort auf dem blassen Pfad zwischen den Felsen gingen dunkelblaue Silhouetten in Kapuzen mit Laternen in der Hand. Simpson betrachtete den Raum, in dem er stand, ohne übrigens den Boden unter den Füßen zu spüren. Im Hintergrund – anstelle der vierten Wand – glänzte wie eine Wasserfläche der ferne, bekannte Saal mit der schwarzen Insel des Tisches in der

Mitte. Und da ließ ihn ein jäher Schreck die kleine, kalte Zitrone zusammenpressen. Der Zauber löste sich. Er wollte nach links, zur Venezianerin sehen, konnte aber den Kopf nicht bewegen. Er sank ein wie eine Fliege im Honig; zuckte und erstarrte und fühlte, wie sein Fleisch und Blut, seine Kleidung sich in Farbe verwandelten, zu Lack wurden und auf der Leinwand antrockneten. Er war zu einem Teil des Bildes geworden, war in linkischer Pose neben die Venezianerin gemalt – und direkt vor ihm öffnete sich noch deutlicher als früher der Saal voller lebendiger, irdischer Luft, die er von nun an nicht mehr würde atmen können.

9

Am folgenden Morgen erwachte Magor früher als sonst. Er steckte seine bloßen, behaarten Füße mit Nägeln wie schwarzer Perlmutt in die Pantoffeln und schlurfte leise über den Korridor zum Schlafzimmer seiner Frau. Eheliche Beziehungen gab es zwischen ihnen schon über ein Jahr nicht mehr, doch er ging trotzdem jeden Morgen zu ihr und schaute mit hilfloser Erregung zu, wie sie sich frisierte, heftig den Kopf hin und her warf und mit dem Kamm in dem kastanienfarbenen Fittich ihrer straff gespannten Haare ein zirpendes Geräusch erzeugte. Heute, zu dieser frühen Stunde, mußte er feststellen, daß das Bett nicht benutzt und mit einer Nadel ein Zettel ans Kopfkissen geheftet war. Aus der tiefen Tasche seines Morgenmantels fingerte Magor ein gewaltiges Brillenetui, setzte die Brille aber nicht auf, sondern hielt sie sich nur vor die Augen, beugte sich über das Kopfkissen und las, was in der vertrauten, zarten Handschrift auf dem angehefteten Zettel stand. Als er zu Ende gelesen hatte, legte er sorgfältig die Brille ins Etui zurück, nahm den Zettel ab und faltete ihn zusammen, überlegte einen Augenblick und verließ dann, entschlossen mit seinen Pantoffeln schlurfend, das Zimmer. Auf dem Korridor stieß er mit einem Diener zusammen, der ihn verstört anblickte.

«Ist denn der Oberst schon auf?» fragte Magor.

Der Diener antwortete eilfertig:

«Jawohl, Sir. Der Oberst ist in der Gemäldegalerie. Ich fürchte, Sir, er ist sehr aufgebracht. Mich hat man geschickt, den jungen Herrn zu wecken.»

Magor wartete das Ende der Antwort nicht ab, sondern raffte seinen mausgrauen Morgenmantel zusammen und eilte in die Galerie. Der Oberst, ebenfalls im Morgenmantel, unter dem zerknitterte, gestreifte Schlafanzughosen hervorschauten, lief an der Wand auf und ab, sein Schnurrbart stand zu Berge, und sein purpurn angelaufenes Gesicht sah fürchterlich aus. Kaum erblickte er Magor, blieb er stehen, bewegte erst maßnehmend die Lippen und donnerte dann los:

«Hier, schauen Sie sich das an!»

Magor, dem der Zorn des Obersten herzlich gleichgültig war, folgte trotzdem unwillkürlich dessen ausgestreckter Hand und sah in der Tat etwas Unglaubliches. Auf dem Gemälde von Luciani war neben der Venezianerin eine neue Figur aufgetaucht. Es handelte sich um ein ausgezeichnetes, wenn auch hastig hingeworfenes Portrait von Simpson. Hager, in seinem schwarzen

Jackett und mit seltsam verdrehten Beinen hob er sich deutlich vom helleren Hintergrund ab, streckte flehentlich die Arme aus, und sein bleiches Gesicht wirkte erbärmlich verzerrt und töricht.

«Na, gefällt es Ihnen?» erkundigte sich der Oberst grimmig. «Nicht schlechter als Bastiano selbst, nicht wahr? Dieser gräßliche Bengel! Hat mir meinen guten Rat heimgezahlt. Na, wir werden ja sehen...»

Fassungslos kam der Diener herein.

«Master Frank ist nicht in seinem Zimmer, Sir. Und seine Sachen sind auch weg. Mister Simpson ist auch nicht da, Sir. Wahrscheinlich ist er ein bißchen spazierengegangen, Sir, an einem so wunderschönen Morgen.»

«Verfluchter Morgen», polterte der Oberst, «augenblicklich soll dieser...»

«Gestatten Sie mir noch die Meldung», fügte der Diener zaghaft hinzu, «daß der Chauffeur gerade gekommen ist und gesagt hat, daß aus der Garage der neue Wagen verschwunden ist.»

«Oberst», sagte Magor leise, «mir scheint, ich kann Ihnen erklären, was vorgefallen ist.»

Er schaute den Diener an, und dieser ging auf Zehenspitzen hinaus.

«Also», fuhr Magor mit unbewegter Stimme fort, «Ihre Vermutung, daß ausgerechnet Ihr Sohn diese Figur dazugemalt hat, ist zweifellos richtig. Doch darüber hinaus schließe ich aus einer mir hinterlassenen Notiz, daß er im Morgengrauen meine Frau entführt hat.»

Der Oberst war Brite und ein Gentleman. Er spürte sofort, daß es unangebracht war, seinem Zorn freien

Lauf zu lassen vor einem Mann, dem gerade die Frau davongelaufen war. Deshalb ging er zum Fenster, blies die eine Hälfte seiner Wut hinaus, schluckte die andere hinunter, strich sich den Schnurrbart glatt und wandte sich, schon wesentlich ruhiger, an Magor.

«Erlauben Sie mir, mein lieber Freund», sagte er höflich, «Sie meines aufrichtigsten, meines tiefsten Mitgefühls zu versichern; ich will nicht von meiner Erbitterung gegenüber dem Schuldigen an Ihrem Unglück sprechen. Doch bei allem Verständnis für Ihre Lage, mein Freund, muß ich, ja, bin ich gezwungen, Sie um einen dringenden Gefallen zu bitten. Ihre Kunst wird meine Ehre retten. Heute kommt der junge Lord Northwick aus London zu mir, der ebenfalls ein Gemälde von del Piombo besitzt, wie Sie wissen.»

Magor verbeugte sich.

«Ich hole mir nur die Utensilien, Herr Oberst.»

Nach etwa zwei Minuten war er wieder zurück, immer noch im Morgenmantel und mit einem Holzkoffer in der Hand. Unverzüglich klappte er diesen auf, entnahm ihm eine Flasche Salmiakgeist, eine Rolle Watte, verschiedene Lappen und Radiermesser und machte sich an die Arbeit. Während er mechanisch die schwarze Gestalt und das weiße Gesicht Simpsons vom Lack abschabte und abwischte, war er mit seinen Gedanken ganz woanders – doch woran er dachte, soll den Leser, der fremdes Leid zu respektieren weiß, hier nicht weiter interessieren. Nach einer halben Stunde war Simpsons Portrait restlos entfernt, und die feuchten Farben, aus denen es bestanden hatte, waren in Magors Lappen zurückgeblieben.

«Erstaunlich», sagte der Oberst, «erstaunlich. Der arme Simpson ist spurlos verschwunden.»

Gelegentlich kann uns eine zufällige Bemerkung auf eine sehr wichtige Idee bringen. Genau so erging es jetzt Magor, der beim Einpacken seines Werkzeugs plötzlich zusammenfuhr und innehielt.

«Seltsam», dachte er, «sehr seltsam. Hat er etwa...»

Er betrachtete die Lappen mit der daran haftenden Farbe, und plötzlich drückte er sie mit sonderbar verzerrtem Gesicht zu einem Klumpen zusammen und warf ihn aus dem Fenster, neben dem er gearbeitet hatte. Dann fuhr er sich mit der flachen Hand über die Stirn und warf dem Obersten einen erschrockenen Blick zu – der seine Erregung allerdings anders interpretierte und seinem Blick auswich –, und lief dann in ungewohnter Eile aus dem Saal, direkt in den Garten.

Dort unter dem Fenster, zwischen Mauer und Rhododendron, stand der Gärtner und kratzte sich am Kopf, während er sich über einen Mann im schwarzen Anzug beugte, der mit dem Gesicht nach unten auf dem Rasen lag. Magor trat schnell näher.

Der Mann bewegte den Arm und drehte sich um. Dann kam er mit einem verwirrten Lächeln auf die Beine.

«Simpson, um Gottes willen, was ist passiert?» fragte Magor und starrte ihm ins bleiche Gesicht.

Simpson lächelte wieder.

«Es tut mit entsetzlich leid... Wie dumm... Ich bin in der Nacht spazierengegangen – und bin eingeschlafen, hier auf dem Rasen. Oh, wie tut das weh... Ich hatte einen ungeheuerlichen Traum... Wie spät ist es?»

Der Gärtner, der allein zurückgeblieben war, schüttelte mit einem Blick auf den zerdrückten Rasen mißbilligend den Kopf. Dann bückte er sich und hob eine kleine, dunkle Zitrone mit dem Abdruck von fünf Fingern vom Boden auf. Er steckte die Zitrone in die Tasche und ging zum Tennisplatz, um die steinerne Walze zu holen.

10

So bleibt also die trockene, verschrumpelte Frucht, die der Gärtner zufällig fand, das einzige ungelöste Rätsel in dieser ganzen Erzählung. Der Chauffeur, der zum Bahnhof geschickt worden war, brachte das schwarze Automobil zurück sowie einen Zettel von Frank, der in der Schlüsseltasche auf dem Sitz gelegen hatte.

Der Oberst las ihn Magor vor:

«Mein lieber Vater», schrieb Frank, «ich habe Deine beiden Wünsche erfüllt. Du wolltest in Deinem Hause keine Romanzen, deshalb reise ich ab und nehme die Frau mit, ohne die ich nicht leben kann. Außerdem sollte ich Dir eine Probe meines Könnens geben: Deshalb habe ich Dir ein Portrait meines ehemaligen Freundes gemalt, dem Du übrigens ausrichten kannst, daß ich Denunzianten nur lächerlich finde. Ich habe ihn nachts gemalt, nach dem Gedächtnis – und wenn er nicht ganz genau getroffen ist, so sind die knappe Zeit, die schlechte Beleuchtung und meine verständliche Eile daran schuld. Dein neues Automobil fährt ausgezeichnet. Ich lasse es *poste restante* in der Bahnhofsgarage.»

«Na großartig», fauchte der Oberst. «Ich wüßte nur gerne, wovon du deinen Unterhalt bestreiten willst.»

Magor räusperte sich, bleich wie ein Embryo in Spiritus, und sagte:

«Es besteht kein Grund mehr, Ihnen die Wahrheit vorzuenthalten, Oberst. Luciani hat Ihre Venezianerin nie gemalt. Sie ist nur eine hervorragende Kopie.»

Der Oberst erhob sich langsam.

«Dies hat Ihr Sohn gemalt», fuhr Magor fort, und plötzlich begannen seine Mundwinkel zu zittern und fielen herunter. «In Rom. Ich habe ihm die Leinwand besorgt und die Farben. Sein Talent hat mich dazu verleitet. Die Hälfte der Summe, die Sie bezahlt haben, ging an ihn. Oh, mein Gott!»

Der Oberst ließ seine Schädelmuskeln spielen, sah auf das schmutzige Taschentuch, mit dem Magor sich die Augen wischte, und begriff, daß dem armen Kerl nicht zum Scherzen zumute war.

Dann drehte er sich um und betrachtete die Venezianerin. Auf dem dunklen Grund leuchtete ihre Stirn, sanft schimmerten ihre langen Finger, der Luchspelz rutschte ganz entzückend von der Schulter, und in ihrem Mundwinkel stand ein geheimnisvolles Lächeln.

«Ich bin stolz auf meinen Sohn», sagte der Oberst ruhig.

Der Drache

Er lebte völlig abgeschieden in der Finsternis einer tiefen Höhle im Herzen eines zerklüfteten Berges, und seine einzige Nahrung waren Fledermäuse, Ratten und Schimmelfladen. Bisweilen wagten sich freilich Höhlenforscher oder vorwitzige Wandersleute in die Höhle, und das war dann eine leckere Abwechslung. Auch die Erinnerung an jenen Räuber, der dort seiner gerechten Strafe zu entgehen suchte, schmeckte noch angenehm, oder die an die beiden Hunde, die man seinerzeit in die Höhle geschickt hatte, um herauszufinden, ob der Pfad nicht etwa quer durch den ganzen Berg führe. Ringsum war unberührte Natur, auf den Felsen lag hie und da schütterer Schnee, mit kaltem Gebraus donnerten Wasserfälle zu Tal. Er war vor rund tausend Jahren aus dem Ei geschlüpft. Und vielleicht lag es daran, daß dies einigermaßen plötzlich geschehen war – in einer Sturmnacht hatte ein Blitzschlag das riesige Ei gespalten –, daß der Drache etwas feige und einfältig geraten war. Außerdem war der Tod seiner Mutter ein schwerer Schlag für ihn gewesen... Lange Zeit hatte sie Furcht und Schrecken in den umliegenden Siedlungen verbreitet, Feuer gespien und den Zorn des Königs erregt, so daß um ihren Lagerplatz ständig gepanzerte Ritter herumstrichen, die sie dann mit Wonne knackte wie Nüsse. Doch eines schönen Tages, als sie gerade den fetten Koch des Königs verschlungen hatte und auf einem sonnenwarmen Felsen eingeschlafen war, preschte der große Ganon selber auf sie zu, in ehernem Harnisch und auf einem Rappen in silbernem Kettenpanzer. Die Ärmste bäumte sich schlaftrunken auf und ließ ihre grünen und roten Höcker wie Scheiterhaufen auflodern, als der Ritter ihr auch schon in vollem Galopp die Lanze ungestüm in die glatte weiße Brust stieß – sie brach zusammen, und aus der blutroten Wunde kullerte sogleich der dicke Koch heraus und trug ihr gewaltiges, noch dampfendes Herz unter dem Arm.

Von seinem Felsenversteck aus hatte der junge Drache dies alles mitangesehen, und seither verursachte ihm schon der bloße Gedanke an einen Ritter Übelkeit. Er zog sich in die Tiefe seiner Höhle zurück und warf nie wieder einen Blick nach draußen. So vergingen zehn Jahrhunderte – zwanzig Drachenjahre.

Eines Tages erfaßte ihn jedoch ein unbändiges Sehnen... Daran war die abgestandene Höhlenkost schuld, die heftige Magenkrämpfe, ein widerliches Kollern und starke Schmerzen hervorrief. Neun Jahre lang ging er mit sich zu Rate, und im zehnten Jahr faßte er einen Entschluß. Seine Schwanzringe langsam und vorsichtig anziehend und wieder streckend, kroch er aus seiner Höhle.

Und sofort spürte er: Es war Frühling. Die schwarzen Felsen, die ein Regenguß gerade reingewaschen hatte, glänzten und glitzerten, im Hochwasser des Gebirgsbachs sprudelten die Sonnenstrahlen, und es duftete nach Wildbret. Da blähte der Drache seine feurigen Nüstern weit auf und machte sich auf den Weg ins Tal hinunter. Sein seidiger, wie weiße Wasserlilien schimmernder Bauch berührte fast die Erde, auf seinen aufgeblähten, grünen Flanken prangten feuerrote Flecken, und auf dem Rücken erhoben sich die kräftigen Schuppen zu spitzen Flammen – zu einem doppelten Kamm rotschimmernder Höcker, die sich zu dem kraftvollen und geschmeidigen Schwanz hin verjüngten. Sein Kopf war glatt und grünlich, feurige Schaumblasen hingen ihm von der weichen, warzigen Unterlippe, und die riesigen, beschuppten Füße hinterließen tiefe Spuren, sternförmige Gruben. Das erste, was er unten im Tal sah, war ein Zug, der an den Felshängen entlangsauste.

Anfangs freute sich der Drache, weil er den Zug für einen Artgenossen hielt, mit dem sich spielen ließe; außerdem vermutete er zartes Fleisch unter der glitzernden, offensichtlich harten Hornhaut. Deshalb machte er sich mit schallend patschenden Sohlen an die Verfolgung, doch als er gerade nach dem letzten Waggon greifen wollte, verschwand der Zug in einem Tunnel. Der Drache blieb stehen und steckte den Kopf in das schwarze Loch, in dem die Beute verschwunden war; doch da war kein Durchkommen. Er nieste ein paarmal feurig hinein, zog dann den Kopf zurück und setzte sich auf den Hinterbeinen geduldig auf die Lauer: Der Kerl würde schon wieder herauskommen. Nachdem er aber eine ganze Weile gewartet hatte, schüttelte er den Kopf und machte sich wieder auf den Weg. In diesem Augenblick kam ein Zug aus dem schwarzen Loch herausgeflitzt, blinkte hinterlistig mit seinen

Scheiben und versteckte sich hinter einer Biegung. Der Drache schaute beleidigt über die Schulter, reckte seinen Schwanz wie einen Schornstein in die Höhe und setzte seinen Weg fort.

Die Dämmerung brach herein. Nebelschwaden trieben über die Felder. Auf ihrem Heimweg erblickten Bauern ein riesenhaftes Untier, einen lebenden Berg, und blieben stumm und starr vor Entsetzen stehen; selbst einem kleinen Auto, das über die Landstraße dahinjagte, platzten vor Schreck gleich alle vier Reifen, und es landete mit einem Satz im Graben. Doch der Drache lief und lief und achtete auf gar nichts: Von ferne lockte der höchst anregende Duft einer geballten Menschenmenge – und da wollte er hin. Schon wuchsen aus dem weiten, dunklen Blau des Nachthimmels vor ihm schwarze Fabrikschlote in die Höhe, die die große Industriestadt wie Wachttürme überragten.

Es gab zwei führende Persönlichkeiten in dieser Stadt: den Besitzer der Tabakfirma «Wunderwerk» und den Besitzer der Tabakfirma «Großer Helm». Zwischen beiden tobte eine uralte, erbitterte Rivalität, über die man einen ganzen Roman schreiben könnte. Sie versuchten, einander in allem und jedem zu übertreffen: in der Farbenpracht ihrer Werbeplakate, in ihren Verkaufsmethoden, ihren Preisen, im Verhältnis zu ihren Arbeitern – und niemand konnte mit Sicherheit sagen, wer gerade die Nase vorn hatte.

In jener denkwürdigen Nacht saß der Chef von «Wunderwerk» zu sehr später Stunde noch in seinem Büro. Neben ihm auf dem Tisch lag ein ganzer Stapel neuer, druckfrischer Plakate, die die Werbekolonnen bei Tagesanbruch überall in der Stadt kleben sollten.

Plötzlich unterbrach ein Klingeln die nächtliche Stille, und gleich darauf stand ein totenbleicher Mann im Zimmer, auf dessen rechter Wange eine Warze wie eine Klette klebte. Der Fabrikant kannte ihn: Es war der Wirt der gemütlichen Kneipe am Stadtrand, die von der Firma «Wunderwerk» eingerichtet worden war.

«Es ist nach eins, mein Lieber. Da müssen Sie aber schon einen ganz außerordentlich wichtigen Grund für Ihr Kommen haben.»

«Habe ich auch», sagte der Kneipenwirt ruhig, obwohl seine Warze hin und her hüpfte. Und er berichtete folgendes:

Er hatte gerade fünf alte, stockbetrunkene Arbeiter aus seiner Kneipe hinauskomplimentiert. Auf der Straße mußten die dann etwas ungeheuer Interessantes zu sehen bekommen haben, denn sie fingen alle laut zu lachen an:

«Hahaha», dröhnte die Stimme des einen, «ich muß ja schon ganz schön besoffen sein, wenn ich mit eigenen Augen die Hydra der Konterre...»

Doch weiter kam er nicht. Es erhob sich ein gräßlicher, wüster Lärm, jemand schrie; da ging der Wirt hinaus, um nachzusehen. Ein Ungeheuer, das in der Finsternis wie ein nasser Berg schimmerte, verschlang mit weit zurückgeworfenem Kopf gerade etwas Großes, das im Hinunterrutschen den weiß schimmernden Hals mit fließenden Beulen aufblähte; danach leckte es sich die Lefzen, schüttelte sich von Kopf bis Schwanz kräftig und ließ sich gemächlich in der Mitte der Straße nieder.

«Ich glaube, dann ist es eingeschlafen», schloß der Kneipenwirt und hielt mit dem Finger seine hüpfende Warze fest.

Der Fabrikant erhob sich. Seine harten Goldplomben sprühten Feuer vor Begeisterung. Das Auftauchen eines lebendigen Drachen löste keine anderen Gefühle in ihm aus als das eine leidenschaftliche Verlangen, das ihn in allem leitete: die Konkurrenz zu schlagen.

«Heureka!» rief er aus. «Eine Frage noch, lieber Freund, gibt es weitere Zeugen?»

«Ich glaube nicht», antwortete der Kneipenwirt. «Alles schlief, und ich wollte niemanden wecken und kam direkt zu Ihnen. Um jede Panik zu vermeiden.»

Der Fabrikant setzte seinen Hut auf.

«Ausgezeichnet. Nehmen Sie das hier – nein, nicht den ganzen Packen, so dreißig, vierzig Blatt; und den Leimtopf da, jawohl – und einen Pinsel dazu. Gut so. Und jetzt führen Sie mich hin.»

Sie gingen in die dunkle Nacht hinaus und kamen bald zu der stillen Straße, an deren Ende nach den Worten des Wirts das Ungeheuer lag. Beim Schein der einzigen gelben Laterne erblickten sie als erstes einen Polizisten, der mitten auf der Fahrbahn auf dem Kopf stand. Später stellte sich heraus, daß er am Ende seines nächtlichen Streifengangs auf den Drachen gestoßen und dermaßen erschrocken war, daß er kopfüber versteinerte. Der Fabrikant, hochgewachsen und stark wie ein Gorilla, stellte ihn wieder auf die Füße und lehnte ihn an den Laternenpfahl; dann trat er an den Drachen heran. Der Drache schlief, und das war ja auch kein Wunder. Die Personen, die er verschlungen hatte, waren gründlich vom Alkohol durchtränkt gewesen und mit einem saftigen Schmatzlaut in seinem Schlund zerplatzt. Der Alkohol auf nüchternen Magen war dem Drachen zu Kopfe gestiegen, und selig lächelnd hatte er seine Augenlider geschlossen. Er lag mit angewinkelten Vorderbeinen auf dem Bauch, und im Laternenschein hoben sich die glitzernden Bogen seiner Doppelhöcker besonders deutlich ab.

«Legen Sie die Leiter an», sagte der Fabrikant zum Kneipenwirt, «ich werde selber kleben.»

Und ohne besondere Eile wählte er auf den glitschigen, grünen Flanken des Ungeheuers die geeigneten glatten Flächen aus und begann, die Schuppenhaut mit Kleister zu bestreichen und die großen Plakate darauf festzudrücken. Als alle Plakate aufgebraucht waren, drückte er dem tapferen Wirt gravitätisch die Hand und ging, auf seiner Zigarre kauend, nach Hause.

Der Morgen dämmerte herauf, ein herrlicher Frühlingsmorgen mit weichen, fliederfarbenen Konturen. Plötzlich erhob sich auf den Straßen ein fröhliches, aufgeregtes Geschrei, quietschten Türen und Fensterrahmen, strömten Leute ins Freie und schlossen sich denen an, die lachend in eine bestimmte Richtung strebten. Über den Asphalt dort stapfte mit müden, schlurfenden Schritten ein mit bunten Werbesprüchen zugekleisterter Drache, der täuschend echt und lebendig wirkte. Selbst auf seinem glatten Hinterkopf klebte noch ein Plakat. «Rauchen Sie nur ‹Wunderwerk›», jauchzten tiefblaue und grellrote Reklamebuchstaben. «Ein Narr, wer nicht meine Zigaretten raucht», «‹Wunderwerk›–Tabak macht die Luft zu

Honigduft», «Wunderwerk» – «Wunderwerk» – «Wunderwerk»!

«Wahrhaftig ein Wunderwerk!» kicherte die Menge. «Wie funktioniert das bloß – mit einem Auto, oder sind da Menschen drunter?»

Dem Drachen war abscheulich zumute nach dem unfreiwilligen Zechgelage. Von diesem garstigen Schnaps war ihm nun leicht übel, er fühlte sich schlapp am ganzen Körper, und an Frühstück war nicht zu denken. Zu allem Überfluß hatte ihn jetzt auch noch ein heftiges Schamgefühl erfaßt, die quälende Verlegenheit eines Wesens, das zum allerersten Mal in eine Menschenmenge gerät. Ehrlich gesagt, wollte er am liebsten auf dem schnellsten Wege in seine Höhle zurück, aber dies wäre noch peinlicher gewesen – so setzte er eben grimmig seinen Marsch durch die Stadt fort. Ein paar Leute mit Plakaten auf dem Rücken schützten ihn vor allzu Neugierigen – vor kleinen Jungen, die es darauf abgesehen hatten, unter seinem weißen Bauch durchzulaufen, auf seinen hohen Rückenkamm zu klettern oder sein Maul zu berühren. Eine Musik spielte auf, aus allen Fenstern gafften die Leute, hinter dem Drachen fuhren die Autos im Gänsemarsch. In einem von ihnen saß lässig der Fabrikant, der Held des Tages.

Der Drache ging weiter, ohne jemanden anzusehen, verwirrt durch die unbegreifliche Fröhlichkeit, die er auslöste.

Der andere Fabrikant, der Besitzer der Firma «Großer Helm», ging derweil in seinem hellen Arbeitszimmer auf dem moosweichen Teppich auf und ab und ballte die Fäuste. Am offenen Fenster stand seine

Freundin, die kleine Seiltänzerin, und schaute sich den fröhlichen Umzug an.

«Das ist empörend!» krächzte der Fabrikant, ein älterer Kahlkopf mit welken, graublauen Tränensäcken unter den Augen. «Die Polizei müßte solchen Unfug verbieten... Wann hat er diese Vogelscheuche bloß zusammengezimmert?»

«Ralf!» rief die Seiltänzerin auf einmal und klatschte in die Hände. «Ich weiß, was du tust. Bei uns im Zirkus haben wir da eine Nummer ‹Turnier›, und das...»

In aufgeregtem Flüsterton erklärte sie ihm ihren Plan und riß ihre geschminkten Puppenaugen dabei immer weiter auf. Der Fabrikant strahlte. Im nächsten Augenblick war er schon am Telephon und sprach mit dem Zirkusdirektor.

«So», sagte der Fabrikant, als er den Hörer auflegte. «Dieser aufgeblasene Gummipopanz. Wollen wir doch mal sehen, was von ihm übrigbleibt, wenn man ihn einmal ordentlich piekst...»

Der Drache stapfte unterdessen über die Brücke, am Markt und an der gotischen Kathedrale vorbei, die die unangenehmsten Erinnerungen in ihm wachrief, dann den großen Boulevard entlang und über einen weiten Platz, als ihm plötzlich durch die sich teilende Menge ein Ritter entgegenkam. Der Ritter trug einen ehernen Harnisch mit heruntergelassenem Visier und einer traurigen Feder auf dem Helm, und sein Pferd war ein stämmiger Rappe in einem silbrigen Kettenpanzer. Schildknappen – als Pagen verkleidete Frauen – gingen zu seinen Seiten, auf ihren hastig bemalten Fahnen stand: «Großer Helm», «Rauchen Sie nur ‹Großer

Helm›», «Großer Helm bezwingt sie alle». Der Zirkusreiter, der den Ritter darstellte, gab seinem Pferd die Sporen und umklammerte die Lanze noch fester. Doch plötzlich scheute das Pferd, bekam Schaum vorm Maul, bäumte sich hoch auf und setzte sich schwer auf die Hinterhand. Der Ritter knallte scheppernd auf den Asphalt, als hätte man sämtliche Kochtöpfe der Stadt aus dem Fenster geworfen. Aber der Drache sah das alles nicht mehr. Bei der ersten Bewegung des Ritters war er abrupt stehengeblieben, hatte dann entschlossen kehrtgemacht, dabei mit einem Schwanzschlag zwei neugierige alte Frauen von ihrem Balkon gefegt und die Flucht ergriffen, wobei er alles auf seinem Wege niedertrampelte. Ohne anzuhalten rannte er aus der Stadt, raste querfeldein zu seinem Berg, kletterte die Felsenhänge hinauf und verschwand in seiner abgrundtiefen Höhle. Dort fiel er rücklings nieder, streckte mit angezogenen Beinen den finsteren Gewölben seinen seidigen, weißen zuckenden Bauch entgegen, holte noch einmal tief Atem, schloß verwundert die Augen – und verschied.

Bachmann

Die Zeitungen brachten vor kurzem eher beiläufig die Nachricht, daß der vormals berühmte Klaviervirtuose und Komponist Bachmann von der Welt vergessen im St. Angelica-Heim des kleinen Schweizer Ortes Marival gestorben sei. Dies erinnerte mich an die Geschichte einer Frau, die ihn geliebt hatte. Sie wurde mir vom Impresario Sack erzählt. Hier ist sie.

Mme Perow machte Bachmanns Bekanntschaft etwa zehn Jahre vor seinem Tod. Damals war das goldene Beben der unergründlichen und aberwitzigen Musik, die er spielte, schon in Wachs festgehalten wie auch in den berühmtesten Konzertsälen der Welt zu hören. Eines Abends – an einem jener durchsichtig blauen Herbstabende, wenn man sich mehr vor dem Alter als vor dem Tode fürchtet – erhielt Mme Perow ein Briefchen von einer guten Bekannten. Darin stand zu lesen: «Ich möchte Ihnen gerne Bachmann zeigen. Er wird nach dem Konzert heute abend bei mir sein. Kommen Sie!»

Ich stelle mir mit besonderer Deutlichkeit vor, wie sie ein schwarzes, dekolletiertes Kleid anzog, Parfum auf Nacken und Schultern sprühte, ihren Fächer und ihren Stock mit dem Türkisknauf nahm, sich einen scheidenden Blick in der dreifachen Tiefe eines Ankleidespiegels zuwarf und in eine Träumerei versank, die bis zur Ankunft im Haus ihrer Bekannten anhielt. Sie wußte, daß sie unscheinbar und zu dünn war und ihre Haut von nahezu krankhafter Blässe; doch diese verblühte Frau mit dem – nicht ganz gelungenen – Gesicht einer Madonna war eben wegen all der Dinge, deren sie sich schämte – der Blässe ihres Teints und eines kaum merklichen Hinkens, das sie zwang, einen Stock zu benützen – anziehend. Ihr Mann, ein tüchtiger und umsichtiger Geschäftsmann, war auf Reisen. Sack kannte ihn nicht persönlich.

Als Mme Perow in den kleinen, lila beleuchteten Salon trat, wo ihre Bekannte, eine stattliche, laute Dame mit einem Amethystdiadem, schwerfällig von Gast zu Gast flatterte, wurde ihre Aufmerksamkeit sofort von einem hochgewachsenen Mann mit glattrasiertem, leicht gepudertem Gesicht angezogen, der, den Ellenbogen auf dem Deckel, am Klavier lehnte und mit irgendeiner Geschichte drei Damen unterhielt, die sich um ihn gruppiert hatten. Seine Frackschwänze hatten ein handfest aussehendes, besonders dickes Seidenfutter, und während des Sprechens warf er sein dunkles, glänzendes Haar zurück, wobei er gleichzeitig die Flügel seiner Nase blähte, die sehr weiß war und einen eher eleganten Höcker hatte. Seine ganze Erscheinung hatte etwas Mildtätiges, Brillantes und Unangenehmes.

«Die Akustik war schrecklich!» sagte er mit einem Achselzucken. «Und die Zuhörer waren allesamt erkältet. Sie wissen ja, wie das ist: Da räuspert sich jemand, andere fallen ein, und los geht's.» Er lächelte und warf sein Haar zurück. «Wie Dorfhunde, die sich nachts zubellen!»

Sich leicht auf ihren Stock stützend, trat Mme Perow hinzu und sagte das erstbeste, was ihr in den Sinn kam:

«Sie müssen müde sein nach Ihrem Konzert, Herr Bachmann?»

Sehr geschmeichelt verbeugte er sich.

«Hier liegt ein kleiner Irrtum vor, Madame. Mein Name ist Sack. Ich bin nur der Impresario unseres Maestros.»

Alle drei Damen lachten. Mme Perow geriet aus der Fassung, lachte aber auch. Sie wußte von Bachmanns erstaunlichem Spiel nur vom Hörensagen und hatte noch nie ein Bild von ihm gesehen. In diesem Augenblick wogte die Gastgeberin auf sie zu, umarmte sie und wies mit einer Bewegung ihrer Augen, als wolle sie ihr ein Geheimnis mitteilen, auf das entfernte Ende des Raums und flüsterte: «Das ist er – schauen Sie!»

Erst da sah sie Bachmann. Er stand ein wenig abseits von den anderen Gästen. Seine kurzen Beine in ausgebeulten schwarzen Hosen waren weit gespreizt. Er las im Stehen eine Zeitung. Die zerknitterte Seite hielt er nah an die Augen und bewegte die Lippen, wie es Halbanalphabeten beim Lesen tun. Er war klein und hatte eine Glatze, über die eine bescheidene Spur Haare lief. Er trug einen gestärkten Umschlagkragen, der zu weit für ihn schien. Ohne die Augen von der Zeitung zu nehmen, kontrollierte er geistesabwesend mit einem Finger seinen Hosenschlitz, und seine Lippen bewegten sich mit noch größerer Konzentration.

Er hatte ein sehr lustiges, kleines, rundliches, blaues Kinn, das einem Seeigel glich.

«Wundern Sie sich nicht», sagte Sack, «er ist ein Barbar, wie er im Buche steht – sobald er in Gesellschaft kommt, schnappt er sich irgendwas und fängt an zu lesen.»

Bachmann fühlte mit einmal, daß alle ihn ansahen. Er wandte ihnen langsam sein Gesicht zu und lächelte mit hochgezogenen Augenbrauen ein wunderbares, furchtsames Lächeln, das sein ganzes Gesicht in sanfte kleine Fältchen legte.

Die Gastgeberin eilte auf ihn zu.

«Maestro», sagte sie, «erlauben Sie mir, Ihnen eine weitere Verehrerin vorzustellen, Madame Perow.»

Er streckte eine knochenlose, feuchte Hand aus. «Sehr erfreut, freut mich wirklich sehr.»

Und er vertiefte sich wieder in seine Zeitung.

Mme Perow trat beiseite. Rosige Flecken erschienen auf ihren Wangenknochen. Das fröhliche Hin- und Hergeflacker ihres schwarzen Fächers, der agaten glänzte, ließ ihre hellen Schläfenlocken flattern. Sack erzählte mir später, daß sie ihm an jenem ersten Abend als außerordentlich «temperamentvolle», wie er es ausdrückte, und außerordentlich reizbare Frau erschien, trotz ihrer ungeschminkten Lippen und ihrer strengen Haartracht.

«Die suchten und fanden sich», vertraute er mir mit einem Seufzer an. «Was Bachmann betraf, so war er ein hoffnungsloser Fall, ein Mann ohne jeden Funken Verstand. Und dazu trank er auch noch, müssen Sie wissen. An dem Abend, an dem sie sich begegneten, mußte ich ihn Hals über Kopf fortschaffen. Auf einmal hatte er nämlich um Cognac gebeten, und er sollte doch nicht, er sollte wirklich nicht. Wir hatten ihn angefleht: ‹Trinken Sie fünf Tage lang nichts, nur fünf Tage› – er hatte diese fünf Konzerte zu geben, verstehen Sie. ‹Das ist vertraglich vereinbart, vergessen Sie das nicht.› Stellen Sie sich vor, da reimt doch so ein Dichterling in seinem Witzblättchen ‹auf trunkenem Fuße› mit ‹Konventionalbuße›. Wir haben wirklich auf dem letzten Loch gepfiffen. Und außerdem war er reizbar, launisch und schlampig, müssen Sie wissen. Ein ganz unnormales Individuum. Aber wie er spielte...»

Und Sack warf seine dünner werdende Mähne nach hinten und verdrehte wortlos die Augen.

Als Sack und ich die Zeitungsausschnitte durchgingen, die in ein Album geklebt waren, das so schwer war wie ein Sarg, gewann ich die Überzeugung, daß es zu eben der Zeit gewesen sein muß, in jenen Tagen, da Bachmann sich die ersten Male mit Mme Perow traf, daß der eigentliche, weltweite – aber ach, wie vergängliche! – Ruhm dieses erstaunlichen Menschen begann. Wann und wo sie ein Liebespaar wurden, weiß keiner. Aber nach der Soirée im Hause ihrer Freundin besuchte sie alle Konzerte Bachmanns, wo sie auch stattfinden mochten. Sie saß immer in der ersten Reihe, sehr gerade, mit glattem Haar, in einem schwarzen, am Hals offenen Kleid. Jemand gab ihr den Beinamen «Lahme Madonna».

Bachmann pflegte die Bühne zu betreten, als ob er vor einem Feind oder einfach vor lästigen Händen flöhe. Ohne vom Publikum Notiz zu nehmen, eilte er auf den Flügel zu, beugte sich über den runden Hocker und drehte auf der Suche nach einer millimetergenauen Höhe zärtlich am hölzernen Stellrad des Sitzes. Die ganze Zeit über gurrte er leise und inbrünstig und flehte den Hocker in drei Sprachen an. Diese Fummelei dauerte ihre Zeit. Englische Zuhörer waren gerührt, französische amüsiert, deutsche verärgert. Hatte er die richtige Höhe gefunden, gab Bachmann dem Hocker einen kleinen liebevollen Klaps, nahm Platz und tastete mit den Sohlen seiner uralten Halbschuhe nach den Pedalen. Dann zog er ein großes, unreinliches Schnupftuch hervor und musterte, während er sich damit penibelst die Hände wischte, mit einem schelmischen, gleichwohl ängstlichen Zwinkern die erste Sitzreihe. Schließlich senkte er sanft seine Hände auf die Tasten. Plötzlich zuckte jedoch ein gequälter kleiner Muskel unter seinem Auge; er schnalzte mit der Zunge, kletterte vom Hocker und begann erneut seine zärtlich quietschende Scheibe zu drehen.

Sack glaubt, daß Mme Perow, als sie nach Hause kam, nachdem sie Bachmann das erste Mal gehört hatte, sich ans Fenster setzte und dort seufzend und lächelnd bis in den Morgen sitzen blieb. Er beteuert, daß Bachmann nie zuvor mit solcher Schönheit, mit solcher Hingabe gespielt habe und daß sein Vortrag von Mal zu Mal noch schöner und noch hingebungsvoller geworden sei. Mit unvergleichlicher Kunst beschwor Bachmann die Stimmen des Kontrapunktes und löste sie wieder auf, ließ Dissonanzen den Eindruck wundersamer Harmonien erwecken und verfolgte in seiner Tripelfuge das Thema, indem er anmutig und leidenschaftlich mit ihm spielte wie die Katze mit der Maus: Er tat, als habe er es entwischen lassen, dann aber, ganz plötzlich, beugte er sich über die Tasten und stürzte sich in einem Ausbruch hinterhältigen Vergnügens darauf und holte es sich wieder. War dann sein Engagement in einer Stadt zu Ende, verschwand er mehrere Tage und ging auf Sauftour.

Die Stammgäste der dubiosen kleinen Spelunken, die giftig im Dunst einer düsteren Vorstadt glühen, bekamen einen kleinen untersetzten Mann mit wirrem Haar um den kahlen Scheitel herum und mit feuchten Augen zu sehen, die so rosarot waren wie Entzündungen, der sich immer eine abgelegene Ecke suchte, aber gern einen ausgab, wenn man ihn darum anhielt. Ein alter, kleiner Klavierstimmer, seit langem nur noch die Ruine seiner selbst, der bei mehreren Gelegenheiten mit ihm trank, kam zu dem Schluß, daß sie derselben Zunft angehörten, da Bachmann, wenn er betrunken war, mit den Fingern auf den Tisch trommelte und mit dünner, hoher Stimme ein sehr reines a sang. Manchmal schleppte ihn eine auf Arbeit erpichte Hure mit hohen Backenknochen ab. Manchmal riß er dem Spelunkenfiedler die Geige aus den Händen, stampfte darauf herum und wurde zur Strafe verdroschen. Er ließ sich mit Spielern, mit Matrosen, mit Schwergewichtlern, die die Hernie um ihre Arbeit gebracht hatte, und mit einer Gilde zurückhaltender, zuvorkommender Diebe ein.

Nächtelang suchten ihn Sack und Mme Perow. Es ist richtig, daß Sack nur dann nach ihm Ausschau hielt, wenn es galt, ihn für ein Konzert wieder in Schuß zu bringen. Manchmal trieben sie ihn irgendwo auf, und manchmal erschien er triefäugig, verdreckt und ohne Kragen von sich aus bei Mme Perow; die liebenswürdige, schweigsame Dame steckte ihn dann ins Bett und rief erst nach zwei oder drei Tagen Sack an, um ihm zu sagen, daß Bachmann gefunden worden sei.

Er vereinigte in sich eine Art unirdischer Scheu mit dem Mutwillen eines verzogenen Bengels. Mit Mme Perow wechselte er kaum je ein Wort. Wenn sie ihm Vorhaltungen machte und versuchte, ihn bei der Hand zu fassen, riß er sich los und schlug ihr mit schrillen Schreien auf die Finger, als ob die leiseste Berührung ihm ungeduldigen Schmerz verursache, und kroch dann unter die Decke, wo er lange Zeit vor sich hin schluchzte. Dann kam Sack, um zu sagen, es sei Zeit, sich nach London oder Rom aufzumachen, und holte Bachmann ab.

Ihr seltsames Verhältnis dauerte drei Jahre. Wenn ein mehr oder weniger wiederhergestellter Bachmann dem Publikum vorgesetzt wurde, saß Mme Perow unwandelbar in der ersten Reihe. Auf langen Reisen nahmen sie Nachbarzimmer. Mme Perow sah während dieser Zeit ihren Mann mehrere Male. Er wußte natürlich wie jedermann von ihrer stürmischen und ergebenen Leidenschaft, aber er ließ die Dinge laufen und lebte sein eigenes Leben.

«Bachmann machte aus ihrem Leben eine einzige Qual», wiederholte Sack immer aufs neue. «Ich begreife nicht, wie sie ihn lieben konnte. Die Geheimnisse des weiblichen Herzens! Einmal, als sie gemeinsam bei jemand zu Gast waren, habe ich mit eigenen Augen gesehen, wie der Maestro mit den Zähnen nach ihr schnappte wie ein Affe, und wissen Sie warum? Weil sie seine Krawatte zurechtzupfen wollte. Aber in jenen Tagen war sein Spiel das eines Genies. In jene Periode gehören seine Symphonie in d-moll und mehrere komplexe Fugen. Niemand hat gesehen, wie er sie schrieb. Die interessanteste ist die sogenannte *Goldene Fuge*. Haben Sie sie je gehört? Die Art, wie sich das Thema entwickelt, ist ganz und gar neu. Aber ich war dabei, von seinen Launen und von seinem wachsenden Irrsinn zu sprechen. Nun, das war so: Drei Jahre waren vergangen, und dann eines Abends in München, wo sein Auftritt...»

Und als Sack sich dem Ende seiner Geschichte näherte, verengte er seine Augen noch trauriger und noch beeindruckender.

Bachmann muß sich noch am Abend seiner Ankunft in München aus dem Hotel abgesetzt haben, in dem er wie üblich mit Mme Perow abgestiegen war. Es waren noch drei Tage bis zum Konzert, und deshalb befand sich Sack in einem Zustand hysterischer Unruhe. Bachmann war nirgends aufzutreiben.

Es war Spätherbst und regnete viel. Mme Perow erkältete sich und mußte das Bett hüten. Sack durchsuchte mit zwei Detektiven weiter die Kneipen.

Am Tag des Konzerts rief die Polizei an und teilte mit, Bachmann sei gefunden worden. Sie hatten ihn die Nacht zuvor auf der Straße aufgelesen, und er hatte in der Polizeiwache ausgezeichnet geschlafen. Ohne einen Ton zu sagen, fuhr ihn Sack direkt von der Polizei zum Konzertsaal, lieferte ihn wie eine Ware bei seinen Assistenten ab und fuhr ins Hotel, um Bachmanns Frack zu holen. Er erzählte Mme Perow durch die Tür, was sich zugetragen hatte. Dann kehrte er zum Konzertsaal zurück.

Den schwarzen Filzhut bis zu den Augenbrauen herabgezogen, saß Bachmann in seinem Umkleideraum und klopfte traurig mit einem Finger auf den Tisch. Leute machten sich flüsternd um ihn herum zu schaffen. Eine Stunde später nahm das Publikum im riesigen Saal Platz. Die weiße, hellerleuchtete Bühne, die auf beiden Seiten mit einer Skulptur in Form von Orgelpfeifen geschmückt war, das glänzende schwarze Instrument mit aufgeklapptem Flügel und der bescheidene Pilz des Hockers – all dies erwartete in feierlicher Muße einen Mann mit feuchten, weichen Händen, der bald den Flügel, die Bühne und den enormen Saal, wo sich wie bleiche Würmer die Schultern der Damen und die kahlen Schädel der Herren regten und glänzten, mit einem Klanghurrikan erfüllen würde.

Und nun kam Bachmann auf die Bühne spaziert. Ohne dem Donner des Willkommens, der sich wie ein kompakter Kegel erhob, um dann in vereinzeltes Klatschen zu zerfallen, Aufmerksamkeit zu schenken, machte er sich emsig gurrend daran, an der Sitzscheibe des Hockers zu drehen, und nachdem er dieser einen Klaps gegeben hatte, setzte er sich an den Flügel. Seine Hände wischend blickte er mit seinem furchtsamen Lächeln hinunter auf die erste Reihe. Jäh verschwand sein Lächeln, und Bachmann verzog das Gesicht. Das Taschentuch fiel auf den Boden. Sein aufmerksamer Blick glitt erneut über die Gesichter – und stolperte gewissermaßen, als er den leeren Sitz in der Mitte erreichte.

Bachmann knallte den Deckel zu, stand auf, trat vor bis zur Bühnenrampe, führte dort zwei oder drei lächerliche *pas* aus und rollte dazu mit den Augen und hob seine gebogenen Arme wie eine Ballerina. Das Publikum erstarrte. Von den hinteren Sitzen kam ein Ausbruch von Gelächter. Bachmann hielt inne, sagte etwas, das niemand verstand, und zeigte dann in weitausholender, bogenartiger Bewegung dem ganzen Haus eine Feige.

«Das kam so plötzlich», berichtete Sack, «daß ich nicht mehr rechtzeitig hinkam, um es zu verhindern. Ich rannte in ihn hinein, als er nach der Feige – statt der Fuge – die Bühne verließ. Ich fragte ihn: ‹Bachmann, wo wollen Sie hin?› Er warf mir eine Obszönität an den Kopf und verschwand im Aufenthaltsraum.»

Dann ging Sack persönlich auf die Bühne hinaus, in ein Gewitter von Heiterkeit und Zorn. Er hob seine Hand, verschaffte sich Ruhe und gab seine feste Zusage, daß das Konzert stattfinden werde. Im Aufenthaltsraum fand er Bachmann, der dort saß, als sei nichts passiert, und seine Lippen bewegten sich beim Durchlesen des Programmhefts.

Sack blickte auf die Anwesenden, zog bedeutungsvoll die Augenbrauen hoch und eilte zum Telephon, um Mme Perow anzurufen. Lange Zeit bekam er keine Antwort, endlich klickte etwas, und er hörte ihre schwache Stimme.

«Kommen Sie auf der Stelle hierher», stieß Sack hervor und hieb mit der Kante seiner Hand auf das Telephonbuch ein. «Bachmann spielt nicht ohne Sie. Es ist ein fürchterlicher Skandal! Das Publikum beginnt... Wie? Wie, bitte? Ja, doch, ich sage Ihnen ja, daß er sich weigert. Hallo? Oh, verflucht, jetzt ist auch noch die Leitung unterbrochen...»

Mme Perow ging es schlechter. Der Arzt, der an jenem Tage zweimal bei ihr gewesen war, hatte mit Bestürzung auf das Quecksilber geblickt, das die rote Skala in seinem Glasröhrchen derart hochgeklettert war. Als sie aufgelegt hatte – das Telephon befand sich neben ihrem Bett –, lächelte sie möglicherweise vor Glück. Zitternd und auf unsicheren Beinen begann sie sich anzuziehen. Ein unerträglicher Schmerz durchfuhr ihre Brust, aber ein Gefühl des Glücks machte sich durch den Glast und das Gesirr des Fiebers hindurch bemerkbar. Aus irgendeinem Grunde stelle ich mir vor, daß sich, als sie sich die Strümpfe überstreifte, die Seide an den Zehennägeln ihrer eisigen Füße verfing. Sie machte sich das Haar zurecht, so gut sie es konnte, hüllte sich in einen braunen Pelzmantel und verließ das Zimmer mit ihrem Stock in der Hand. Dem Portier sagte sie, er solle ein Taxi rufen. Das schwarze Straßenpflaster glänzte. Der Griff der Wagentür war naß und eiskalt. Während der ganzen Fahrt muß sie dieses verschwommene, glückliche Lächeln auf den Lippen gehabt haben, und das Geräusch des Motors und das Surren der Reifen vermischte sich mit dem heißen Sirren in ihren Schläfen. Als sie beim Konzertsaal ankam, sah sie Scharen von Leuten, die, ärgerliche Regenschirme aufspannend, auf die Straße strömten. Sie wurde beinahe umgerannt, schaffte es aber, sich durchzudrängen. Im Aufenthaltsraum stürmte Sack auf und ab und kniff sich bald in die linke, bald in die rechte Backe.

«Ich war in höchster Rage», erzählte er mir. «Während ich mich mit dem Telephon abplagte, ist der Maestro entschlüpft. Er sagte, er müsse auf die Toilette, und machte sich aus dem Staub. Als Mme Perow ankam, fiel ich über sie her – warum nur war sie nicht im Saal gewesen? Verstehen Sie, es war mir völlig egal, ich hatte vergessen, daß sie krank war. Sie fragte mich: ‹Er ist also zurück ins Hotel? Da sind wir also aneinander vorbeigefahren?› Und ich war voller Wut und schrie: ‹Ach was, zum Teufel, Hotels – der ist wieder in einer Kneipe! Einer Kneipe! Einer Kneipe!› Dabei beließ ich's und rannte davon. Mußte dem Menschen in der Kasse zu Hilfe kommen.»

Und Mme Perow machte sich zitternd und lächelnd auf die Suche nach Bachmann. Sie wußte ungefähr, wo sie nach ihm Ausschau zu halten hatte, und dorthin, in jenes dunkle und anrüchige Viertel fuhr sie ein erstaunter Chauffeur. Als sie in der Straße ankam, wo Bachmann Sack zufolge am Tag zuvor gefunden worden war, entließ sie das Taxi und ging, auf ihren Stock gestützt, den holprigen Gehweg unter den schräg herabkommenden Strömen schwarzen Regens entlang. Sie betrat eine Kneipe nach der anderen. Schwälle roher Musik betäubten sie, und Männer musterten sie unverschämt. Sie blickte sich in dem verrauchten, wirbelnden, grellen Etablissement um und ging zurück in die regengepeitschte Nacht. Bald schon schien es ihr, als ob sie unablässig ein und dieselbe Bar beträte, und eine quälende Schwäche legte sich auf ihre Schultern. Sie ging humpelnd, stöhnte kaum hörbar vor sich hin und hielt den Türkisknopf ihres Stockes fest in ihrer kalten Hand umschlossen. Ein Schutzmann, der sie eine ganze

Zeit beobachtet hatte, trat mit gemessenem, berufsmäßigem Schritt auf sie zu, fragte nach ihrer Adresse und führte sie dann fest und sanft hinüber zu einer Pferdedroschke, die Nachtdienst machte. Im knarrenden, übelriechenden Dunkel des Wagens verlor sie das Bewußtsein, und als sie wieder zu sich kam, stand die Tür offen, und der Kutscher im glänzenden Ölmantel knuffte sie mit der Peitschenspitze leicht in die Schulter. Als sie sich im warmen Korridor des Hotels wiederfand, überkam sie ein Gefühl völliger Gleichgültigkeit allem gegenüber. Sie stieß die Tür ihres Zimmers auf und trat ein. Bachmann saß auf ihrem Bett, barfuß und im Nachthemd und hatte eine Wolldecke über den Schultern, die wie ein Buckel abstand. Er trommelte mit zwei Fingern auf den Marmor des Nachttischchens, während die andere Hand mit einem löschfesten Bleistift Punkte auf einen Bogen Notenpapier machte. Vor Versunkenheit bemerkte er nicht, daß sich die Tür geöffnet hatte. Sie stieß ein leises, seufzerähnliches «Ach» aus. Bachmann fuhr zusammen. Die Decke glitt langsam von seinen Schultern.

Ich glaube, dies war die einzig glückliche Nacht in Mme Perows Leben. Ich glaube, daß diese beiden, der verrückte Musiker und die sterbende Frau, in jener Nacht Worte fanden, von denen die größten Dichter nicht geträumt hatten. Als der aufgebrachte Sack am nächsten Morgen ins Hotel kam, saß dort Bachmann mit ekstatischem, schweigsamem Lächeln und betrachtete Mme Perow, die ohne Bewußtsein unter dem Tartan quer auf dem breiten Bett lag. Niemand konnte wissen, was in Bachmanns Kopf vorging, während er auf das brennende Gesicht seiner Geliebten sah und ihrem krampfartigen Atmen zuhörte: Wahrscheinlich deutete er die Bewegungen ihres Körpers auf seine Weise, dieses Flattern und das Feuer einer tödlichen Krankheit, von der er nicht die leiseste Ahnung hatte. Sack ließ den Arzt kommen. Zuerst sah Bachmann die Anwesenden mit furchtsamem Lächeln mißtrauisch an, dann packte er den Arzt an den Schultern, rannte zurück, schlug sich vor die Stirn, stürmte auf und ab und knirschte mit den Zähnen. Sie starb noch am gleichen Tag, ohne das Bewußtsein wiedererlangt zu haben. Der Ausdruck von Glück wich nicht von ihrem Gesicht. Auf dem Nachttisch fand Sack ein verknülltes Stück Notenpapier, aber niemand war in der Lage, die lila Punkte, mit denen es übersät war, zu entziffern.

«Ich habe ihn sofort weggebracht», erzählte Sack weiter. «Ich hatte Angst vor dem, was passieren könnte, wenn der Ehemann ankäme, das verstehen Sie sicher. Der arme Bachmann war so kraftlos wie eine Stoffpuppe und verstopfte sich dauernd mit den Fingern die Ohren. Er kreischte, als ob ihn jemand kitzle: ‹Schluß mit dem Lärm! Hört mit der Musik auf, hört auf damit!› Ich weiß wirklich nicht, was ihm einen solchen Schock verursacht hatte. Unter uns: Er hat diese unglückliche Frau nie geliebt. Jedenfalls war sie sein Untergang. Nach der Beerdigung verschwand Bachmann spurlos. Sie finden seinen Namen noch immer in Werbeanzeigen für Konzertflügel, aber im großen und ganzen ist er vergessen. Erst sechs Jahre später sollte das Schicksal uns wieder zusammenführen. Nur einen einzigen Augenblick lang. Ich wartete in einem kleinen

Bahnhof in der Schweiz auf meinen Zug. Es war, wenn ich mich recht erinnere, ein grandioser Abend. Ich war nicht allein. Ja, eine Dame, aber das ist ein anderes Libretto. Und da, was glauben Sie wohl, sehe ich einen kleinen Menschenauflauf um einen kleinen Mann in einem schäbigen schwarzen Rock und mit einem schwarzen Hut. Er steckte eine Münze in einen Musikautomaten und schluchzte hemmungslos. Er warf immer wieder eine Münze ein, hörte der blechernen Musik zu und schluchzte. Dann ging die Trommel oder irgendsowas kaputt. Die Münze blieb stecken. Er rüttelte an dem Kasten, weinte lauter, gab es schließlich auf und ging davon. Ich habe ihn sofort erkannt, aber, Sie verstehen sicher, ich war ja nicht allein, ich war in Begleitung einer Dame, und es standen Leute herum, die gafften. Es wäre doch unangebracht gewesen, auf ihn zuzugehen und zu sagen: ‹Wie geht's dir, Bachmann?›»

Weihnachten

1

Nachdem er vom Dorf zurück durch die verdämmernden Schneefelder zu seinem Herrenhaus gegangen war, setzte sich Slepzow in eine Ecke auf einen plüschgepolsterten Stuhl, den jemals früher benutzt zu haben er sich nicht entsinnen konnte. Solche Sachen passieren nach großen Unglücksschlägen. Nicht der Bruder, sondern eine Zufallsbekanntschaft, ein entfernter Gutsnachbar, dem man nie viel Aufmerksamkeit geschenkt hat, mit dem man in normalen Zeiten kaum ein Wort wechselt, tröstet einen weise und sanft und reicht einem den fallen gelassenen Hut, wenn die Totenmesse vorüber ist und man vor Gram taumelt, einem die Zähne klappern und man vor Tränen nichts mehr sieht. Das gleiche läßt sich von unbelebten Gegenständen sagen. Jedes Zimmer, selbst das behaglichste oder winzigste im wenig benützten Flügel eines großen Landhauses hat eine unbewohnte Ecke. Und eben in solch eine Ecke hatte sich Slepzow gesetzt.

Der Flügel war durch eine hölzerne Galerie, die jetzt unter den Lasten unserer riesigen nordrussischen Schneewehen lag, mit dem Haupthaus verbunden, das nur im Sommer benutzt wurde. Es gab keine Notwendigkeit, es aufzuwecken, es zu heizen: Der Hausherr war nur für ein paar Tage aus Petersburg gekommen und hatte sich im Nebengebäude einquartiert, wo es keinen Aufwand machte, die Öfen aus weißglasierten Kacheln in Betrieb zu nehmen.

Der Herr saß in seiner Ecke, auf seinem Plüschstuhl, wie im Wartezimmer eines Arztes. Das Zimmer verschwamm im Dunkel; das dichte Blau des frühen Abends sickerte durch den Filter kristallener Frostfedern auf der Fensterscheibe. Iwan, der ruhige, stattliche Diener, der sich vor kurzem seinen Schnurrbart abgenommen hatte und nun wie sein verstorbener Vater, der Familienbutler, aussah, brachte eine geputzte, vor Licht überfließende Petroleumlampe herein. Er stellte sie auf einen kleinen Tisch und schloß sie geräuschlos in den Käfig ihres roten Schirms. Einen Augenblick lang schienen in einem geneigt hängenden Spiegel sein beleuchtetes Ohr und sein kurzgeschorenes Haar auf. Dann zog er sich zurück, und die Tür knarrte gedämpft.

Slepzow nahm seine Hand vom Knie und untersuchte sie langsam. Ein Tropfen Kerzenwachs war in der dünnen Hautfalte zwischen zwei Fingern festgeklebt und hart geworden. Er spreizte seine Finger, und die kleine, weiße Schuppe platzte.

2

Am folgenden Morgen, nach einer Nacht voller unsinniger, bruchstückhafter Träume ohne jede Beziehung zu seinem Gram, gab, als Slepzow auf die kalte Veranda trat, ein Bodenbrett einen fröhlichen Pistolenknall ab, und der Widerschein der bunten Scheiben formte paradiesische Rauten auf den geweißten kissenlosen Fenstersitzen. Die Außentür sperrte zunächst, öffnete sich aber dann mit wohligem Knirschen, und der blendende Frost traf sein Gesicht. Der rötliche Sand, den man vorsorglich auf das Eis gestreut hatte, welches die Stufen der Vorhalle überzog, ähnelte Zimt, und dicke, grünlichblau schimmernde Eiszapfen hingen von den Traufen. Die Schneewehen reichten bis zu den Fenstern des Nebengebäudes hinauf und hielten den schmucken kleinen Holzbau fest in ihren eisigen Pranken. Wo im Sommer Blumenbeete waren, waren leicht über die Höhe des Schnees vor der Veranda angeschwollene cremeweiße Hügel, und weiter entfernt stand in strahlendem Glanz der Park, wo jedes schwarze Zweiglein in Silber gefaßt war und die Tannen ihre grünen Tatzen unter ihre helle, plumpe Last einzuziehen schienen.

In hohen Filzstiefeln und einem kurzen, pelzgefütterten Mantel mit Karakulkragen ging Slepzow langsam einen geraden Pfad, den einzigen, der vom Schnee befreit war, entlang in die blendende ferne Landschaft hinein. Er wunderte sich, noch am Leben zu sein und den Glanz des Schnees wahrzunehmen und zu spüren, wie seine Zähne von der Kälte schmerzten. Er bemerkte sogar, daß ein schneebedeckter Busch einem Brunnen ähnelte und daß ein Hund eine Reihe safrangelber Spuren auf dem Hang einer Schneewehe hinterlassen hatte, die durch die Kruste hindurchgebrannt waren. Ein wenig weiter ragten die Tragebalken eines Stegs aus dem Schnee, und hier hielt Slepzow an. Voll Bitterkeit und Zorn stieß er die dicke, flauschige Decke vom Geländer. Er erinnerte sich lebhaft daran, wie diese Brücke im Sommer aussah. Hier kam sein Sohn gerade über die schlüpfrigen Planken, die mit Weidenkätzchen gefleckt waren, und fing mit seinem Netz geschickt einen Schmetterling, der sich auf dem Geländer niedergelassen hatte. Jetzt sieht der Junge seinen Vater. Auf immer verlorenes Lachen spielt auf seinem Gesicht unter der heruntergezogenen Krempe seines Strohhutes, der von der Sonne dunkel verbrannt ist; seine Hand spielt mit dem Kettchen des Lederbeutels, der an seinem Gürtel befestigt ist, seine lieben, glatten, sonnengebräunten Beine in ihren Sergeshorts und durchnäßten Sandalen nehmen ihre gewöhnliche fröhliche, weitgespreizte Haltung ein. Vor kurzem erst, in Petersburg, nachdem er noch in seinem Delirium über die Schule, sein Fahrrad, irgendeinen großen orientalischen Nachtfalter gebrabbelt hatte, war er gestorben, und gestern hatte Slepzow den Sarg – schwer, wie es schien, von der Last eines ganzen Lebens – aufs Land überführt, in die Familiengruft bei der Dorfkirche.

Es war so still, wie es nur an einem hellen Frosttag sein kann. Slepzow hob ein Bein, trat vom Pfad herunter und nahm – blaue Vertiefungen im Schnee hinterlassend – seinen Weg zwischen Stämmen erstaunlich weißer Bäume hin bis zu der Stelle, wo der Park zum Fluß abfiel. Tief unten funkelten Eisblöcke in der Nähe eines Loches, das in die glatte Fläche von Weiß geschnitten war, und auf dem gegenüberliegenden Ufer standen sehr gerade Säulen von rosa Rauch über den verschneiten Dächern von Holzhütten. Slepzow nahm seine Karakulmütze ab und lehnte sich gegen einen Baumstamm. Irgendwo weit weg spalteten Bauern Holz – jeder Schlag sprang widerhallend himmelwärts –, und jenseits des hellen Silberdunstes der Bäume, hoch über den kauernden Isbas, fing die Sonne den gleichmütigen Glanz des Kreuzes auf der Kirche.

3

Dorthin fuhr er nach dem Mittagessen, in einem alten Schlitten mit hoher, gerader Rückenlehne. Das Skrotum des schwarzen Hengstes klatschte laut in der frostigen Luft, die weißen Federn niedriger Zweige glitten über ihn hinweg, und von den Furchen weiter vorne ging ein silbrigblauer Schimmer aus. Als er angekommen war, saß er etwa eine Stunde beim Grab und ließ eine schwere, wollgeschützte Hand auf dem Eisen des Geländers ruhen, das seine Hand durch die Wolle verbrannte. Er kam nach Haus mit einem leichten Gefühl von Enttäuschung, als ob er dort in der Grabesgruft weiter von seinem Sohn entfernt gewesen wäre als hier, wo die unzähligen Sommerspuren seiner flinken Sandalen unter dem Schnee erhalten waren.

Am Abend ließ er, überwältigt von einem Anfall heftiger Traurigkeit, das Haupthaus öffnen. Als die Tür mit einem gewichtigen Wimmern aufschwang und ein Hauch von besonderer, unwinterlicher Kühle aus dem widerhallenden, eisenvergitterten Vestibül kam, nahm Slepzow die Lampe mit ihrem Blechreflektor aus der Hand des Wächters und betrat das Haus allein. Der Parkettboden knarrte unheimlich unter seinem Schritt. Zimmer nach Zimmer füllte sich mit gelbem Licht, und die Möbel unter ihren Leichentüchern kamen ihm unbekannt vor; anstatt des klirrenden Chandeliers hing ein lautloser Beutel von der Decke; und Slepzows enormer Schatten, der langsam einen Arm ausstreckte, floß über die Wand und über die grauen Vierecke verhängter Gemälde.

Er ging in den Raum, der im Sommer das Studierzimmer seines Sohnes gewesen war, stellte die Lampe auf den Fenstersims und öffnete – sich dabei die Fingernägel brechend – die Flügelläden, obwohl es doch draußen schon ganz dunkel war. In dem blauen Glas erschien die gelbe Flamme der leicht rauchigen Lampe, und für einen Augenblick war sein großes, bärtiges Gesicht sichtbar.

Er setzte sich am kahlen Schreibtisch nieder und musterte streng unter gesenkter Stirn hervor die fahle Tapete mit ihren Girlanden bläulicher Rosen; einen schmalen, büroartigen Kabinettschrank mit Schubladen von oben bis unten; die Couch und die Sessel unter ihren Schutzhüllen; und plötzlich ließ er den Kopf auf das Pult fallen und begann zu zittern, heftig, geräuschvoll, preßte zuerst seine Lippen, dann seine feuchte Wange gegen das kalte staubige Holz, dessen jenseitigen Ecken er krampfhaft festhielt.

Im Pult fand er ein Notizbuch, Spannbretter, Vorräte schwarzer Stecknadeln, und eine englische Keksdose enthielt einen großen, exotischen Kokon, der drei Rubel gekostet hatte. Sein Sohn hatte sich während seiner Krankheit daran erinnert, hatte bedauert, daß er ihn zurückgelassen hatte, hatte sich aber mit dem Gedanken getröstet, daß die Puppe im Innern wahrscheinlich tot war. Er fand außerdem ein zerrissenes Netz: einen Tarlatanbeutel an einem zusammenlegbaren Ring (und das Musselin roch noch nach Sommer und sonnenheißem Gras).

Dann bückte er sich tiefer und tiefer, schluchzte mit seinem ganzen Körper und begann, eine nach der anderen die glasbedeckten Laden des Kabinettschrankes herauszuziehen. Im trüben Lampenlicht leuchteten die ebenmäßigen Reihen der Spezimina seidenartig unter dem Glas auf. Hier, in diesem Zimmer, auf ebendiesem Pult, hatte sein Sohn die Flügel seiner Beutetiere gespannt. Zunächst befestigte er das sorgfältig getötete Insekt mit einer Nadel in der korkbelegten Vertiefung des Spannbrettes zwischen den verstellbaren Holzschienen, dann heftete er die noch frischen, weichen Flügel mit festgesteckten Papierstreifen flach an. Nun waren sie längst getrocknet und in den Kabinettschrank überführt worden – die spektakulären Schwalbenschwänze, die blendenden Bläulinge und Feuerfalter und die verschiedenen Fritillarien, von denen einige in Rückenlage befestigt waren, um ihre perlmutternen Unterseiten zur Schau zu stellen. Sein

Sohn pflegte ihre lateinischen Namen mit einem Stöhnen des Triumphs oder in einem schelmischen Nebenhin der Verachtung auszusprechen. Und die Nachtfalter, die Nachtfalter, der erste Espenschwärmer vor fünf Sommern!

4

Die Nacht war rauchblau und mondhell; dünne Wolken waren über den Himmel verstreut, den feinen, eisigen Mond berührten sie jedoch nicht. Die Bäume, Massen grauen Frostes, warfen dunkle Schatten auf die Schneewehen, die hier und da in metallischen Funken glitzerten. Im plüschgepolsterten, gutgeheizten Zimmer des Anbaus hatte Iwan einen zwei Fuß hohen Tannenbaum in einem Tontopf auf den Tisch gestellt und war gerade dabei, eine Kerze an der kreuzförmigen Spitze zu befestigen, als Slepzow aus dem Haupthaus zurückkam, durchfroren, mit geröteten Augen und grauverschmiertem Staub auf seiner Wange und einem hölzernen Kasten unter dem Arm. Als er den Weihnachtsbaum auf dem Tisch sah, fragte er abwesend:

«Was ist das?»

Iwan nahm ihm den Kasten ab und antwortete mit leiser, weicher Stimme:

«Es ist doch Feiertag morgen.»

«Nein, nimm ihn weg», sagte Slepzow und runzelte die Stirn, während er dachte: «Sollte es wirklich Weihnachtsabend sein? Wie konnte ich das vergessen?»

Iwan beharrte sanft:

«Er ist hübsch und grün. Lassen Sie ihn eine Weile stehen.»

«Bitte, nimm ihn weg», wiederholte Slepzow und beugte sich über den Kasten, den er mitgebracht hatte. Er hatte darin die Habseligkeiten seines Sohnes gesammelt – das zusammenlegbare Schmetterlingsnetz, die Keksdose mit dem birnenförmigen Kokon, die Nadeln in ihrer lackierten Büchse, das blaue Notizbuch. Die Hälfte der ersten Seite war herausgerissen, und das übriggebliebene Fragment enthielt einen Teil eines französischen Diktats. Dann kamen tägliche Eintragungen, Namen gefangener Schmetterlinge und andere Notizen:

«Bin bis Borowitschij durchs Moor gegangen...»

«Regnet heute. Spielte mit Vater Dame und las dann Gontscharows *Fregatte*, von tödlicher Langeweile.»

«Herrlich heißer Tag. Fuhr am Abend mit dem Rad. Eine Mücke flog mir ins Auge. Fuhr absichtlich zweimal an ihrer Datscha vorbei, sah sie aber nicht...»

Slepzow hob den Kopf, schluckte etwas Heißes, Riesiges. Von wem schrieb sein Sohn?

«Fuhr wie gewöhnlich mit dem Fahrrad», las er weiter. «Unsere Augen trafen sich beinahe, mein Schatz, mein Liebling...»

«Das ist nicht auszudenken», flüsterte Slepzow. «Ich werde nie wissen...»

Er beugte sich wieder vor und entzifferte gierig die kindliche Handschrift, die aufwärts lief, um dann am Rand nach unten abzufallen.

«Heute ein frisches Exemplar des Trauermantels gesehen. Das heißt, der Herbst ist da. Regen am Abend.

Sie ist wahrscheinlich abgereist, und wir haben uns noch nicht einmal kennengelernt. Leb wohl, mein Liebling. Ich fühle mich schrecklich traurig...»

«Er hat mir nie etwas erzählt...» Slepzow versuchte sich zu erinnern und rieb sich die Stirn mit der Handfläche.

Auf der letzten Seite war eine Federzeichnung: die Hinteransicht eines Elefanten – zwei dicke Säulen, die Ränder zweier Ohren und ein winziger Schwanz.

Slepzow stand auf. Er schüttelte seinen Kopf und unterdrückte ein neues Aufwallen häßlicher Schluchzer.

«Ich – kann – das – nicht – länger – aushalten», kam seine Stimme stockend unter Stöhnen und wiederholte sogar noch langsamer: «Ich – kann – das – nicht – länger – aushalten...»

«Es ist Weihnachten morgen», fiel ihm plötzlich wieder ein, «und ich werde sterben. Natürlich. Das ist so einfach. Noch heute nacht...»

Er zog ein Taschentuch heraus und trocknete sich die Augen, den Bart, die Wangen. Dunkle Streifen blieben auf dem Taschentuch.

«... Tod», sagte Slepzow leise, als ob er einen langen Satz abschlösse.

Die Uhr tickte. Frostmuster überlappten sich auf dem blauen Glas des Fensters. Das offene Notizbuch leuchtete strahlend auf dem Tisch, daneben fiel das Licht durch den Musselin des Schmetterlingsnetzes und gleißte auf einer Kante der offenen Dose. Slepzow preßte seine Augen zu und hatte das flüchtige Gefühl, daß das irdische Leben vor ihm läge, vollkommen bloßgelegt und verständlich – und grausig in seiner Traurigkeit, erniedrigend sinnlos, fruchtlos, bar aller Wunder...

Da, in diesem Augenblick, ertönte ein Schnappgeräusch – ein dünner Laut, wie wenn ein überdehntes Gummiband reißt. Slepzow öffnete die Augen. Der Kokon in der Keksdose war an seiner Spitze geplatzt, und ein schwarzes, gerunzeltes Wesen von der Größe einer Maus kroch die Wand über dem Tisch hoch. Es hielt inne, klammerte sich mit sechs schwarzen, pelzigen Füßen an die Oberfläche und begann seltsam zu beben. Es war aus der Puppe gebrochen, weil ein von Gram überwältigter Mann eine Blechdose in sein Zimmer gebracht hatte, und die Wärme hatte die stramme Blatt-und-Seide-Umhüllung durchdrungen; es hatte so lange auf diesen Moment gewartet, hatte voller Spannung seine Kräfte gesammelt, und nun, nachdem es ausgeschlüpft war, dehnte es sich langsam und wunderbar. Nach und nach entfalteten sich die runzligen Gewebe, die samtenen Randwimpern, das fächergefältelte Geäder festigte sich, als es sich mit Luft füllte. Unmerklich wurde es zu einem geflügelten Ding, so wie ein reifer werdendes Gesicht unmerklich schön wird. Und seine Flügel – immer noch schwach, immer noch feucht – wuchsen und entfalteten sich weiter, und jetzt hatten sie sich bis zu jener Grenze entwickelt, die ihnen von Gott gesetzt war, und dort auf der Wand war anstelle eines kleinen, lebenden Klumpens, anstelle einer dunklen Maus ein großer Atlasspinner wie jene, die in der indischen Dämmerung vogelgleich die Lampen umfliegen.

Und dann taten diese dicken schwarzen Flügel mit

ihren glasigen Augenflecken und ihrem purpurnen Flaum, der die gezackten Frontenden überstäubte, einen tiefen Atemzug unter dem Drang eines zärtlichen, hinreißenden, beinahe menschlichen Glücksgefühls.

Ein Brief, der Rußland nie erreichte

Du Bezaubernde, Liebe, Ferne, ich nehme an, daß Du in den mehr als acht Jahren unserer Trennung nichts vergessen haben kannst, wenn Du Dich sogar an den grauhaarigen, azurlivrierten Aufseher zu erinnern vermagst, der uns nicht im geringsten kümmerte, wenn wir uns, die Schule schwänzend, an frostigen Petersburger Morgen im verstaubten, kleinen, so sehr einer verklärten Schnupftabaksdose gleichenden Suworow-Museum trafen. Wie heiß haben wir uns hinter dem Rücken eines Wachsgrenadiers geküßt! Und wenn wir dann später wieder hinaustraten aus dem antiken Staub, wie blendete uns da der Silberglanz des Tawrischewskij-Parks, und wie verblüffend war es, das fröhliche, gierige, ganz von unten kommende Grunzen der Soldaten zu hören, die auf Kommando losstürmten, über den vereisten Grund schlitterten und mitten auf einer Petersburger Straße einer Puppe mit deutschem Helm das Bajonett in den Strohbauch stießen.

Ja, ich weiß, daß ich Dir in meinem letzten Brief geschworen habe, die Vergangenheit und besonders die Kleinigkeiten unserer gemeinsamen Vergangenheit nicht zu erwähnen, denn wir Exilschriftsteller sollten vornehme Zurückhaltung des Ausdrucks üben, während ich schon von der allersten Zeile an das Recht auf erhabene Unvollkommenheit verschmähe und mit Epitheta die Erinnerung betäube, an die Du mit so viel Leichtigkeit und Anmut gerührt hast. Nicht über die Vergangenheit, meine Liebe, möchte ich mit Dir sprechen.

Es ist Nacht. Nachts nimmt man mit besonderer Intensität die Unbeweglichkeit der Gegenstände wahr – einer Lampe, der Möbel, der Photographien in ihren Rahmen auf dem Schreibtisch. Dann und wann würgt und gurgelt das Wasser in seinen verborgenen Leitungen, als ob dem Haus Seufzer in die Kehle stiegen. Nachts gehe ich spazieren. Der Widerschein der Straßenlaternen rinnt über den Berliner Asphalt, dessen Oberfläche einem schwarzen Schmierfilm gleicht, in dessen Vertiefungen Pfützen stehen. Hier und da glüht ein granatrotes Licht über einem Feuermelder. Eine Glassäule voller flüssigem gelbem Licht steht an der Straßenbahnhaltestelle, und aus unerklärlichem Grunde überkommt mich ein Gefühl der Wonne und Schwermut, wenn spät in der Nacht eine leere Elektrische vorbeirasselt, deren Räder in den Kurven kreischen. Durch die Scheiben kann man deutlich die Reihen hellbeleuchteter brauner Sitze sehen, zwischen denen sich ein einsamer Schaffner mit einer schwarzen Tasche an der Seite durcharbeitet und dabei ein wenig schwankt, weshalb er, wenn er sich entgegen der Fahrtrichtung voranbewegt, ein bißchen beschwipst aussieht.

Es macht mir Vergnügen, auf meinen Wanderungen durch schweigende, dunkle Straßen zu hören, wie jemand nach Hause kommt. Dieser Jemand selber ist in der Dunkelheit nicht zu sehen, und man weiß nicht im voraus, welche Haustür zum Leben erwachen, welche mit knirschender Herablassung den Schlüssel annehmen, aufschwingen, durch das Gegengewicht gehalten zögern und zufallen wird; dann knirscht der Schlüssel erneut, diesmal von innen, und in den Tiefen hinter der Glastür hält sich eine wundervolle Minute lang ein sanfter Lichtschein.

Ein Auto rollt auf Säulen nassen Lichts vorüber. Es ist schwarz mit einem gelben Streifen unterhalb der Fenster. Barsch hupt es der Nacht ins Ohr, und sein Schatten gleitet mir unter den Füßen durch. Zu dieser Stunde ist die Straße völlig leer. Nur eine alte dänische Dogge, deren Krallen auf dem Gehsteig ein deutliches Geräusch machen, führt widerwillig ein lustloses, hübsches Mädchen ohne Hut, das einen aufgespannten Regenschirm über sich hält, spazieren. Wie sie unter der granatroten Glühbirne (zu ihren Linken, auf dem Feuermelder) hindurchgeht, rötet sich feucht eine einzelne straffe schwarze Bahn das Schirms.

Und um die Ecke, über dem Gehsteig – wer konnte das erwarten! – die diamantenüberrieselte Fassade eines Kinos. Im Innern sind auf rechteckiger mondbleicher Leinwand Schauspieler mit mehr oder weniger guter Ausbildung zu sehen: Das riesige Gesicht eines Mädchens mit grauen, schimmernden Augen und schwarzen, von glänzenden Rissen vertikal durchzogenen Lippen, nähert sich immer mehr von der Leinwand her und wird, während es in den dunklen Saal blickt, immer größer, und eine wunderbare, lange, leuchtende Träne rinnt über eine Wange. Und gelegentlich (ein himmlischer Augenblick!) zeigt sich wahres Leben, dem nicht bewußt ist, daß es gefilmt wird: Menschengewimmel, gleißendes Wasser, ein geräuschlos, aber sichtbar rauschender Baum.

Etwas weiter, an der Ecke eines Platzes, geht eine dicke Hure im schwarzen Pelz auf und ab und hält bisweilen vor einem harsch beleuchteten Schaufenster, wo eine geschminkte Frau aus Wachs nächtlichen Bummlern ihr fließendes smaragdgrünes Kleid und die schillernde Seide ihrer pfirsichfarbenen Strümpfe vorführt. Es macht mir Spaß, diese sanfte, nicht mehr ganz junge Hure zu beobachten, wie sie von einem älteren Herrn mit Schnauzer angesprochen wird, der heute morgen in Geschäften von Papenburg angereist kam (zuerst geht er an ihr vorbei, dann wirft er zwei Blicke zurück). Sie wird ihn ohne Hast auf ein Zimmer in einem nahen Gebäude führen, das sich untertags in nichts von anderen, ähnlich gewöhnlichen Gebäuden unterscheidet. Ein höflicher und teilnahmsloser alter Pförtner hält die Nacht über in der unbeleuchteten Eingangshalle Wacht. Am oberen Ende eines steilen Treppenhauses wird eine ebenso teilnahmslose alte Frau mit weiser Gleichgültigkeit ein unbewohntes Zimmer öffnen und Bezahlung dafür erhalten.

Und weißt Du auch, mit welch wundervollem Geratter der hell beleuchtete Zug mit all seinen lachenden Fenstern über die Brücke hoch über der Straße saust? Wahrscheinlich fährt er nicht weiter als in die Vororte, aber in diesem Augenblick ist das Dunkel unter den schwarzen Brückenbogen gefüllt mit derartig gewaltiger metallischer Musik, daß mir unwillkürlich jene sonnigen Länder vor Augen treten, die ich bereisen werde, wenn die hundert Mark, die mir fehlen und auf die ich leichten Herzens und frohen Mutes hoffe, beschafft sind.

Und frohen Mutes gönne ich mir sogar bisweilen das Vergnügen, den Paaren im nahen Tanzlokal beim Tanzen zuzusehen. Viele Mitemigranten ziehen voller Entrüstung (in die sich ein Fünkchen Vergnügen mischt) über die Scheußlichkeiten der Mode her, auch über die gerade im Schwange befindlichen Tänze. Doch die Mode ist immer eine Ausgeburt menschlichen Mittelmaßes, eines bestimmten Lebensstandards, egalitärer Vulgarität, und über sie herzuziehen heißt nur zuzugeben, daß die Mittelmäßigkeit etwas hervorbringen kann (handle es sich dabei nun um eine bestimmte Regierungsform oder eine neue Frisur), das es wert ist, sich darüber aufzuregen. Und selbstredend sind diese sogenannten modernen Tänze in Wirklichkeit alles andere als modern: Diese Manie geht bis auf die Tage des Direktoriums zurück, denn damals wie heute trugen die Frauen ihre Kleider auf der bloßen Haut und waren die Musikanten Neger. Der Atem der Mode geht durch die Jahrhunderte: In den kuppelförmigen Krinolinen um 1850 herum holte die Mode tief Luft, worauf prompt ein Ausatmen folgte: immer engere Röcke, immer engere Tänze. Unsere Tänze sind doch von schönster Natürlichkeit, auch recht unschuldig und manchmal – in den Ballsälen Londons – ganz bezaubernd in ihrer Monotonie. Wir erinnern uns doch wohl alle daran, was Puschkin über den Walzer schrieb: «monoton und verrückt». Es ist immer das gleiche. Und zum Verfall der Sitten... Hör Dir an, was ich in D'Agricourts Memoiren gefunden habe: «Ich kenne nichts Lasterhafteres als das Menuett, das zu tanzen man in unseren Städten sich nicht entblödet.»

Und so macht es mir Spaß zuzusehen, wie in den hiesigen *cafés dansants* – um Puschkin noch einmal zu zitieren – «Paar auf Paar vorüberflattert». Amüsant geschminkte Augen funkeln vor einfachem menschlichem Vergnügen. Schwarzbehoste und hellbestrumpfte Beine berühren sich. Füße bewegen sich hier- und dorthin. Und die ganze Zeit wartet draußen vor der Tür meine anhängliche, meine einsame Nacht mit feuchten Spiegelungen, hupenden Wagen und Böen schnaubenden Winds.

In solch einer Nacht beging auf dem russisch-orthodoxen Friedhof weit draußen vor der Stadt eine siebzig Jahre alte Dame auf dem Grab ihres kürzlich verstorbenen Mannes Selbstmord. Der Zufall führte mich am Morgen darauf hin, und der Wärter, ein schlimm verkrüppelter Teilnehmer am Denikin-Feldzug, der sich auf Krücken fortbewegte, die bei jeder Pendelbewegung seines Körpers knarrten, zeigte mir das weiße Kreuz, an dem sie sich erhängte, und die gelben Strähnen, die noch am Strick («nagelneu», sagte er sanft) klebten, wo er gescheuert hatte. Am geheimnisvollsten und zauberhaftesten waren jedoch die halbmondförmigen Spuren ihrer Absätze, winzig wie die eines Kindes, auf dem feuchten Grund bei der Einfriedung. «Sie hat die Erde ein wenig zertrampelt, die Arme, aber davon abgesehen hat sie nichts in Unordnung gebracht», stellte der Wächter ruhig fest, und als ich die gelben Haarsträhnen und die kleinen Abdrücke betrachtete, sah ich auf einmal das unschuldige Lächeln, das selbst im Tode noch aufscheinen kann. Und es ist sehr wohl möglich, mein Liebling, daß der eigentliche Anlaß für diesen Brief der Wunsch ist, Dir von diesem leichten, sanften Ende zu erzählen. Und so hätte denn diese Berliner Nacht ihr Ergebnis gehabt.

Hör: ich bin rundum glücklich. Mein Glück ist eine Art Herausforderung. Auf meiner Wanderung durch die Straßen, über die Plätze und die Wege am Kanal entlang, wenn ich, ohne groß Notiz zu nehmen, die Lippen der Nässe durch meine durchgelaufenen Sohlen hindurch fühle, trage ich stolz mein unauslöschliches Glück mit mir. Jahrhunderte werden vergehen, und Schulkinder werden über der Geschichte unserer Umwälzungen gähnen; alles vergeht, aber mein Glück, mein Liebes, mein Glück wird weiterbestehen: in der feuchten Spiegelung einer Straßenlaterne, in der vorsichtigen Krümmung der steinernen Stufen, die in die schwarzen Wasser des Kanals hinabführen, im Lächeln eines tanzenden Paares, in allem, womit Gott die Einsamkeit des Menschen so großzügig umgibt.

Zu dieser Ausgabe

Soweit heute bekannt, hat Vladimir Nabokov zwischen 1920 und 1951 insgesamt 70 Erzählungen geschrieben. Diese Ausgabe strebt zwar Vollständigkeit an, aber drei der russischen Jugenderzählungen fehlen ihr: Sie sind entweder unter den nachgelassenen Papieren nicht wieder aufgetaucht oder wurden nicht zur Veröffentlichung freigegeben. Es ist nicht ganz ausgeschlossen, daß in Archiven und Bibliotheken mit russischer Exilliteratur eines Tages weitere ans Licht kommen, von denen heute niemand etwas ahnt.

Nabokovs Erzählungen entstanden in drei Sprachen: russisch (59), englisch (10), französisch (1). 47 der russischsprachigen wurden vom Autor allein oder von seinem Sohn Dmitri Nabokov in Zusammenarbeit mit ihm ins Englische übertragen. Dabei machten sie gelegentlich leichte Veränderungen durch (am stärksten «Berlin, ein Stadtführer» und «Ein Märchen»). In jedem Fall handelt es sich bei den englischen Übersetzungen um die spätere Textfassung, die als die definitive gelten kann und darum bei ihnen allen zugrunde gelegt wurde. Bisher zwei Texte wurden von Dmitri Nabokov nach dem Tod des Autors aus dem Russischen ins Englische übersetzt («Die Schlägerei» und «Der Zauberer», eine Art Vorstudie zu «Lolita»); auch hier bildete die englische Fassung die Übersetzungsvorlage.

Zwei der Erzählungen («Mademoiselle O», «Erste Liebe») gingen unverändert als selbständige Kapitel in Nabokovs Memoiren «Erinnerung, sprich» (1951) ein. Bei deren späterer Bearbeitung und Erweiterung (1967) veränderten sie sich so stark, daß ihre Erzähllinie verwischt wurde. Darum wurden sie hier in ihrer ursprünglichen Gestalt aufgenommen; im Memoirenband finden sie sich in ihrer späteren Gestalt. Zwei Stücke («Ultima Thule» und «Solus Rex») waren eigentlich Kapitel eines russischsprachigen Romans, der nie vollendet wurde; Nabokov hat sie selber in einem Sammelband unter die Erzählungen aufgenommen.

Bibliographische Nachweise

Sammelbände: Russisch

W. Sirin (= Vladimir Nabokov): «Woswraschtschenije Tschorba: Rasskasy i stichi». Knigoisdatelstwo Slowo, Berlin 1930 (Faksimile-Nachdruck der Erzählungen: Ardis, Ann Arbor MI 1976)
Inhalt: «Woswraschtschenije Tschorba»
    «Port»
    «Swonok»
    «Pismo w Rossiju»
    «Skaska»
    «Roshdestwo»
    «Grosa»
    «Bachman»
    «Putewoditel po Berlinu»
    «Podlez»
    «Passashir»
    «Katastrofa»
    «Blagost»
    «Kartofelnyj elf»
    «Ushas»

W. Sirin: «Sogljadataj». Isdatelstwo Russkije Sapiski, Paris
1938 (Faksimile-Nachdruck: Ardis, Ann Arbor MI 1978)
Inhalt: «Sogljadataj» (Kurzroman; deutsch «Der Späher»)
    «Obida»
    «Lebeda»
    «Terra incognita»
    «Wstretscha»
    «Chwat»
    «Sanjatoj tschelowek»
    «Musyka»
    «Pilgram»
    «Sowerschenstwo»
    «Slutschaj is shisni»
    «Krassawiza»
    «Opoweschtschenije»

Vladimir Nabokov (Sirin): «Wesna w Fialte i drugije rasskasy». Isdatelstwo imeni Tschechowa, New York 1956
Inhalt: «Wesna w Fialte»
    «Krug»
    «Koroljok»
    «Tjashjolyj dym»
    «Pamjati L. I. Schigajewa»
    «Posseschtschenije museja»
    «Nabor»
    «Lik»
    «Istreblenije tiranow»
    «Wassilij Schischkow»
    «Admiraltejskaja igla»
    «Oblako, osero, baschnja»
    «Usta k ustam»
    «Ultima Thule»

Sammelbände: Englisch

Vladimir Nabokov: «Nine Stories». Direction, New Directions, New York 1947
Inhalt: «The Aurelian»
  «Cloud, Castle, Lake»
  «Spring in Fialta»
  «Mademoiselle O»
  «A Forgotten Poet»
  «The Assistant Producer»
  «‹That in Aleppo Once...›»
  «Time and Ebb»
  «Double Talk»

Vladimir Nabokov: «Nabokov's Dozen». Doubleday, New York 1958
Inhalt: «Spring in Fialta»
  «A Forgotten Poet»
  «First Love»
  «Signs and Symbols»
  «The Assistant Producer»
  «The Aurelian»
  «Cloud, Castle, Lake»
  «Conversation Piece, 1945»
  «‹That in Aleppo Once...›»
  «Time and Ebb»
  «Scenes from the Life of a Double Monster»
  «Mademoiselle O»
  «Lance»

Vladimir Nabokov: «Nabokov's Quartet». Phaedra, New York 1966
Inhalt: «An Affair of Honor»
  «Lik»
  «The Vane Sisters»
  «The Visit to the Museum»

Vladimir Nabokov: «A Russian Beauty and Other Stories». McGraw-Hill, New York 1973
Inhalt: «A Russian Beauty»
  «The Leonardo»
  «Torpid Smoke»
  «Breaking the News»
  «Lips to Lips»
  «The Visit to the Museum»
  «An Affair of Honor»
  «Terra Incognita»
  «A Dashing Fellow»
  «Ultima Thule»
  «Solus Rex»
  «The Potato Elf»
  «The Circle»

Vladimir Nabokov: «Tyrants Destroyed and Other Stories». McGraw-Hill, New York 1975
Inhalt: «Tyrants Destroyed»
  «A Nursery Tale»
  «Music»
  «Lik»
  «Recruiting»
  «Terror»
  «The Admiralty Spire»
  «A Matter of Chance»

«In Memory of L. I. Shigaev»
«Bachmann»
«Perfection»
«Vasiliy Shishkov»
«The Vane Sisters»

Vladimir Nabokov: «Details of a Sunset and Other Stories».
McGraw-Hill, New York 1976
Inhalt: «Details of a Sunset»
«A Bad Day»
«Orache»
«The Return of Chorb»
«The Passenger»
«A Letter that Never Reached Russia»
«A Guide to Berlin»
«The Doorbell»
«The Thunderstorm»
«The Reunion»
«A Slice of Life»
«Christmas»
«A Busy Man»

Sammelbände: Deutsch

Vladimir Nabokov: «Frühling in Fialta – 23 Erzählungen»,
herausgegeben und mit einem Nachwort von Dieter E. Zimmer. Rowohlt, Reinbek 1966 (Neuauflagen 1969 unter dem Titel «Gesammelte Erzählungen» und 1983 unter dem Titel «Der schwere Rauch – Gesammelte Erzählungen»)
Inhalt: «Frühling in Fialta»
«‹...daß in Aleppo einst...›»
«Musik»

«Die Nadel der Admiralität»
«Ein vergessener Dichter»
«Der Schuft»
«Szenen aus dem Leben eines Doppelungeheuers»
«Pilgram»
«Der schwere Rauch»
«Dem Andenken L. I. Schigajews»
«Zeichen und Symbole»
«Lik»
«Der Regieassistent»
«Märchen»
«Der neue Nachbar»
«Wolke, Burg, See»
«Genrebild 1945»
«Stadtführer durch Berlin»
»Terra incognita»
«Der Museumsbesuch»
«Die Schwestern Vane»
«Zeit und Ebbe»
«Lance»

Vladimir Nabokov: «Stadtführer Berlin – Fünf Erzählungen», mit einem Nachwort von Richard Müller-Schmitt. Reclam, Stuttgart 1985
Inhalt: «Stadtführer Berlin»
«Pilgram»
«Wolke, Burg, See»
«Frühling in Fialta»
«Lance»

Einzelnachweise:

Die Nachweise nennen Originaltitel und Originalsprache, wo immer möglich Zeit und Ort der Entstehung, Erstveröffentlichung, Aufnahme in Sammelbände, gegebenenfalls die englische Übersetzung (Titel, Übersetzer) und den Sammelband, in dem sie enthalten ist, den deutschen Übersetzer der vorliegenden Fassung und gegebenenfalls frühere deutsche Buchveröffentlichungen. Nachdrucke in Zeitschriften werden in keiner Sprache verzeichnet; deutschsprachige Vorabdrucke ebenfalls nicht.

Bei den Zitaten, die in vielen Fällen jeweils am Ende des Nachweises stehen, handelt es sich – mit Ausnahme der beiden Zitate zu «Der Zauberer» – um die Vorbemerkungen, die Vladimir Nabokov seinen Geschichten in den drei letzten englischsprachigen Sammelbänden voranstellte. Manchmal wiederholen sie nur die bibliographischen Angaben, meist aber geben sie auch den einen oder anderen Hinweis zu den Geschichten selber. Da solche Hinweise oft so eng in die reinen bibliographischen Angaben verwoben sind, daß sie sich nicht herausoperieren lassen, wurden die Vorbemerkungen ganz wiedergegeben und Wiederholungen in Kauf genommen; weggelassen wurden lediglich Angaben über etwaige Zeitschriften-Vorabdrucke der englischen Fassungen.

(1) Geisterwelt
Russisches Original: «Neshit» (Der Geist)
Erstveröffentlichung: «Rul», Berlin, 7. Januar 1921, Seite 3

Aus dem Russischen von Rosemarie Tietze

[Das Wort]
Russisches Original: «Slowo»
Geschrieben Januar 1923

(2) Der Schlag des Flügels
Russisches Original: «Udar kryla»
«Geschrieben Mai 1923 in Berlin»
Erstveröffentlichung: «Russkoje Echo», Berlin, Januar 1924
Typoskript im Nabokov-Archiv, Montreux

Aus dem Russischen von Marianne Wiebe

(3) Klänge
Russisches Original: «Swuki»
Geschrieben September 1923
Typoskript im Nabokov-Archiv, Montreux

Aus dem Russischen von Marianne Wiebe

(4) Hier wird Russisch gesprochen
Russisches Original: «Goworjat po-russki» (Man spricht Russisch)
«Geschrieben Oktober 1923»
Typoskript im Nabokov-Archiv, Montreux

Aus dem Russischen von Marianne Wiebe

[Der Impuls]
Russisches Original: «Poryw»
Geschrieben 1923 (?)

(5) Götter
Russisches Original: «Bogi»
Erstveröffentlichung: «Segodnja», Riga, 1926?
Typoskript im Nabokov-Archiv, Montreux

Aus dem Russischen von Marianne Wiebe

(6) Rache
Russisches Original: «Mest»
Erstveröffentlichung: «Russkoje Echo», Berlin, 20. April 1924, Seite 6–8

Aus dem Russischen von Rosemarie Tietze

(7) Güte
Russisches Original: «Blagost»
Geschrieben vor April 1924
Erstveröffentlichung: «Rul», Berlin, 27. April 1924, Seite 6–7
Enthalten in der Sammlung «Woswraschtschenije Tschorba», 1930

Aus dem Russischen von Rosemarie Tietze

(8) Die Hafenstadt
Russisches Original: «Port» (Hafen)
Erstveröffentlichung: «Rul», Berlin, 24. Mai 1924, Seite 2–3
Enthalten in der Sammlung «Woswraschtschenije Tschorba», 1930

Aus dem Russischen von Rosemarie Tietze

(9) Der Kartoffelelf
Russisches Original: «Kartofelnyj elf»
Erstveröffentlichung in «Russkoje Echo», Berlin, 8. Juni 1924, Seite 6–7; 15. Juni 1924, Seite 5–7; 22. Juni 1924, Seite 8; 29. Juni 1924, Seite 6–7; 6. Juli 1924, Seite 12
Enthalten in der Sammlung «Woswraschtschenije Tschorba», 1930

Englisch: «The Potato-Elf», übersetzt von Dmitri Nabokov und Vladimir Nabokov
Enthalten in der Sammlung «A Russian Beauty», 1973

Aus dem Englischen von Jochen Neuberger

«*Dies ist die erste wortgetreue Übersetzung von ‹Kartofelnyj elf›, der 1929 in Berlin geschrieben und dort in der russischen Emigrantenzeitung ‹Rul› (am 15., 17., 18. und 19. Dezember 1929)* veröffentlicht wurde. Die Erzählung wurde in ‹Woswraschtschenije Tschorba›, Slowo, Berlin 1930, aufgenommen. Eine stark abweichende englische Version (von Serge Bertenson und Irene Kosinska), die voller Fehler und Auslassungen ist, erschien im Dezember 1939 in ‹Esquire› und wurde in einer Anthologie (‹The Single Voice›, Collier, London 1969) nachgedruckt.*

Obwohl es nie meine Absicht war, mit der Geschichte ein Filmskript nahezulegen oder die Phantasie eines Drehbuchautors zu beflügeln, haben ihre Struktur und die wiederkehrenden bildlichen Details gleichwohl eine Tendenz zum Filmischen. Der bewußte Einsatz cineastischer Mittel zeitigte gewisse konventionelle Rhythmen – oder ein Pastiche solcher Rhythmen. Trotzdem bin ich sicher, daß mein Männlein auch den tränenseligsten Vertreter jener Lesergruppe, die sich mit dem Helden (der Heldin) eines literarischen Werkes zu identifizieren pflegt, nicht wird rühren können, was einiges wieder wettmacht.

Ein anderer Aspekt, der den ‹Kartoffelelf› vom Rest meiner Kurzgeschichten trennt, ist der englische Schauplatz. In solchen Fällen ist ein thematischer Automatismus nicht auszuschließen, auf der anderen Seite jedoch gibt dieser kuriose Exotismus (insofern als der Schauplatz nichts gemein hat mit dem vertrauteren Berliner Hintergrund meiner übrigen Geschichten) der Story eine künstliche Klarheit, die nicht gerade mißfällt; alles in allem aber handelt es sich nicht eben um mein Lieblingsstück, und wenn ich es in die Sammlung mitaufnehme, so nur deshalb, weil die fehlerfreie Neuübersetzung einen wertvollen persönlichen Sieg darstellt, wie er einem betrogenen Autor selten zufällt.»

---

* In Wahrheit war die Geschichte fünf Jahre älter und diese Veröffentlichung bereits ein Nachdruck.

(10) Zufall
Russisches Original: «Slutschainost»
«Geschrieben Anfang 1924»
Erstveröffentlichung: «Segodnja», Riga, 22. Juni 1924, Seite 7–8

Enthalten in der Sammlung «Sogljadataj», 1938

Englisch: «A Matter of Chance», übersetzt von Dmitri Nabokov und Vladimir Nabokov
Enthalten in der Sammlung «Tyrants Destroyed», 1975

Aus dem Englischen von Jochen Neuberger

«‹Slutschainost›, eine meiner frühesten Erzählungen, wurde zu Beginn des Jahres 1924 in der letzten Nachglut meiner Junggesellenzeit geschrieben, von der exilrussischen Tageszeitung ‹Rul› in Berlin abgelehnt (‹Wir drucken keine Anekdoten über Kokainisten›, sagte der Herausgeber in genau demselbem Ton, in dem, dreißig Jahre später, Ross vom ‹New Yorker› sagen sollte: ‹Wir drucken keine Akrostichen›, als er ‹Die Schwestern Vane› ablehnte) und mit Hilfe eines guten Freundes und bemerkenswerten Schriftstellers, Iwan Lukasch, an ‹Segodnja› in Riga geschickt, eine eklektischere Emigrantenzeitung, die die Erzählung am 22. Juni 1924 veröffentlichte. Ich hätte sie sicherlich nicht mehr aufgetrieben; es war Andrew Field, der sie vor ein paar Jahren wiederentdeckte.»

(11) Einzelheiten eines Sonnenuntergangs
Russisches Original: «Katastrofa» (Die Katastrophe)
«Geschrieben 24. Juni 1924»
Erstveröffentlichung: «Segodnja», Riga, 13. Juli 1924, Seite 5–6
Enthalten in der Sammlung «Woswraschtschenije Tschorba», 1930

Englisch: «Details of a Sunset», übersetzt von Dmitri Nabokov und Vladimir Nabokov
Enthalten in der Sammlung «Details of a Sunset», 1976

Aus dem Englischen von Dieter E. Zimmer

«Ich habe starke Zweifel, daß ich für den gräßlichen Titel (‹Katastrofa›) verantwortlich war, der dieser Geschichte verpaßt wurde. Sie wurde im Juni 1924 in Berlin geschrieben und der Emigrantentageszeitung ‹Segodnja› in Riga verkauft, wo sie am 13. Juli selbigen Jahres erschien. Noch unter dem nämlichen Etikett und zweifellos mit meinem nachlässigen Segen wurde sie in die Sammlung ‹Sogljadataj›, Slowo, Berlin 1930, aufgenommen.

Ich habe ihr jetzt einen neuen Titel gegeben, und zwar einen, der den dreifachen Vorzug hat, dem thematischen Hintergrund der Geschichte zu entsprechen, Leser, die ‹Beschreibungen überspringen›, zu verwirren, und Rezensenten wütend zu machen.»

(12) Das Gewitter
Russisches Original: «Grosa»
«Geschrieben 22.–25. Juli 1924 in Berlin»
Erstveröffentlichung: «Segodnja», Riga, 28. September 1924, Seite 6
Enthalten in der Sammlung «Woswraschtschenije Tschorba», 1930

Englisch: «The Thunderstorm», übersetzt von Dmitri Nabokov und Vladimir Nabokov
Enthalten in der Sammlung «Details of a Sunset», 1976

Aus dem Englischen von Jochen Neuberger

«Donner heißt auf russisch ‹grom›, Sturm ‹burja› und Gewitter ‹grosa›, ein großes kleines Wort mit diesem blauen Zickzack in der Mitte. ‹Grosa›, geschrieben im Laufe des Sommers 1924 in Berlin,

erschien im August 1924 in der russischen Emigrantenzeitung ‹Rul› und wurde in den Sammelband ‹Woswraschtschenije Tschorba›, Berlin 1930, aufgenommen.»

[Natascha]
Russisches Original: «Natascha»
Geschrieben August 1924 (?)

(13) Die Venezianerin
Russisches Original: «Wenezianka»
«Geschrieben 5. Oktober 1924»
Typoskript im Nabokov-Archiv, Montreux

Aus dem Russischen von Gisela Barker

(14) Der Drache
Russisches Original: «Drakon»
«Geschrieben Oktober 1924»
Typoskript im Nabokov-Archiv, Montreux

Aus dem Russischen von Gisela Barker

(15) Bachmann
Russisches Original: «Bachman»
«Geschrieben Oktober 1924 in Berlin»
Erstveröffentlichung: «Rul», 2. November 1924, Seite 2–3; 4. November 1924, Seite 2–3
Enthalten in der Sammlung «Woswraschtschenije Tschorba», 1930

Englisch: «Bachman», übersetzt von Dmitri Nabokov und Vladimir Nabokov
Enthalten in der Sammlung «Tyrants Destroyed», 1975

Aus dem Englischen von Jochen Neuberger

«‹Bachmann› wurde im Oktober 1924 in Berlin geschrieben, erschien in zwei Fortsetzungen am 2. und 4. November des gleichen Jahres in ‹Rul› und wurde in meine Kurzgeschichtensammlung ‹Woswraschtschenije Tschorba›, Slowo, Berlin 1930, aufgenommen. Wie ich höre, soll es einen Pianisten gegeben haben, der einige Absonderlichkeiten mit meinem erfundenen Musiker gemeinsam hatte. Verwandt ist dieser aber wohl eher mit dem Schachspieler Lushin in ‹Lushins Verteidigung›.»

(16) Weihnachten
Russisches Original: «Roshdestwo»
«Geschrieben Ende 1924 in Berlin»
Erstveröffentlichung: «Rul», Berlin, 6. Januar 1925, Seite 2–3; 8. Januar 1925, Seite 2
Enthalten in der Sammlung «Woswraschtschenije Tschorba», 1930

Englisch: «Christmas», übersetzt von Dmitri Nabokov und Vladimir Nabokov
Enthalten in der Sammlung «Details of a Sunset», 1976

Aus dem Englischen von Jochen Neuberger

«‹Roshdestwo› wurde Ende 1924 in Berlin geschrieben, in zwei Fortsetzungen am 6. und 8. Januar 1925 in ‹Rul› veröffentlicht und in die Sammlung ‹Woswraschtschenije Tschorba›, Slowo, Berlin 1930, aufgenommen. Es hat eine seltsame Ähnlichkeit mit jenem Typ von Schachproblem, das man ‹Eigenschach› nennt.»

(17) Ein Brief, der Rußland nie erreichte
Russisches Original: «Pismo w Rossiju» (Brief nach Rußland)
Geschrieben 1924
Erstveröffentlichung: «Rul», Berlin, 29. Januar 1925, Seite 2–3

Enthalten in der Sammlung «Woswraschtschenije Tschorba»,
1930

Englisch: «A Letter that Never Reached Russia», übersetzt
von Dmitri Nabokov und Vladimir Nabokov
Enthalten in der Sammlung «Details of a Sunset», 1976
Aus dem Englischen von Jochen Neuberger

*«Irgendwann im Jahre 1924 hatte ich im Berliner Exil einen Roman
mit dem Titel ‹Glück› (‹Stschastje›) begonnen. Einige wesentliche
Züge dieser Arbeit finden sich in ‹Maschenka› wieder... Um Weihnachten 1924 herum hatte ich zwei Kapitel von ‹Stschastje› fertig,
doch aus irgendwelchen mir entfallenen, zweifellos aber exzellenten
Gründen strich ich Kapitel 1 und das meiste von Kapitel 2. Übrigblieb
ein Fragment, ein Brief, in Berlin an meine in Rußland verbliebene
Heldin geschrieben. Dieser Brief erschien in ‹Rul› (Berlin, 29. Januar
1925) unter dem Titel ‹Pismo w Rossiju› (‹Brief nach Rußland›) und
wurde später in die Sammlung ‹Woswraschtschenije Tschorba›, Berlin 1930, aufgenommen. Eine wortgetreue Wiedergabe des Titels
wäre irreführend gewesen; so wurde er geändert.»*

Vladimir Nabokov

Zum 100. Geburtstag von **Vladimir Nabokov** erscheinen seine Werke im Rowohlt Taschenbuch Verlag in neuer Ausstattung. Nachfolgend die ersten zwölf Bände. Weitere Bände in Vorbereitung:

Die Venezianerin *Erzählungen*
(rororo 22541)

Der neue Nachbar
Erzählungen
(rororo 2542)

Lolita *Roman*
(rororo 22543)

Pnin *Roman*
(rororo 22544)

Das wahre Leben des Sebastian Knight *Roman*
(rororo 22545)

Maschenka *Roman*
(rororo 22546)

Erinnerung, sprich
Wiedersehen mit einer Autobiographie
(rororo 22547)
«Ein Buch über Tradition und Revolution, über Liebe und Entsagung, über Literatur und Leben, über Heimat und Exil. Das sind große, oft behandelte, allgemein bekannte Themenbereiche; doch bei Nabokov liest sich alles wie zum erstenmal.»
Basler Zeitung

Der Zauberer *Erzählung*
(rororo 22548)

Einladung zur Enthauptung
Roman
(rororo 22549)

Lushins Verteidigung *Roman*
(rororo 22550)

Die Gabe *Roman*
(rororo 22551)
«Es wäre aber vor allem die Frage zu beantworten, woher genau diese Verzauberung herrührt, die Nabokovs Prosa immer wieder in uns auslöst. Schweben wir lesend wie auf Wolken, weil Nabokov ein ewiger Glückssucher ist? Weil er Schönheit, wo er sie nicht findet, wenigstens erfindet? Verdanken wir unser Leseglück seiner Fähigkeit, seine Sätze so mit Lebenssinnlichkeit aufzuladen, daß sie magisch glühen?»
Urs Widmer, Die Zeit

König Dame Bube *Roman*
(rororo 22552)

Ein Gesamtverzeichnis aller lieferbaren Titel von **Vladimir Nabokov** finden Sie in der *Rowohlt Revue*. Vierteljährlich neu. Kostenlos in Ihrer Buchhandlung.

Rowohlt im Internet:
www.rowohlt.de

rororo Literatur

Vladimir Nabokov
Gesammelte Werke
Herausgegeben von
Dieter E. Zimmer

Maschenka. König Dame Bube. Frühe Romane 1. *Band 1*
Deutsch von
Klaus Birkenhauer und
Hanswillem Haefs
600 Seiten. Gebunden

Lushins Verteidigung. Der Späher. Die Mutprobe. Frühe Romane 2. *Band 2*
Deutsch von Dietmar Schulte
Dieter E. Zimmer und
Susanna Rademacher
784 Seiten. Gebunden

Gelächter im Dunkel. Verzweiflung. Camera obscura. Frühe Romane 3. *Band 3*
Deutsch von
Renate Gerhardt,
Hans-Heinrich Wellmann,
Klaus Birkenhauer u. a.
816 Seiten. Gebunden

Einladung zur Enthauptung *Roman. Band 4*
Deutsch von
Dieter E. Zimmer
272 Seiten. Gebunden

Die Gabe *Roman. Band 5*
Deutsch von Annelore
Engel-Braunschmidt
800 Seiten. Gebunden

Das wahre Leben des Sebastian Knight *Roman. Band 6*
Deutsch von
Dieter E. Zimmer
304 Seiten. Gebunden

Das Bastardzeichen *Roman. Band 7*
Deutsch von
Dieter E. Zimmer
352 Seiten. Gebunden

Lolita *Roman. Band 8*
Deutsch von Hellen Hessel,
Maria Carlsson,
Kurt Kusenberg u. a.
704 Seiten. Gebunden

Pnin *Roman. Band 9*
Deutsch von
Dieter E. Zimmer
304 Seiten. Gebunden

Erzählungen 1. 1921 – 1934 *Band 13*
Deutsch von Gisela Barker,
Jochen Neuberger,
Blanche Schwappach u. a.
712 Seiten. Gebunden

Erzählungen 2. 1935 – 1951 *Band 14*
Deutsch von
Renate Gerhardt,
Jochen Neuberger
und Dieter E. Zimmer
632 Seiten. Gebunden

Lolita. Ein Drehbuch *Band 15*
Deutsch von
Dieter E. Zimmer
352 Seiten. Gebunden

Nikolaj Gogol *Band 16*
Deutsch von
Jochen Neuberger
216 Seiten. Gebunden

Vladimir Nabokov
Gesammelte Werke
Herausgegeben von
Dieter E. Zimmer

Deutliche Worte *Interviews - Leserbriefe - Aufsätze.*
Band 20
Deutsch von Kurt Neff, Gabriele Forberg-Schneider, Blanche Schwappach u. a.
Mit einem Vorwort von Dieter E. Zimmer
576 Seiten. Gebunden

Erinnerung sprich *Wiedersehen mit einer Autobiographie.*
Band 22
Deutsch von Dieter E. Zimmer
560 Seiten. Gebunden

Briefwechsel mit Edmund Wilson 1940 – 1971. *Band 23*
Deutsch von Eike Schönfeld.
Essay von Simon Karlinsky
768 Seiten. Gebunden

Außerdem als gebundene Ausgaben lieferbar:

Ada oder Das Verlangen *Aus den Annalen einer Familie*
Deutsch von Uwe Friesel und Marianne Therstappen
736 Seiten. Pappband

Sieh doch die Harlekins! *Roman*
Deutsch von Uwe Friesel
280 Seiten. Gebunden

Der Späher *Roman*
Deutsch von Dieter E. Zimmer
128 Seiten. Gebunden

Der Zauberer *Roman*
Deutsch von Dieter E. Zimmer
144 Seiten. Gebunden

Lushins Verteidigung *Roman*
Deutsch von Dietmar Schulte
264 Seiten. Gebunden

Das wahre Leben des Sebastian Knight *Roman*
Deutsch von Dieter E. Zimmer
232 Seiten. Gebunden

Der schwere Rauch
Gesammelte Erzählungen
Herausgegeben von Dieter E. Zimmer
Deutsch von Wassili Berger, Renè Drommert, Renate Gerhard u. a.
Mit einem Nachwort von Dieter E. Zimmer
352 Seiten. Gebunden

**Literaturmagazin 40
Vladimir Nabokov**
Herausgegeben von Martin Lüdke und Delf Schmidt unter beratender Mitarbeit von Dieter E. Zimmer
192 Seiten. Kartoniert

Vladimir Nabokov

Ada oder Das Verlangen *Aus den Annalen einer Familie* (rororo 14032)

Das Bastardzeichen *Roman* (rororo 15858)
Mit aller Präzision seines Stils zeigt Nabokov hier die totalitäre Welt als das, was sie ist: eine «bestialische Farce», ein Gemisch aus Lächerlichkeit und Grauen. Auch in diesem seinem düstersten Buch erweist sich Nabokov als ein Meister des Grotesken.

Briefwechsel mit Edmund Wilson 1940 – 1971
(rororo 22159)
Es war eine merkwürdige Freundschaft zwischen Vladimir Nabokov und dem gefürchteten Literaturkritiker Edmund Wilson. Diese 323 Briefe aus einunddreißig Jahren dokumentieren sie von ihren enthusiastischen Anfängen bis zu ihrem traurigen Ende. Sie bieten überdies die seltene Möglichkeit, einen etwas privateren Nabokov kennenzulernen.
«Hochspannend – nicht nur für Nabokovianer.»
Die Woche

Durchsichtige Dinge *Roman* (rororo 15756)

Der Späher *Roman* (rororo 13568)

Die Mutprobe *Roman* (rororo 22383)
Melancholische Erinnerungen an die russische Heimat Vladimir Nabokovs.
«Ein Meisterwerk.»
FAZ

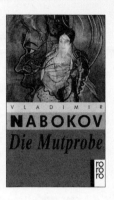

Armin Mueller-Stahl liest
Vladimir Nabokov
Der Zauberer
2 Toncasetten im Schuber
(Literatur für Kopf Hörer 66005)

Vladimir Nabokov
dargestellt von
Donald E. Morton
(bildmonographien 50328)

«Seine Werke sind ein Gebäude, bei dem sich der Blick in jede Ecke lohnt.»
John Updike

Ein Gesamtverzeichnis aller lieferbaren Titel von **Vladimir Nabokov** finden Sie in der *Rowohlt Revue*. Vierteljährlich neu. Kostenlos in Ihrer Buchhandlung.

Rowohlt im Internet:
www.rowohlt.de

rororo Literatur

Harold Brodkey

Harold Brodkey wurde 1930 in Staunton, Illinois, geboren, wuchs in Missouri auf und absolvierte ein Literaturstudium in Harvard. Später ließ er sich als freier Schriftsteller nieder und unterrichtete amerikanische Literatur und Creative Writing in Cornell und an der City University of New York. Für sein Werk wurde er u. a. mit dem begehrten Prix de Rome und zweimal mit dem O. Henry Award ausgezeichnet. Er starb im Januar 1996 in New York an den Folgen von Aids.

Unschuld *Nahezu klassische Stories Band 1* (rororo 13156)

Engel *Nahezu klassische Stories Band 2* (rororo 13318)

Profane Freundschaft *Roman* Deutsch von Angela Praesent 544 Seiten. Gebunden und als rororo Band 13698 Der Roman ist «ein Kunstwerk von atemberaubender Intensität, ein Pandämonium der Leidenschaft wie der Ängst, der Sucht wie der Flucht». *Die Zeit*

Die flüchtige Seele *Roman* Deutsch von Angela Praesent 1344 Seiten. Gebunden und als rororo Band 13993

Venedig Zusammengestellt, übersetzt und mit einem Nachwort von Angela Praesent. Mit Fotos von Guiseppe Bruno. 128 Seiten. Gebunden

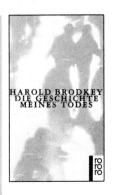

Die Geschichte meines Todes Deutsch von Angela Praesent 192 Seiten. Gebunden und als rororo Band 22283 Nach der Diagnose Aids im Frühjahr 1993 begann Harold Brodkey zu protokollieren, wie die tödliche Krankheit sein Leben veränderte und was sie seinem Körper, seinem Geist, seiner Frau und seinen Freunden antat.

Gast im Universum *Stories* Deutsch von Angela Praesent 352 Seiten. Gebunden Zehn neue, noch nie in Buchform publizierte Stories aus dem Nachlaß von Harold Brodkey.

rororo Literatur

Ein Gesamtverzeichnis aller lieferbaren Titel der *Rowohlt Verlage*, *Wunderlich* und *Wunderlich Taschenbuch* finden Sie in der *Rowohlt Revue*. Vierteljährlich neu. Kostenlos in Ihrer Buchhandlung.
Rowohlt im Internet: http://www.rowohlt.de

Ernest Hemingway

Zum 100. Geburtstag von **Ernest Hemingway** am 21. Juli 1999 gibt es zehn seiner bedeutendsten Werke in schöner Ausstattung bei rororo:

Der alte Mann und das Meer
(rororo 22601)

In einem anderen Land *Roman*
(rororo 22602)

Fiesta *Roman*
(rororo 22603)
Bereits mit seinem ersten Roman – 1926 unter dem Titel «The Sun Also Rises» in den USA erschienen – erregte Hemingway literarisches Aufsehen.

Schnee auf dem Kilimandscharo
6 Stories
(rororo 22604)

Paris – ein Fest fürs Leben
(rororo 22605)
Erinnerungen an die glücklichen Jahre in Paris, als er mit Gertrude Stein, Ezra Pound, James Joyce und Scott Fitzgerald zusammenkam.

Der Garten Eden *Roman*
(rororo 22606)

Insel im Strom *Roman*
(rororo 22607)

Die grünen Hügel Afrikas
Roman
(rororo 22608)
Der wirklichkeitsgenaue Bericht über eine Safari wird durch äußerste sinnliche Anschauung über alle literarische Erfindung hinaus zur Dichtung.

Tod am Nachmittag *Roman*
(rororo 22609)
Hemingways berühmtes Buch über den Stierkampf, den er selbst in den Arenen Spaniens und Mexikos erlernte.

Wem die Stunde schlägt
Roman
(rororo 22610)

Die Wahrheit im Morgenlicht
Eine afrikanische Safari
Mit einem Vorwort von Patrick Hemingway
Deutsch von Werner Schmitz
480 Seiten. Gebunden

Ernest Hemingway
dargestellt von
Hans-Peter Rodenberg
(monographien 50626)

rororo Literatur

Ein Gesamtverzeichnis aller lieferbaren Titel von *Ernest Hemingway* finden Sie in der *Rowohlt Revue*. Vierteljährlich neu. Kostenlos in Ihrer Buchhandlung.
Rowohlt im Internet:
www.rowohlt.de

Colum McCann

Colum Mc Cann wurde 1965 in Dublin geboren. Er arbeitete als Journalist, Farmarbeiter und Lehrer und unternahm lange Reisen durch Asien, Europa und Amerika. Für seine Erzählungen erhielt McCann, der heute in New York lebt, zahlreiche Literaturpreise, unter anderem den *Hennessy Award for Irish Literature* sowie den *Rooney Prize*.

Gesang der Kojoten *Roman*
Deutsch von
Matthias Müller
272 Seiten. Gebunden und als rororo Band 22288
Ein an historische Ereignisse angelehnter Roman über die Indianerkriege und die amerikanische Expansion nach Westen, voller Gewalt und Grausamkeit, ein mythisches Weltuntergangsepos wie nach Bildern von Bosch und Dalí.
«McCann erzählt so spannend wie Joseph Conrad und so elegant wie William Faulkner.»
Der Spiegel

Fischen im tiefschwarzen Fluß
Stories
Deutsch von
Matthias Müller
220 Seiten. Gebunden
«Colum McCann schöpft seine Welt aus einer kraftvollen und magischen Prosa, so ungewöhnlich und so originär, so verführerisch und so einleuchtend, daß der Leser nach der Lektüre glaubt, alles in einem neuen Licht zu sehen, dankbar erhellt und bereit, das Mysterium des Lebens anzunehmen.» *Der Tagesspiegel*

Der Himmel unter der Stadt
Roman
Deutsch von
Matthias Müller
352 Seiten. Gebunden
Der Roman führt uns in eine unbekannte Welt voll brutaler Magie, eine Stadt unter der Stadt, in der jene Menschen hausen, die das Schicksal in den Bauch des Molochs gespült hat. Und er erzählt vom Leben jener Arbeiter, den Iren, Italienern, Farbigen und Indianern, die zu Beginn des Jahrhunderts den Bau Manhattans vorantrieben und doch nie von seinem Wachstum profitierten.

Ein Gesamtverzeichnis aller lieferbaren Titel der *Rowohlt Verlage, Wunderlich* und *Wunderlich Taschenbuch* finden Sie in der *Rowohlt Revue*. Vierteljährlich neu. Kostenlos in Ihrer Buchhandlung.
Rowohlt im Internet:
www.rowohlt.de

rororo Literatur

Henry Miller

Henry Miller wuchs in Brooklyn, New York, auf. Mit dem wenigen Geld, das er durch illegalen Alkoholverkauf verdient hatte, reiste er 1928 zum erstenmal nach Paris, arbeitete als Englischlehrer und führte ein freizügiges Leben, ausgefüllt mit Diskussionen, Literatur, nächtlichen Parties – und Sex. In Clichy, wo Miller damals wohnte, schrieb er sein erstes großes Buch «Wendekreis des Krebses». Als er 1939 Frankreich verließ und in die USA zurückkehrte, kannten nur ein paar Freunde seine Bücher. Wenig später war Henry Miller der neue große Name der amerikanischen Literatur. Immer aber bewahrte er sich etwas von dem jugendlichen Anarchismus der Pariser Zeit. Henry Miller starb fast neunzigjährig 1980 in Kalifornien.

Eine Auswahl:

Insomnia oder Die schönen Torheiten des Alters
(rororo 14087)

Frühling in Paris *Briefe an einen Freund*
Herausgegeben von George Wickes
(rororo 12954)

Joey *Ein Porträt von Alfred Perlès sowie einige Episoden im Zusammenhang mit dem anderen Geschlecht*
(rororo 13296)

Jugendfreunde *Eine Huldigung an Freunde aus lang vergangenen Zeiten*
(rororo 12587)

Liebesbriefe an Hoki Tokuda Miller
Herausgegeben von Joyce Howard
(rororo 13780)
Die japanische Jazz-Sängerin Hoki Tokuda war Henry Millers letzte große Liebe. Seine leidenschaftlichen Briefe bezeugen die poetische Kraft und Sensibilität eines der großen Schriftsteller des 20. Jahrhunderts.

Mein Fahrrad und andere Freunde *Erinnerungsblätter*
(rororo 13297)

Wendekreis des Krebses
Roman
(rororo 14361)

Wendekreise des Steinbocks
Roman
(rororo 14510)

Ein Gesamtverzeichnis aller lieferbaren Titel von **Henry Miller** finden Sie in der *Rowohlt Revue*. Vierteljährlich neu. Kostenlos in Ihrer Buchhandlung.
Rowohlt im Internet:
www.rowohlt.de

rororo Literatur